Photo: Eugenie Verney

Val McDermid wuchs in einer schottischen Bergarbeiterstadt auf, unterrichtete Englisch an der Universität in Oxford und arbeitete als Journalistin für regionale und überregionale Zeitungen. Sie lebt heute als freie Schriftstellerin in Bolton in Nordengland. Ihre ersten beiden Kriminalromane, ›Die Reportage‹ und ›Das Nest‹, erschienen 1990 und 1991 auch in deutscher Übersetzung.

Mörderbeat in Manchester ist der erste Roman einer neuen Serie mit Schauplatz in der alten Textilindustriestadt, die sich heute zum Kulturzentrum Nordenglands entwickelt.

Kate Brannigan, Partnerin in der Detektei Mortensen & Brannigan, auf Computer- und Wirtschaftskriminalität spezialisiert, ist eigentlich einem Betrügerring auf der Spur, der Designer-Artikel fälscht, als ihr Freund Richard, Musikreporter, sie zu einem Popkonzert ihres Jugendidols Jett Franklin mitnimmt. Richards Hoffnung, die offizielle Biographie für den Star schreiben zu dürfen, zerschlägt sich zwar... Aber Kate kommt unverhofft zu einem Auftrag: Jett Franklin bittet sie, Moira zu suchen, seine frühere Freundin und Texterin seiner erfolgreichsten Hits. Moira ist vor Jahren verschwunden, und ihre Spur verliert sich zwischen Leeds und Bradford, im Drogenmilieu, unter Prostituierten und Zuhältern. Als Kate Brannigan die junge Schwarze schließlich aufspürt, hat Moira gerade eine Entziehungskur hinter sich und versucht die ersten Schritte in ein neues Leben, unterstützt von einer Frau, die sie liebt. Nur zögernd willigt sie ein, Jett wiederzusehen.

Doch was für die Detektivin zunächst wie ein erfolgreich erledigter Auftrag aussieht, wird zum Präludium für einen Mord. Sechs Wochen später ist Moira tot – erschlagen mit einem Tenorsaxophon im Probenraum von Jetts Villa. Und wieder ruft Jett Kate zu Hilfe...

Val McDermid

Mörderbeat in Manchester

Kriminalroman

Aus dem Englischen von
Ute Tanner

Fischer Taschenbuch Verlag

7.–9. Tausend: September 1994

Deutsche Erstausgabe
Veröffentlicht im Fischer Taschenbuch Verlag GmbH,
Frankfurt am Main, Juli 1994

Die Originalausgabe erschien unter dem Titel
›Dead Beat‹ im Verlag Victor Gollancz Ltd., London

Gesamtherstellung: Clausen & Bosse, Leck
Printed in Germany
ISBN 3-596-11711-9

Gedruckt auf chlor- und säurefreiem Papier

For Lisanne and Jane; can we just tell them that, then, darlings?

Danksagungen

Für dieses Buch habe ich mich von vielen Leuten anregen lassen und einiges an Witzen geklaut. Herzlich bedanken möchte ich mich bei Diana Cooper, Lee D'Courcy, Brother Brian und allen Leuten von Gregory und Radice... Mein ganz besonderer Dank aber gilt Linzi Day, die mich davon überzeugt hat, daß ich ebenso fest an mich glauben muß, wie sie es tut.

Erster Teil

1

Irgendwann bring ich ihn um. Ehrenwort! Wen? Meinen Nachbarn Richard Barclay, seines Zeichens Rockjournalist, und ein großes Kind. Da stolpere ich total erledigt über die Schwelle meines Bungalows, erfüllt von dem doch bestimmt nicht allzu unbescheidenen Wunsch, ein paar Stunden zu schlafen, und finde Richards Nachricht. Finde? Es darf gelacht werden. Er hatte sie mit Tesafilm an die Innenseite meiner Glastür geklebt, so daß sie mir, giftigbunt wie der Wunschzettel für den Weihnachtsmann, buchstäblich ins Auge sprang. In krakeligen Druckbuchstaben stand da mit breitem Leuchtstift auf der Rückseite der Pressemitteilung einer Plattenfirma: »Heute abend Jetts Gig und hinterher Party. Nicht vergessen! Muß dich unbedingt dabeihaben. Also bis acht.« Das *unbedingt* war dreifach unterstrichen, aber was mir den Blutdruck hochtrieb, war dieses unverschämte *Nicht vergessen!*.

Richard und ich sind erst seit neun Monaten zusammen, aber inzwischen kenne ich seine Formulierungen so gut, daß ich sie zu einem kompletten Berlitz-Sprachführer zusammenstellen könnte. Im Klartext heißt *Nicht vergessen*: »Ich hab dir absichtlich nicht gesagt, daß ich für uns beide eine Einladung angenommen habe (weil du freiwillig garantiert nicht hingegangen wärst), aber wenn du jetzt nicht mitkommst, bringst du mich in die größte Verlegenheit.«

Ich zog den Zettel ab und besah mir seufzend die Tesafilmspuren auf dem Glas. Von Reißzwecken hatte ich Richard mittlerweile abgebracht, aber auf Selbstklebezettel war er bisher noch nicht umgestiegen. Ich ging durch meine kleine Diele zum Telefon. Das Hausbuch, in das Richard und ich normalerweise alles für uns Wichtige eintragen, war aufgeschlagen. Unter dem heutigen Datum stand in schwarzem Filzstift und in Richards Schrift: »Jett: Apollo, dann Holiday Inn.« Es war nicht derselbe Stift wie auf dem Zettel an der Tür, aber der scharfe Blick von Supernase Kate Brannigan ließ sich dadurch nicht täuschen. Ich wußte ganz genau, daß die Notiz noch nicht dagewesen war, als ich eine Stunde vor Morgengrauen aus dem Haus tappte, um mich wieder mal auf die Spur von zwei Markenwarenfälschern zu setzen.

Kindische Verwünschungen ausstoßend, verzog ich mich ins Schlafzimmer und pellte mich aus Daunenjacke und Jogginganzug. »Ich wünsche dir, daß deine Karnickel totgehen und deine Streichhölzer naß werden. Und daß du das Mayonnaiseglas nicht aufkriegst, wenn du dir dein Hühnersandwich gemacht hast.« Noch immer fluchend, ging ich ins Badezimmer und stellte mich dankbar unter die heiße Dusche.

Dort fing ich dann trotz aller Selbstbeherrschung aus lauter Selbstmitleid doch an zu heulen. In der Dusche sieht dich keiner weinen. Diese Weisheit erkläre ich zu einem der großen Aphorismen des zwanzigsten Jahrhunderts, gleich nach: »Liebe ist, wenn man nie sagen muß, daß es einem leid tut.« Hauptsächlich aber heulte ich vor Müdigkeit. Seit zwei Wochen bearbeitete ich einen Fall, bei dem ich fast täglich kreuz und quer durchs Land fahren und mich vom Morgengrauen bis Mitternacht vor Wohn- und Lagerhäusern auf die Lauer legen mußte. Zur Stärkung war ich auf den Fraß von Raststätten und Imbißbuden angewiesen, denen meine Mutter glatt die Lebensmittelkontrolleure auf den Hals gehetzt hätte.

Wäre so was bei der Firma Mortensen & Brannigan an der Tagesordnung gewesen, hätte ich mich wohl nicht so schwer damit getan. Normalerweise sitzen wir bei unserer Arbeit gemütlich vor dem Computer, trinken jede Menge Kaffee und telefonieren wie die Weltmeister. Doch diesmal ging es darum, im Auftrag eines Konsortiums angesehener Uhrenhersteller zu ermitteln, woher die erstklassigen Kopien ihrer Markenuhren kamen, die, von Manchester ausgehend, den Markt überschwemmten. Und mir war – wen wundert's! – die Drecksarbeit zugefallen, während Bill im Büro hocken blieb und muffig seine Monitore beäugte.

Zugespitzt hatte sich die ganze Geschichte nach einem Einbruch bei Garnett's, dem größten noch selbständigen Juwelier der Stadt. Den Safe und die gesicherten Schaukästen hatten die Diebe nicht angerührt, dafür hatten sie sich großzügig aus einem Schrank im

Büro des Geschäftsführers bedient. Sie hatten die grünen Lederbrieftaschen mitgehen lassen, die Käufer einer echten Rolex als kostenlose Zugabe bekommen (wie die Käufer von Waschmittel ein Plastikkrokodil), die Kreditkartenetuis von Gucci und Dutzende leerer Schachteln für Uhren von Cartier und Raymond Weil.

Dieser Diebstahl war für die Hersteller ein Alarmzeichen. Das Geschäft mit gefälschten Markenartikeln war offenbar in eine neue Phase eingetreten. Bisher hatten sich die Gauner damit begnügt, ihre Ware über ein kompliziertes Netz von Kleinhändlern als Kopien zu verkaufen. Das hatte die Firmen zwar erbost, ihnen aber keine schlaflosen Nächte bereitet, weil Kunden, die in einem Pub oder an einem Marktstand vierzig Pfund für eine falsche Rolex hinlegen, einfach nicht in derselben Liga spielen wie Typen, die ein paar Tausender für das Original lockermachen. Jetzt aber versuchte die Fälscherriege, die wirklich sehr gelungenen Kopien als echt zu verhökern, und das war nicht nur ein Verlustgeschäft für den Einzelhandel, sondern auch rufschädigend für die Hersteller von Luxusuhren. Plötzlich fanden die hohen Herren, daß es sich wohl doch lohnte, eine gewisse Summe zu investieren, um den Gaunern das Handwerk zu legen.

Daß wir den Auftrag an Land gezogen hatten, obwohl Mortensen & Brannigan nicht zu den Top ten britischer Detekteien gehören, hatte zwei gute Gründe. An sich sind wir auf Computerkriminalität und Sicherheitssysteme spezialisiert, trotzdem dachten die Leute von Garnett sofort an uns, weil Bill ihnen eine elektronische Alarmanlage eingebaut hatte, an die entgegen seinem Rat der bewußte Schrank nicht angeschlossen war. In dem Ding ist doch nichts, was Langfinger reizen könnte, hatten sie damals gesagt. Der zweite Grund war, daß wir eine der wenigen Spezialdetekteien mit Standort Manchester sind. Wir kennen das Revier.

Eigentlich hatten wir damit gerechnet, den Auftrag in wenigen Tagen abschließen zu können, aber wir hatten den Umfang des Unternehmens unterschätzt. Bis ich die Sache im Griff hatte, war ich ziemlich fertig. Seit ein paar Tagen aber spürte ich so ein merkwürdiges Flattern in der Magengrube – sicheres Zeichen dafür, daß ich es so gut wie geschafft hatte. Ich hatte das Werk ausfindig gemacht, in dem die gefälschten Uhren hergestellt wurden. Ich wußte, wie die beiden Typen hießen, die den Großhandel belieferten, und wer ihre wichtigsten Mittelsmänner waren. Wenn es mir jetzt noch gelang, die einzelnen Stationen ihres Vertriebssystems ausfindig zu machen, konnten wir einen abschließenden Bericht an unseren Klienten geben. Dann würden wohl in den nächsten Wochen die Männer, denen ich so hartnäckig auf den Fersen geblieben war, peinlichen Besuch von der Polizei und den Beamten des Dezernats zur Bekämpfung unlauteren Wettbewerbs bekommen, und das bedeutete für Mortensen & Brannigan außer einem recht ansehnlichen Honorar noch eine hübsche Belohnung.

Weil alles so gut lief, hatte ich mir einen wohlverdienten und dringend benötigten beschaulichen Abend gönnen wollen. Abends um sechs war ich Jack »Billy« Smart, meinem Topverdächtigen, zu seinem neogotischen dreistöckigen Haus in einer stillen, baumbestandenen Vorortstraße gefolgt, das er mit zwei Flaschen Schampus und einem Stapel Videos aus dem Laden um die Ecke betreten hatte, vermutlich zu einer Knutsch- und Schmusesitzung mit seiner Freundin. Vor lauter Begeisterung hätte ich ihn selber knutschen mögen. Jetzt konnte ich heimfahren, rasch duschen, mich vom Chinesen mit Lecker-Fernöstlichem frei Haus beliefern und von der Glotze mit einer Seifenoper berieseln lassen. Danach würde ich mir eine Gesichtspackung verpassen und ein langes, genüßliches Bad nehmen. Nicht, daß ich unter Waschzwang leide, aber unter die Dusche gehe ich nur, um den Schmutz des Tages loszuwerden, während ein Bad ernsthaften Vergnügungen vorbehalten bleibt – der Lektüre von Besprechungen der Abenteuerspiele in Computerzeitschriften etwa und Träumen von dem PC, den ich mir leisten werde, falls Mortensen & Brannigan mal an das ganz große Geld kommen sollten. Wenn ich Glück hatte, war Richard mal wieder unterwegs zu einem urigen Fest, und ich konnte mich ungestört mit einem kühlen Longdrink in der Wanne aalen.

Von alldem war nur eins geblieben: Richard wollte tatsächlich zu einem urigen Fest, und zwar mit mir. Das war das Aus für meine schönen Pläne. Heute abend war ich viel zu kaputt, um mit Richard zu streiten. Außerdem saß ich am kürzeren Hebel. Vorige Woche hatte er sich mir zuliebe schick in Schale geschmissen und mich zu einem Arbeitsessen begleitet. Einen ganzen Abend lang hatte er diverse Versicherungsleute samt Anhang, Spinatquiche und Vollkornbrot ertragen, und jetzt war ich wohl dran, etwas für ihn zu tun. Aber stumm würde ich nicht leiden, das nahm ich mir fest vor.

Als ich gerade Shampoo in meinem wilden roten Haar verrieb, traf ein kalter Luftzug meine Wirbelsäule. Ich drehte mich um und sah das, was ich vermutet hatte: einen bänglich lächelnd durch die offene Tür der Duschkabine lugenden Richard. »Hi, Brannigan! Machst du dich schön für unsere Party? Hab doch gewußt, daß du es nicht vergessen würdest.« Mein finsteres Gesicht war ihm offenbar nicht entgangen, denn er schob nur noch nach: »Okay, ich warte im Wohnzimmer auf dich«, und machte schnell die Tür wieder zu.

»Komm sofort wieder her«, rief ich ihm nach, was er wohlweislich überhörte. Das sind so die Situationen, in denen ich mich vergeblich frage, wieso ich ganz gegen meine sonstigen Grundsätze einem Mann gestattet habe, sich in meinem Privatleben breitzumachen.

Dabei hätte ich es eigentlich besser wissen müssen. Alles hatte so harmlos angefangen. Ich hatte einen jungen Systemanalytiker observiert, dessen Arbeitgeber ihn in Verdacht hatte, Informationen an die Konkurrenz zu verkaufen. Ich war ihm zum Hacienda Club gefolgt, wo viele der Bands angefangen haben, denen Manchester seit den frühen neunziger Jahren seinen Ruf als kreatives Zentrum der Musikszene verdankt. Ich war nur ein-, zweimal dagewesen, weil ich in meiner kostbaren Freizeit Besseres zu tun habe, als mich mit einer schwitzenden Masse Mensch in einem Raum zusammenzudrängen, in dem jegliche Unterhaltung ein Ding der Unmöglichkeit ist und man allein vom Luftholen high wird. Wieviel schöner ist es da, am Computer zu sitzen und interaktive Abenteuergames zu spielen.

In der Hacienda bemühte ich mich, möglichst wenig aufzufallen, womit man sich gar nicht so leicht tut, wenn man die entscheidenden fünf Jahre älter ist als die anderen Gäste. Plötzlich stand dieser Typ neben mir und wollte mich unbedingt zu einem Drink einladen. Ich fand ihn nett – sicher auch deshalb, weil er immerhin alt genug war, um sich rasieren zu müssen. Er hatte vergnügt blitzende Augen hinter einer Schildpattbrille und ein wirklich sehr aufregendes Lächeln, aber ich war schließlich im Dienst und konnte meinen kleinen Systemanalytiker nicht aus den Augen lassen. Der Typ mit dem aufregenden Lächeln ließ sich nicht abwimmeln, und ich war deshalb ganz froh, als meine Zielperson zum Ausgang marschierte.

Für einen Abschied blieb keine Zeit. Ich sauste hinterher und glitschte wie ein Aal durch die Menge. Als ich endlich auf der Straße stand, sah ich die Rücklichter seines Wagens aufleuchten. Herzhaft fluchend, raste ich um die Ecke zu meiner Kutsche, setzte mich ans Steuer, legte den Gang ein und schoß aus der Parklücke. Als ich um die Ecke bretterte, stieß ein aufgemotzter VW-Käfer rückwärts aus einer Seitenstraße. Ich riß das Steuer herum, um meinen Nova vor dem Totalschaden zu retten, und es gab einen dumpfen Knall.

Sekunden später war alles vorbei. Ich stieg aus, stinksauer auf diesen Vollidioten, der mich nicht nur um mein Zielobjekt gebracht, sondern auch noch meinen Wagen demoliert hatte. Wutschnaubend ging ich auf den Käfer zu, entschlossen, den Typ so fix und fertig zu machen, daß er seine Eier in einem Plastikbeutel nach Hause tragen konnte. Denn wer so fährt, muß einfach ein Mann sein.

Durchs Wagenfenster sah ich ein Paar besorgte Kinderaugen: Der Typ mit dem aufregenden Lächeln! Ehe ich dazu kam, mich angemessen zu seinen Fahrkünsten zu äußern, lächelte er mich entwaffnend an. »Wenn Sie unbedingt meinen Namen und meine Telefonnummer haben wollten, hätten Sie das vorhin ruhig sagen können«, meinte er unschuldig.

Erstaunlicherweise habe ich ihn in dem Moment nicht umgebracht. Ich habe gelacht. Das war mein erster Fehler. Jetzt, ein Dreivierteljahr später, ist er mein Nachbar und mein Lover: Richard, ein total lieber, lustiger Typ, geschieden, mit einem fünfjährigen Sohn in London. Immerhin hatte ich mir noch soviel gesunden Menschenverstand bewahrt, daß ich nicht mit ihm zusammengezogen war. Als zufällig der Nachbarbungalow zum Verkauf stand, sagte ich zu Richard, mehr Nähe wäre bei mir einfach nicht drin. Er griff sofort zu.

Eigentlich hatte er sich eine Verbindungstür zwischen den beiden Bungalows gewünscht, aber ich hatte ihm klargemacht, daß das erstens wegen der tragenden Wände nicht ging und wir zweitens nach so einem Umbau unsere Häuser nie mehr loswerden würden. Und weil ich in unserer Beziehung fürs Praktische zuständig bin, fügte er sich. Statt dessen haben wir – das war meine Idee – als Verbindung zwischen den beiden Häusern einen großen Wintergarten anbauen lassen, von dem Glastüren in die beiden Häuser führen. Sollten wir mal umziehen, läßt sich ohne weiteres eine Zwischenwand einbauen. Und wir haben uns beide das Recht vorbehalten, unsere Türen abzuschließen. Ich jedenfalls. Vor allem deshalb, um in aller Ruhe Ordnung machen zu können, wenn Richard wieder mal mein gepflegtes Heim in eine Chaosbude verwandelt hat. Und er kann sich bis zum Morgengrauen mit seinen Rock-Spezis vergnügen, ohne daß ich genötigt bin, im fahlen Dämmerlicht durchs Wohnzimmer zu tappen und bissig zu murmeln, daß es auch Leute gibt, die morgens zur Arbeit müssen.

Während ich mein Haar trockenrubbelte und meiner müden Haut reichlich Feuchtigkeitscreme zukommen ließ, verfluchte ich mein weiches Herz. Irgendwie kriegt er mich immer wieder rum. Mit diesem aufregenden Lächeln, einem Rosenstrauß und einer flapsigen Bemerkung, eine Masche, gegen die eine clevere, abgebrühte Person wie ich eigentlich gefeit sein müßte. Immerhin habe ich ihm beigebracht, daß es in jeder Beziehung gewisse Regeln gibt. Ein Verstoß dagegen ist verzeihlich, beim zweiten lasse ich früh um drei die Schlösser auswechseln und werfe – vorzugsweise bei Regen – seine Lieblingsplatten aus dem Wohnzimmerfenster in den Vorgarten. Und in Manchester regnet es fast immer.

Zuerst hat er mich daraufhin behandelt wie eine gemeingefährliche Irre. Inzwischen hat er offenbar begriffen, daß es sich mit den Regeln sehr viel angenehmer leben läßt als gegen sie. Natürlich ist mein Lover trotzdem alles andere als perfekt. So bringt er mir gern kleine Geschenke mit. Weil er aber farbenblind ist, schleppt er zum Beispiel eine scharlachrote Vase an, die zu meiner Inneneinrichtung in Blaugrün, Pfirsich und Magnolie paßt wie die Faust aufs Auge. Oder schwarze Sweatshirts mit Bildern von total unbekannten Bands, weil Schwarz zur Zeit so angesagt ist, obgleich ich ihm schon hundertmal gesagt habe, daß ich in Schwarz aussehe wie eine Leiche auf Urlaub. Jetzt deponiere ich diese Liebesgaben einfach in seinem Haus und bedanke mich herzlich für seine Aufmerksamkeiten. Aber er ist dabei, sich zu bessern. Ehrlich. Jedenfalls versuchte ich mich mit diesem Gedanken von den Mordgelüsten abzulenken, die sich angesichts des vor mir liegenden Abends in mir regten.

Noch immer vergrätzt, ging ich ins Schlafzimmer und überlegte, was ich anziehen sollte, das heißt, was wohl von mir erwartet wurde. Für das Konzert hätte es überhaupt keine Rolle gespielt, da fiel ich unter den Massen kreischender Fans, die Jett in seiner Heimatstadt einen triumphierenden Empfang bereiten würden, überhaupt nicht auf. Das Problem war die Party. Wohl oder übel mußte ich mir Rat von Richard holen. »Was für eine Party ist es denn klamottenmäßig?«

Er trat unter die Tür und machte ein Gesicht wie ein junger Hund, der es gar nicht fassen kann, daß man ihm die Pfütze auf dem Küchenfußboden so rasch verziehen hat. Seine eigene Garderobe half mir nicht weiter. Er trug einen schlabbrigen stahlblauen Zweireiher mit breiten Schultern, ein schwarzes Hemd und einen Seidenschlips in Neonfarben, der aussah wie ein psychedelisches Plattencover aus den Sechzigern. Er zuckte die Achseln und beglückte mich mit dem bewußten Lächeln, bei dem mir immer noch die Knie weich werden. »Du kennst ja Jett«, sagte er.

Das war maßlos übertrieben. Wir waren uns nur einmal begegnet, vor einem Vierteljahr bei einem Wohltätigkeitsdinner, da hatte er mit uns an einem Tisch gesessen und war wortkarg und vergrübelt gewesen. Aufgetaut war er erst, als Richard von Fußball anfing. Manchester United, zwei Worte, die von Santiago bis Stockholm in jeder Sprache verständlich sind – das war die Zauberformel, die Jett geradezu umgekrempelt hatte. Er hatte sich für sein geliebtes Manchester-Team in die Bresche geworfen wie ein Italiener, der die Ehre seiner Mutter bedroht sieht. Vielleicht hätte er sich gefreut, wenn ich im Streifentrikot gekommen wäre. »Nein, Richard, ich kenne Jett nicht«, sagte ich nachsichtig. »Was kommen denn so für Leute?«

»Kaum Traceys, jede Menge Fionas.« Das war unser Geheimcode. Traceys sind süße Motten in der Nachfolge der Groupies: Blond, vollbusig, verrückt nach der neuesten Modemasche. Bloß gut, daß es bei ihnen meist mit der Intelligenz ein bißchen hapert, sonst könnten sie gefährlich werden. Fionas weisen ähnliche Merkmale auf, stammen aber meist aus bestbetuchter Oberschicht. Auf Rockstars stehen sie, weil sie Spaß daran haben, jede Menge Geschenke zu bekommen, sich zu amüsieren und gleichzeitig ihre Eltern gründlich zu schockieren. Wenn Jett mehr auf Fionas stand, waren Designerklamotten angesagt, und die sind in meiner Garderobe nur recht spärlich vertreten.

Ich schob mißgelaunt einen Bügel nach dem anderen beiseite und entschied mich schließlich für ein weites, langes Baumwollshirt in Oliv-Khaki, Beige und Terrakotta, das ich voriges Jahr im Urlaub auf den Kanarischen Inseln gekauft hatte, und terrakottafarbene Leggings. An meiner prallen Körperlichkeit war eindeutig Fastfood-Fraß aus den Raststätten schuld, die Polster mußten schleunigst wieder weg. Zum Glück überspielte das Shirt die ärgsten Wülste. Ich komplettierte das Outfit mit einem breiten braunen Gürtel und hochhackigen braunen Sandaletten. Mit knapp eins sechzig ist man schon auf ein bißchen Nachhilfe angewiesen. Jetzt noch ein Paar ausgeflippte Ohrringe und goldfarbene Klunkerketten – dann ein prüfender Blick in den Spiegel. Das Endergebnis war nicht sensationell, aber immer noch besser, als Richard es verdiente. Wie aufs Stichwort sagte er: »Super siehst du aus, Brannigan. Wenn die dich sehen, haut sie's glatt um.«

Hoffentlich nicht, dachte ich. Heute abend wollte ich den Beruf endlich mal zu Hause lassen.

2

Die Hektik einer Parkplatzsuche am Apollotheater blieb uns erspart, weil wir in fünf Minuten zu Fuß hinkamen. Es war ein unerhörter Glücksfall, daß ich in meinem ersten Jahr als Jurastudentin an der Manchester University diese Siedlung entdeckt hatte. Sie ist auf drei Seiten von Sozialwohnblocks umgeben, an der vierten liegt der Ardwick Common. Mit dem Rad brauche ich fünf Minuten zur Uni, zur Bibliothek, nach Chinatown und zu meinem Büro, zehn Minuten bis zur Stadtmitte. Und mit dem Wagen ist man in Null

Komma nichts auf der Autobahn. Als ich diesen Schatz entdeckte, waren die vierzig Häuser noch im Bau und kosteten – wohl wegen der etwas anrüchigen Gegend – lächerlich wenig. Wenn ich meinen Vater dazu bewegen kann, für eine hundertprozentige Hypothek geradezustehen, sagte ich mir, und wenn ich mir eine Studentin als Untermieterin nehme, zahle ich nicht viel mehr als für meine miese Bude im Studentenheim. Ich legte mich mächtig ins Zeug, und Ostern konnte ich einziehen. Ich habe es nie bereut. Das Haus ist super, man darf nur nicht vergessen, die Alarmanlage scharfzumachen.

Als wir ankamen, hatte die Vorgruppe gerade die erste Nummer hinter sich. Wir hätten sogar von Anfang an dabei sein können, wenn die Veranstalter nicht die Gästeliste einem Analphabeten in die Hand gegeben hätten. Zu den Negativposten der Beziehung mit einem Rockjournalisten gehört es, daß man die Vorgruppen nicht zu dem nutzen kann, wozu sie eigentlich gedacht sind, nämlich als Hintergrundgeräusch für ein paar genüßliche Drinks vor dem Auftritt des eigentlichen Stars. Rockjournalisten tun sich die Vorgruppen echt an, wenn auch nur, um zu demonstrieren, wie profimäßig sie drauf sind, mit Bemerkungen wie: »Ja, doch, ich erinnere mich noch an die Sowiesos (folgt der Name einer Band, die inzwischen längst vergessen ist), sie waren in der City Hall von Newcastle die Vorgruppe...« Zwei Stücke ertrug ich tapfer, dann ließ ich Richard sitzen und ging zur Bar.

Ungefähr so wie die Bar im Apollo stelle ich mir die Hölle vor: grellrot glitzriger Mosaikfußboden, Hitze, Rauch, stinkige Alkoholschwaden. Ich drängte mich durch die Menge und schwenkte eine Fünf-Pfund-Note, bis eine der gelangweilten Bedienungen geruhte, Notiz von mir zu nehmen. Im Apollo ist die Getränkeauswahl dürftigst, die Drinks haben Körpertemperatur, werden im Plastikbecher serviert und schmecken eigentlich alle gleich. Nur die Farben sind unterschiedlich. Ich bestellte ein Lager, das abgestanden war und wie eine Urinprobe aussah. Ich kostete mit der gebotenen Vorsicht. Wie heißt es so schön: Sehen ist glauben. Als ich mich wieder zum Ausgang schob, entdeckte ich in einer Ecke etwas so Interessantes, daß ich unvermittelt stehenblieb. Prompt lief der Typ hinter mir in mich hinein und schüttete die Hälfte von meinem Bier meinem Nebenmann auf die Hose.

Während ich mich ausgiebig entschuldigte und ebenso eifrig wie vergeblich versuchte, mit einem Papiertaschentuch die Bierflecken zu tilgen, war ich abgelenkt, und als ich danach wieder in die bewußte Ecke sah, standen dort drei wildfremde Leute. Gary Smart, Billys Bruder und Partner, war verschwunden.

Vergeblich sah ich mich in der überfüllten Bar nach ihm um. Er hatte mit einem großen, hageren Mann zusammengestanden, von dem ich nur den Rücken sehen konnte. Von der Unterhaltung hatte ich nichts mitbekommen, aber der Körpersprache nach war es um Geschäfte gegangen. Gary hatte den anderen irgendwie unter Druck gesetzt. Es sah nicht aus, als hätten sie über Jetts bestes Album diskutiert. Ich ließ ein paar saftige Flüche vom Stapel. Die Chance, etwas Aufschlußreiches aufzuschnappen, war endgültig dahin.

Ich zuckte die Achseln, trank den schäbigen Rest von meinem Bier aus und verzog mich. Am Verkaufsstand im Foyer sah ich mir die T-Shirts, Sweatshirts, Anstecker, Programme und Platten an. Das mache ich immer, denn wenn mir was gefällt, kann Richard es meist kostenlos abstauben. Aber die Sweatshirts waren schwarz und die T-Shirts scheußlich, und so ging ich denn durch den halbleeren Zuschauerraum und setzte mich wieder zu Richard, während die Vorgruppe die letzten beiden Nummern herunterhämmerte. Dann zogen sie ab, es gab dünnen Beifall, im Zuschauerraum wurde es hell, und eine Nummer aus der neuesten Hitliste dröhnte vom Band. »Gequirlte Scheiße«, sagte Richard lakonisch.

»Heißt die Gruppe so, oder war das eine kritische Anmerkung?« wollte ich wissen.

Er lachte. »Als Name für die Band wär's durchaus passend, aber ich glaube, so selbstkritisch sind die nicht. So, und jetzt haben wir endlich einen Augenblick Zeit für uns. Erzähl mal, wie es dir heute ergangen ist.«

Er zündete sich einen Joint an, und ich legte los. Mir hilft es immer sehr, mich bei Richard auszusprechen. Er beurteilt Menschen und Situationen mehr aus dem Bauch und liegt dabei meist richtig. Es ist die ideale Ergänzung zu meiner analytischen Betrachtungsweise.

Doch noch ehe er sich zu meinen neuesten Abenteuern mit den

Gebrüdern Smart hatte äußern können, wurde die Beleuchtung wieder gedimmt. Inzwischen war der Zuschauerraum bis auf den letzten Platz besetzt. »Jett«, brüllte es aus dem Publikum. »Jett, Jett...« Sie ließen die Leute eine Weile brüllen, dann bohrten sich gleißende Scheinwerferbahnen durch die Dunkelheit, und Jetts Backup-Band kam auf die Bühne. Ein hellblauer Spot richtete sich auf den Drummer, der leise über seine Snare-Drum strich. In einem lila Lichtkegel akzentuierte der Mann am Baß den Beat. Der Keyboarder ließ einen schwirrenden Akkord vom Synthesizer folgen, mit weichem Ton setzte das Saxophon ein.

Unvermittelt richtete sich ein grellweißer Spot auf Jett, der aus den Kulissen trat, schmal und zerbrechlich wie immer. Seine schwarze Haut glänzte im Scheinwerferlicht. Er trug Lederhosen und ein beigefarbenes Seidenhemd, seine Markenzeichen, und hatte eine Akustikgitarre um den Hals hängen. Die Fans übertönten in ihrer tobenden Begeisterung fast die Band. Kaum aber hatte Jett den Mund aufgemacht, wurde es totenstill im Saal.

Seine Stimme war besser denn je. Schon als Fünfzehnjährige fand ich Jett echt stark, als er zum erstenmal mit einer Single in die Charts kam, aber einordnen kann ich seine Musik heute noch ebensowenig wie damals. Sein erstes Album war eine Sammlung von zwölf Songs, hauptsächlich zur Akustikgitarre gesungen, manche aber auch mit einer raffinierten Begleitmusik, vom Saxophon bis zum Streichquartett. Inhaltlich reichten sie vom schlichten Liebeslied bis zu dem hymnusartigen *To Be With You Tonight*, dem Überraschungshit des Jahres, der eine Woche nach Erscheinen an der Spitze der Charts gestanden hatte und dort acht Wochen geblieben war. Seine Stimme war wie ein Musikinstrument, das sich mühelos jedem Arrangement anpaßt. Als unglücklich verliebter Teenie konnte ich mich mit Haut und Haar an seine sehnsuchtsvollen Lieder mit ihren anrührenden Texten verlieren.

Acht weitere Alben waren diesem ersten gefolgt, aber sie hatten mich immer weniger begeistern können. Vielleicht lag es ja daran, daß ich selbst mich geändert hatte. Was ein Teenager als tiefsinnig und tierisch zu Herzen gehend empfindet, wirkt unter Umständen ganz anders, wenn man Mitte Zwanzig ist. Die Musik fand ich immer noch stark, die Texte aber waren seicht geworden und strotzten von Klischees. Vielleicht spiegelten sie auch die Einstellung zu Frauen wider, die man Jett nachsagte. Es fällt schwer, aufgeklärte Liebeslieder über jene Hälfte der Menschheit zu schreiben, von der man glaubt, sie sei nur dazu geschaffen worden, um barfuß herumzulaufen und Kinder in die Welt zu setzen. Die Leute im ausverkauften Apollo teilten offenbar meine Ansicht nicht. Sie schrien sich vor Begeisterung die Kehle wund. Für Jett war es gewissermaßen ein Heimspiel. Er war ein Sohn dieser Stadt. Er hatte den Traum vieler Leute aus dem Norden wahrgemacht, hatte den Sprung von einer Sozialwohnung im Getto von Moss-Side zu einem Herrenhaus in Cheshire geschafft.

Als versierter Showstar brachte er zum Abschluß des neunzigminütigen Auftritts als dritte Zugabe seinen ersten Megahit, auf den wir alle schon gewartet hatten. Der alte Trick im Showbusiness: Man muß so aufhören, daß die Leute am liebsten gar nicht gehen wollen. Noch ehe die letzten Akkorde verklungen waren, war Richard aufgesprungen und steuerte den Ausgang an. Ich folgte ihm rasch, ehe das allgemeine Gedränge einsetzte, und holte ihn draußen ein, wo er ein Taxi heranwinkte.

»Nicht schlecht«, sagte Richard, als das Taxi anfuhr. »Gar nicht schlecht. Als Showstar kommt er immer noch toll rüber, aber für das nächste Album muß er sich was Neues einfallen lassen. Die letzten drei hören sich alle gleich an, und der Umsatz war nicht überwältigend. Paß auf, da werden heute abend manche Leute die Nase krausmachen. Nicht nur die Kokser.«

Er zündete sich eine Zigarette an, und ich nützte die Gelegenheit zu der Frage, warum ich eigentlich unbedingt hatte mitgehen sollen. So ganz hatte ich die Hoffnung, heute mal früh ins Bett zu kommen, noch nicht aufgegeben.

»Wird nicht verraten«, sagte er geheimnisvoll.

»Komm, sei nicht so. Wir fahren nur fünf Minuten, ich hab keine Zeit, dir die Fingernägel einzeln auszureißen.«

»Du bist grausam, Brannigan«, jammerte er. »Immer im Dienst, wie? Also meinetwegen. Du weißt ja, daß ich Jett seit einer halben Ewigkeit kenne...« Ich nickte. Richard verdankte seinen ersten Job bei einer Musikzeitschrift einem Exklusivinterview mit dem normalerweise sehr pressescheuen Jett. Damals war Richard bei einer Lokalzeitung in Watford gewesen und hatte über das Pokalspiel gegen Manchester City berichtet. In Watford hatte zu jener Zeit Elton John das Sagen, der Jett an dem Tag als Ehrengast betreute. Nach dem Sieg von Manchester City hatte Richard sich an Jett herangemacht, der sich in seiner Begeisterung bereitfand, ihm ein Interview zu geben. Dieses Interview war für Richard zum Sprungbrett in die Musikszene geworden. Seither waren sie Freunde.

In diese Erinnerungen hinein sagte Richard: »Jetzt möchte er seine Autobiographie schreiben lassen.«

»Meinst du nicht Biographie?« Ich weiß, ich bin in diesen Dingen zu pingelig.

»Nein, das Buch soll in der ersten Person geschrieben werden, und deshalb braucht er einen Ghostwriter. Bei dem Dinner damals hat er mich darauf angesprochen, und ich habe natürlich sofort mein Interesse angemeldet. Ein Megaseller wie bei Jagger oder Bowie wird's nicht werden, aber es könnte schon ganz schön was einbringen. Und als er mich dann für heute abend einlud und unbedingt wollte, daß du mitkommst, bin ich natürlich hellhörig geworden.«

Er tat sehr beiläufig, aber ich merkte, daß er fast platzte vor Stolz und Aufregung. Ich zog seinen Kopf zu mir herunter und gab ihm einen Kuß auf seine warmen Lippen. »Toll, du!« Ich freute mich ehrlich für ihn. »Wirst du viel Arbeit damit haben?«

»Glaub ich nicht. Ich laß ihn einfach auf Band sprechen und bring die Story dann hinterher in Form. Und da er in den kommenden drei Monaten sowieso zu Hause bleiben und an seinem neuen Album arbeiten will, ist er immer greifbar.«

In diesem Moment hielt das Taxi vor der Schnörkelfassade des Holiday Inn Midland Crowne Plaza, einem der letzten Denkmäler aus der industriellen Revolution, die an Manchesters erste Wohlstandsphase erinnern. Ich kenne es noch aus der Zeit, in der es schlicht und einfach das Midland hieß und ein großes, ungemütliches Eisenbahnhotel war, Andenken an eine Epoche, in der die Reichen noch kein schlechtes Gewissen hatten und die Armen draußen vor blieben. Dann war der Dinosaurier von der Holiday Inn-Kette aufgekauft und zu einer Spielwiese der neuen Geldbringer von Manchester geworden, der Sportler, Geschäftsleute und Musiker, durch die Ende der achtziger Jahre die Stadt wieder aufblühte.

In den Neunzigern war London plötzlich nicht mehr angesagt. Wer sich nur in einer Szene wohl fühlte, wo der Bär brummt und die Post abgeht, mußte sich jetzt in den sogenannten Provinzstädten umsehen. Manchester stand für Rockmusik, Glasgow für Kultur, Newcastle für Shopping. Durch diese Schwerpunktverschiebung war auch Richard vor zwei Jahren in Manchester gelandet. Eigentlich hatte er nur ein Interview mit dem Kulthelden Morrissey machen wollen, aber nach zwei Tagen war er überzeugt davon, daß Manchester für die neunziger Jahre das werden würde, was Liverpool für die Sechziger gewesen war. In London hielt ihn nichts, die Scheidung war gerade ausgesprochen worden, und als freiberuflicher Journalist sitzt man da am besten, wo die interessantesten Storys sind. Und deshalb war er, wie so viele andere, hier hängengeblieben.

Was Richard mir erzählt hatte, war wie ein Adrenalinstoß für mich. Ich war jetzt richtig in Partystimmung. Bis Jett und sein Gefolge kamen, gingen wir noch an die Bar.

Genüßlich trank ich meinen Wodka-Grapefruit. Als ich ins Schnüfflergeschäft eingestiegen war, hatte ich es mit Whisky versucht. Ich wußte schließlich, was man diesem Image schuldig ist. Nach zwei Gläsern mußte ich den Geschmack mit meinem gewohnten Drink runterspülen. Ich bin wohl nicht der Typ für die »Flasche Whisky und einen neuen Pack Lügen«, um mit Mark Knopfler zu sprechen. Mit halbem Ohr hörte ich zu, wie Richard seine Vorstellungen von Jetts Autobiographie entwickelte. »Die klassische Geschichte: Vom Tellerwäscher zum Millionär. Eine miese Kindheit in den Slums von Manchester, ein langer Kampf, bis er die Musik machen konnte, die er in sich spürte. Die Anfänge im Gospelchor der Baptistengemeinde, in den seine strenge Mutter ihn förmlich prügeln mußte. Seine erste Chance. Und dann die Wahrheit über das Zerbrechen der Partnerschaft mit Moira, seiner Texterin. Tolle Möglichkeiten«, schwärmte er. »Läßt sich vielleicht sogar als Serie an eine große Sonntagszeitung verkaufen. Das wird ein großer Abend für uns, Kate.«

Nach zwanzig Minuten gelang es mir, seinen Redestrom zu stoppen. Es wurde langsam Zeit, daß wir uns auf der Party sehen ließen. Sobald wir aus dem Aufzug kamen, wies uns lautes Stimmengewirr den Weg zu Jetts Suite und überdeckte den Schmusesound seines letzten Albums, das irgendwo vom Band lief. Ich drückte Richard die Hand. »Ich bin stolz auf dich«, sagte ich leise, und dann stürzten wir uns ins Getümmel.

Ganz hinten hielt Jett hof. Er sah so frisch aus, als käme er eben aus der Dusche. Die Frau an seiner Seite war eine typische Fiona: Blondgelockte Löwenmähne, blaue Augen, perfektes Make-up, hautenges Glitzerkleid, wahrscheinlich von Bill Blass.

»Komm mit zu Jett«, sagte Richard eifrig. Als wir an dem Tisch vorbeigingen, auf dem die Getränke standen, legte sich plötzlich eine Hand auf Richards Schulter.

»Barclay!« dröhnte eine tiefe Stimme. »Was zum Teufel machen Sie denn hier?« Der Sprecher entpuppte sich als ein mittelgroßer Typ mit mittelprächtiger Figur und leichtem Bauchansatz.

Richard machte ein dummes Gesicht. »Neil Webster!« sagte er ohne besondere Begeisterung. »Dasselbe könnte ich Sie fragen. Immerhin bin ich Rockjournalist und kein rasender Reporter. Was führt Sie nach Manchester? Waren Sie nicht in Spanien?«

»Ist mir da unten ein bißchen zu heiß geworden, haha.« Neil Webster grinste. »Und weil hier offenbar inzwischen enorm viel läuft, hab ich mich eben mal wieder im guten alten Manchester umgetan.«

Ich betrachtete das neueste Exemplar für meine Sammlung »Journalisten aus aller Welt«. Neil Webster hatte diesen leicht verruchten Touch, den viele Frauen – ich bin da wohl eine Ausnahme – unwiderstehlich finden. Ich schätzte ihn auf Mitte Dreißig, allerdings schien das Journalistenleben seinen Alterungsprozeß stark beschleunigt zu haben, was man Richard, diesem ewigen Jungen, wahrhaftig nicht nachsagen kann. Neils braunes Haar, an den Schläfen mit einem interessanten Silberschimmer, wirkte etwas zerwühlt, die helle Baumwollhose und das Chambray-Hemd hatten Knitterfalten. Die braunen Augen waren verhangen, um die Augen waren Lachfältchen weiß in die braune Haut gekerbt. Über dem üppigen graumelierten Schnauzer bog sich eine Adlernase, die Kinnlinie zeigte erste Anzeichen von Erschlaffung.

Ich merkte, daß er mich seinerseits gründlich musterte. »Und wer ist diese bezaubernde Frau? Entschuldigen Sie, schönes Kind, dieser

Rüpel, mit dem Sie da gekommen sind, scheint seine Kinderstube vergessen zu haben. Ich bin Neil Webster, ein echter Journalist – im Gegensatz zu Richard mit seinen Schmalspurstorys. Und Sie …?«

»Kate Brannigan.« Ich schüttelte ziemlich lustlos die Hand, die sich mir entgegenstreckte.

»Was trinken Sie, Kate?«

Ich ließ mir einen Wodka-Grapefruit mixen, Richard angelte sich an ihm vorbei eine Dose Schlitz und sagte: »Jetzt haben Sie uns immer noch nicht verraten, was Sie hier machen, Neil.« Ich schnappte nach Luft. Nicht nur, weil Neil Webster es mit dem Wodka etwas zu gut gemeint hatte, sondern weil ich von seiner Antwort so geplättet war. »Ach so, ja … Die Sache ist die: Ich habe den Auftrag, Jetts offizielle Biographie zu schreiben.«

3

Richard wurde erst dunkelrot und dann kalkweiß. Es war ein schlimmer Schlag für ihn. Ich konnte ihm die bittere Enttäuschung nachfühlen. »Soll das ein Witz sein?« fragte Richard kalt.

Neil lachte. »Da staunen Sie, was? Ich hätte eigentlich auch erwartet, daß sie sich dafür einen Spezialisten nehmen. Einen wie Sie«, setzte er genüßlich hinzu. »Aber Kevin wollte unbedingt mich haben. Was sollte ich machen? Kevin und ich sind alte Kumpel. Wer seit zehn, zwölf Jahren einen Topstar wie Jett managt, wird wohl wissen, was gut für ihn ist.«

Richard drehte sich wortlos um und versuchte, aus der dichter werdenden Menge auszubrechen, die sich vor der Bar drängte. Ich wollte ihm folgen, aber Neil verlegte mir den Weg. »Warum ist er denn so sauer? Na, egal, geben Sie ihm ruhig ein bißchen Zeit, sich abzuregen, und erzählen Sie mir was über sich, schönes Kind.«

Ich ließ ihn stehen und ging zu Jett hinüber. Dort hörte ich gerade noch Richard zornig sagen: »Du hattest es mir so gut wie versprochen. Der Typ ist doch eine Flasche. Was hast du dir bloß dabei gedacht?«

Die bewundernde Menge, die Jett mit Glückwünschen überhäufte und versuchte, den Saum seines Gewandes zu erhaschen, war bei Richards Attacke zurückgewichen. Drohend hatte er sich vor Jett aufgebaut. Seine Fiona genoß die Szene sichtlich.

Jett selbst machte ein unglückliches Gesicht. Seine sanfte Stimme klang angestrengt. »Komm, Richard, reg dich nicht so auf. Ich wollte, daß du das Buch machst. Ehrlich. Aber dann hat Kevin diesen Typ angeschleppt und behauptet, daß er der beste Mann für den Job ist. Jetzt kann ich nichts mehr machen. Kevin hat den Vertrag schon abgeschlossen. Wenn ich mich querlege, kostet uns das eine Menge Geld.«

Richard hatte stumm und mit unbewegtem Gesicht zugehört. Ich hatte ihn noch nie so wütend erlebt, nicht mal, als seine Exfrau ihm Ärger wegen des Sorgerechts für Davy gemacht hatte. Vorsichtshalber hielt ich seinen rechten Arm fest. Ich kenne seine Frustreaktionen. Die Gipskartonwand seiner Diele ist schon voller Löcher.

Richard stand da und sah Jett lange an. Dann sagte er erbittert: »Und ich habe gedacht, du bist ein Mann.« Er schüttelte meine Hand ab und ging zur Tür. Es war unheimlich still geworden, alle Gäste machten lange Ohren. Auch nach Richards Abgang dauerte es eine Weile, bis sich der Geräuschpegel wieder normalisiert hatte.

Natürlich wäre ich am liebsten Richard nachgelaufen, um ihn zu trösten, obwohl ich wußte, daß das im Augenblick ziemlich sinnlos war. Zunächst aber mußte ich wissen, welche Rolle mir in diesem Spiel zugedacht war. Ich wandte mich an Jett. »Es war eine furchtbare Enttäuschung für ihn. Er hat gedacht, du hättest mich eingeladen, um den Buchvertrag mit uns zu feiern.«

Zu Jetts Gunsten muß ich sagen, daß er sehr verlegen dreinschaute. »Es tut mir wahnsinnig leid, Kate, ehrlich. Ich wollte es Richard selber sagen, damit er es nicht von anderen erfährt. Er hätte bestimmt ein gutes Buch geschrieben, aber mir sind die Hände gebunden. Du glaubst ja gar nicht, wie wenig Einfluß man in meiner Situation hat...«

»Und was wolltest du heute abend von mir?« fragte ich. »Daß ich bei Richard Händchen halte, damit er nicht ausflippt?«

Jett schüttelte den Kopf. »Hol dir doch noch einen Drink, Tamar«, sagte er zu seiner Fiona.

Die Blondine lächelte mir katzenfreundlich zu und ließ sich von der Couch gleiten. Sobald niemand in Hörweite war, sagte Jett: »Ich habe einen Auftrag für dich. Die Sache ist mir sehr wichtig, ich brauche dafür eine Vertrauensperson. Richard hat mir viel von dir erzählt, und ich glaube, du wärst die Richtige. Mehr kann ich heute abend nicht sagen. Komm morgen zu mir, dann können wir alles besprechen.«

»Soll das ein Witz sein?« fuhr ich auf. »Nachdem du Richard derart gedemütigt hast...«

»Ich habe dich eigentlich so eingeschätzt, daß du Geschäft und Privatleben auseinanderhalten kannst.«

Die seidenweiche Stimme konnte einem ganz schön unter die Haut gehen. Jeder Mensch braucht seine Schmeicheleinheiten. Ich bin da leider keine Ausnahme. »Unsere Firma übernimmt aber nicht alles«, sagte ich hinhaltend.

Rasch, scheinbar beiläufig, sah er sich um, dann sagte er leise: »Ich möchte, daß du jemanden für mich suchst. Kein Wort zu Richard, verstanden?«

»Selbstverständlich. Für Mortensen & Brannigan hat die Vertraulichkeit dem Kunden gegenüber stets Vorrang.« Ich merkte selbst, wie gestelzt das klang.

Er strahlte mich an. »Dann erwarte ich dich also morgen um drei«, sagte er und kam offenbar gar nicht auf den Gedanken, daß ich widersprechen könnte.

Ich schüttelte den Kopf. »Ich weiß nicht, Jett... Vermißtenfälle machen wir normalerweise nicht.«

»Auch nicht mir zu Gefallen?«

»Wenn ich an den Gefallen denke, den du Richard vorhin getan hast...«

Das hatte gesessen. »Ich weiß, daß ich mich nicht richtig verhalten habe, Kate. Ich hätte Richard keine Hoffnungen machen dürfen, ohne die Sache mit Kevin klarzuziehen. Es ist nun mal so, daß er über alle meine Verträge entscheidet. Geschäftlich ist er der Boß. Aber hier geht's um eine Privatsache, die mir sehr wichtig ist. Hör dir doch wenigstens mal an, was ich sagen will. Bitte«, fügte er hinzu. Ich hatte den Eindruck, daß er dieses Wort lange nicht mehr benutzt hatte.

Ich nickte zögernd. »Okay. Um drei. Falls ich es nicht schaffe, rufe ich an, dann müssen wir einen anderen Termin ausmachen. Aber versprechen kann ich nichts.«

Er sah aus, als wäre ihm ein ganzer Haufen Steine vom Herzen gefallen. »Ich bin dir wirklich dankbar, Kate. Und versuch Richard zu erklären, wie das alles gekommen ist, ja? Sag ihm, daß es mir leid tut. Ich kann es mir nicht leisten, den besten Freund zu verlieren, den ich bei der Presse habe.«

Ich nickte und wandte mich zum Gehen. Als ich mich durch die Menge bis zur Tür durchgedrängelt hatte, war Jett mit seinen Problemen schon zweitrangig geworden. Wichtig war jetzt, Richard durch diese Nacht zu helfen.

Als am nächsten Morgen der Wecker piepste, rührte Richard sich nicht. Ich stand leise auf. Wenn er sich ähnlich fühlte wie ich, brauchte er mindestens noch sechs Stunden Schlaf. In der Küche machte ich mir meinen bewährten Muntermacher: Paracetamol, Vitamin B und C, zwei Zinktabletten, Orangensaft und Proteine. Wenn ich Glück hatte, fühlte ich mich wieder einigermaßen menschlich, bis ich vor Billy Smarts Haus angekommen war.

Ich duschte, zog einen frischen Jogginganzug an und griff mir auf dem Weg zur Haustür noch eine Flasche Mineralwasser. Armer Richard, dachte ich, während ich mich ans Steuer setzte. Am vergangenen Abend hatte ich ihn im Foyer eingeholt, wo er ungeduldig herumstand und auf ein Taxi wartete. Auf der Heimfahrt hatte er sich in düsteres Schweigen gehüllt, aber nachdem er einen Viertelliter Southern Comfort und Soda intus hatte, legte er los. Ich hatte, weil mir nichts Besseres einfiel, zur Gesellschaft mitgetrunken. Jett hatte ihn schäbig behandelt, da gab es nichts zu beschönigen, und deshalb schlug mir wegen meiner Verabredung mit dem Rockstar auch heftig das Gewissen. Zum Glück war Richard so mit seiner eigenen Enttäuschung beschäftigt, daß er nicht fragte, was ich nach seinem stürmischen Abgang noch so lange auf Jetts Party gemacht hatte.

Ich fuhr durch die noch menschenleeren Straßen und legte mich wie immer ein paar Türen vor Billys Haus auf die Lauer. Daß die Leute so selten merken, wenn sie beobachtet werden, überrascht mich immer wieder. Allerdings erwartet wohl auch niemand einen Vauxhall Nova als Observierungsfahrzeug. Das 1,4 SR-Modell, das ich fahre, sieht total harmlos aus – eben einer dieser Kleinwagen, wie die Männer sie ihren Ehefrauen als rollende Einkaufstasche schenken. Aber wenn ich Gas gebe, geht er ab wie die Feuerwehr. Ich hatte Billy Smart immer im Blick, wenn er in einer bestimmten Garage alle drei Tage seine Leihwagen austauschte, ich war hinter ihm, wenn er im Mercedes oder BMW quer durchs Land gondelte, und bin nach wie vor davon überzeugt, daß er keine Ahnung davon hatte. Dabei habe ich nur ein Problem. Ein typisch weibliches. Männer sind gut dran, die können zum Pinkeln eine Flasche nehmen.

Zum Glück ließ mich Billy heute nicht lange warten. Ich blieb ungeduldig stehen, bis er einmal um den Block gefahren war, weil er sehen wollte, ob er verfolgt wurde, und setzte mich in einigem Abstand auf seine Spur. Dann lief dieselbe Masche ab wie am vergangenen Mittwoch: Er holte Bruder Gary ab, der in einem Hochhausblock über dem Arndale-Einkaufszentrum wohnt, und sie fuhren zusammen zu der kleinen Hinterhoffabrik in dem schäbigen Bezirk, der von dem hohen backsteinroten Wasserturm der Strafanstalt Strangeways beherrscht wird. Nach einer halben Stunde kamen sie mit mehreren sperrigen schwarzen Cordsamtbündeln wieder heraus, in denen, wie ich wußte, Hunderte gefälschter Uhren steckten.

Ich mußte mich dicht hinter dem Leih-Mercedes halten, während wir uns durch den dichter werdenden Verkehr schlängelten, aber inzwischen kannte ich ja meine Pappenheimer. Wieder fuhren sie über die M 62 in Richtung Leeds und Bradford. Ich folgte ihnen noch bis zu ihrer ersten Anlaufstelle, einer Einzelgarage in Bradford, dann machte ich Schluß. Es war immer wieder der gleiche Trott, und die nötigen Fotos hatte ich schon im Kasten. Zeit für ein Gespräch mit Bill. Auch über Jetts Vorschlag wollte ich mich mit ihm beraten.

Gegen Mittag war ich dann im Büro. Wir haben drei kleine Räume im sechsten Stock eines Bürogebäudes, das einer Versicherung gehört, nur ein paar Schritte von den BBC-Studios auf der Oxford Road entfernt, keine Topadresse, dafür aber ganz in der Nähe des Kommunalen Kinos mit einer sehr besuchenswerten Cafeteria. Shelley, unsere Sekretärin, sah von ihrem Computer auf. »Dienstbeginn mit der Mittagspause – so schön möchte ich's auch mal haben.«

Mit Verspätung – ich hatte schon angefangen, mich des längeren über meine Tätigkeit an diesem Vormittag zu verbreiten – ging mir auf, daß sie mich wieder mal auf den Arm genommen hatte. Ich steckte ihr die Zunge heraus und legte ihr eine Mikrokassette mit meinem Bericht über die letzten beiden Tage auf den Tisch. »Probates Mittel gegen lähmende Langeweile«, empfahl ich. »Sonst was Wichtiges?«

Shelley schüttelte den Kopf, und die in ihr Haar geflochtenen Perlen schepperten. Schon oft habe ich überlegt, daß einem dieses Geräusch früh am Morgen ganz schön auf den Geist gehen muß. Da aber Shelly es als ihre Lebensaufgabe betrachtet, ihre beiden halbwüchsigen Kinder von Dummheiten abzuhalten, kommt es wohl eher selten vor, daß sie morgens mit einem Kater aufwacht. Manchmal habe ich einen regelrechten Haß auf sie.

Meist aber habe ich guten Grund, ihr dankbar zu sein. Sie ist die tüchtigste Sekretärin, die mir je begegnet ist: Fünfunddreißig, geschieden und trotz des erbärmlichen Gehalts, das wir ihr zahlen, immer schick in Schale. Sie ist nur knapp eins fünfzig und so schmal und zart, daß selbst ich mir dagegen vorkomme wie ein Riesenbaby. Ich habe sie in ihrem kleinen Haus besucht, in dem man sich kaum drehen kann. Es ist trotz der beiden Teenager so sauber, daß man vom Boden essen könnte, und fast unnatürlich aufgeräumt. Richard meint, das sei Ansichtssache, so nach dem Motto: »Ich habe hohe Maßstäbe, du bist pingelig, sie hat einen Ordnungstick.«

Shelly schob meine Kassette ein. »Bis zum späten Nachmittag hast du die Abschrift«, versprach sie.

»Danke. Kopier den Text bitte auch für Bill, ja? Ist er frei?«

Sie sah auf die Lichter der Sprechanlage. »Sieht so aus.«

Mit vier Schritten war ich an Bills Tür und klopfte. »Herein«, brummte eine tiefe Stimme. Als ich die Tür hinter mir zumachte, sah er von seinem turbogetriebenen IBM-kompatiblen PC auf und knurrte: »Moment noch, Kate.« Bill hat alles gern turbogetrieben. Von seinem Saab 9000 Kabrio bis zum Sex.

Mit gekrauster Stirn sah er auf den Monitor und tippte hin und wieder eine Taste an. Ich staune immer wieder, wenn ich Bill vor seinen Computern sitzen sehe, man merkt ihm nämlich weder den Computerfreak noch den Privatdetektiv an. Er ist eins fünfundneunzig und sieht aus wie ein zottiger blonder Bär. Haare und Bart sind zottig, die Augenbrauen über den eisblauen Augen sind zottig, und wenn er lächelt, kommen gefährlich aussehende Zahnreihen zum Vorschein. Ich blicke immer noch nicht ganz durch, wie das mit seiner Herkunft ist, und weiß nur, daß seine Großeltern auf der einen Seite Dänen und Holländer und auf der anderen Seite Deutsche und Belgier waren. Nach dem Krieg sind seine Eltern hier hängengeblieben. Sie haben eine florierende Farm in Cheshire, und als Bill ihnen eröffnete, daß ihn Megabytes mehr interessierten als Megaburger, muß für sie eine Welt zusammengebrochen sein.

Bill hat in Manchester Informatik studiert und einen glänzenden Abschluß gemacht. Noch während er an seiner Dissertation schrieb, stellte ihn eine Software-Firma als Troubleshooter ein. Nach zwei Jahren machte er sich selbständig und fing an, die kriminellen Aktivitäten der Computerbranche – Unterschlagungen, Betrug und das Hackerunwesen – zu durchleuchten. Bald übernahm er auch Konzeption und Einbau von Überwachungs- und Sicherheitssystemen. Ich hatte ihn gegen Ende meines ersten Studienjahrs kennengelernt, als er eine kurze Affäre mit meiner Untermieterin hatte, und wir blieben auch nach Ende der Romanze in Kontakt. Er gab mir ein paar juristische Aufträge – Zustellen von Vorladungen, Recherchen in Gesetzesblättern und dergleichen. Bald arbeitete ich regelmäßig in den Semesterferien für ihn. Mein Aufgabengebiet wuchs rasch, denn Bill hatte schnell heraus, daß sich in eine Firma, die einschlägige Probleme hat, eine Frau bedeutend leichter einschmuggeln läßt als ein Mann. Wer achtet schon auf eine Aushilfssekretärin oder Datentypistin? Ich fand das alles sehr viel spannender, als meinen Abschluß in Jura zu machen, und als er mir nach meiner Zwischenprüfung eine Vollzeitstelle anbot, griff ich zu. Meinen Vater hätte fast der Schlag getroffen. Ich mußte ihm versprechen, mich wieder in den Hörsaal zu setzen, falls es mit der Stellung bei Bill nicht klappen sollte.

Zwei Jahre später bot mir Bill eine Partnerschaft an, und so entstand die Firma Mortensen & Brannigan. Ich habe meine Entscheidung nie bereut, und als mein Vater erfuhr, daß ich sehr viel mehr verdiente als ein kleiner Anwalt oder er als Automechaniker, war er versöhnt.

Bill sah zufrieden lächelnd hoch und lehnte sich zurück. »Entschuldige, Kate. Was macht denn der Billy-Smart-Wanderzirkus?«

»Hält sich an seinen Trott.« Ich informierte ihn kurz, und seine Mundwinkel näherten sich den Ohrläppchen.

»Wann können wir abschließen?« fragte er. »Und brauchst du noch was von mir?«

»Ich denke, daß wir in einer Woche den Klienten unseren Abschlußbericht geben können. Nein, im Augenblick brauche ich nichts – es sei denn, du fändest einen Dummen, der für ein, zwei Tage Billy im Auge behält. Ich wollte nämlich etwas mit dir besprechen, was man uns gestern angeboten hat.« Ich erzählte ihm von meinem Gespräch mit Jett.

Bill stand auf und reckte sich. »Normalerweise machen wir ja so was nicht. Vermißtenfälle sind heikel. Sie kosten viel Zeit, und nicht alle Vermißten möchten unbedingt auch gefunden werden. Aber falls es eine relativ unkomplizierte Sache ist, wäre das für uns ein Einstieg in eine ganz neue Branche. Im Plattengeschäft gibt es bekanntlich jede Menge Raubkopierer. Am besten hörst du dir an, was er will, Kate, machst aber noch keine Zusagen. Wir reden morgen weiter, wenn du einmal drüber geschlafen hast. Das scheinst du nämlich dringend nötig zu haben. Nächtelange Rockpartys sind wohl in deinem Alter nicht mehr das Richtige.«

Ich funkelte ihn an. »Wenn ich müde aussehe, hat das mit Partys überhaupt nichts zu tun. Schon eher mit der Observierung eines hyperaktiven Typs, der unter Schlaflosigkeit leidet.«

Während Bill seinen AppleMac anwarf, verzog ich mich in mein Büro, das eigentlich nur eine bessere Abstellkammer ist. Es hat gerade genug Platz für einen Tisch mit meinem PC, einen Schreibtisch, ein paar Aktenschränke und drei Stühle. Ein Verschlag daneben fungiert als Dunkelkammer und Damentoilette. An einer Wand steht ein Regal mit juristischen Wälzern und einer Grünpflanze, die alle sechs Wochen ausgewechselt werden muß. Zur Zeit ist es eine drei Wochen alte und schon sichtlich kümmernde Duftpelargonie. Ich weiß nicht, wie man das Gegenteil von einem grünen Daumen bezeichnet – jedenfalls welkt jede Pflanze, die ich anfasse, unverzüglich dahin. Sollte ich irgendwann mal im tropischen Regenwald Brasiliens aufkreuzen, droht eine ökologische Katastrophe, die selbst Sting nicht mehr verhindern könnte.

Ich setzte mich an meinen Computer, wählte eine unserer Datenbanken an und ließ mir alles, was sie über Jett hatten, auf meinen Computer überspielen. Dann speicherte ich die Daten auf Diskette und druckte sie aus. Auch wenn wir uns entscheiden sollten, den Auftrag abzulehnen, wollte ich bei unserem Treffen genau informiert sein. Und da ich dank Jett nicht auf meine beste Quelle zurückgreifen konnte, mußte ich eben versuchen, ohne Richard auszukommen.

Ich überflog den Ausdruck, der – Ironie des Schicksals – auch Material aus Richards Artikeln enthielt. Nun wußte ich über Jett mehr, als ich je über einen anderen Popstar erfahren hatte, einschließlich Björn von der Gruppe Abba, den ich als Zehn- oder Elfjährige angehimmelt hatte. Ich wußte, wie es ihm in seiner Kindheit ergangen war (ziemlich mies) und daß er durch seine fromme Mutter in den Gospelchor seiner Gemeinde gekommen war, ich kannte seine Ansichten über Rassenintegration (eine gute Sache), Drogen (sehr schlechte Sache), Abtreibung (Verbrechen gegen die Menschlichkeit), den Sinn des Lebens (christlicher Fundamentalismus, reich garniert mit New-Age-Gesabbel), Musik (die beste Sache der Welt, wenn sie mit schönen Melodien und sinnvollen Texten daherkommt) und Frauen (»Ich liebe und achte sie!«). Aber zwischen all dem Klatsch und Tratsch steckte auch allerlei Brauchbares. Ich konnte mir jetzt denken, wen Jett suchte. Wäre ich eine Spielernatur, hätte ich, ohne mit der Wimper zu zucken, viel Geld auf einen ganz bestimmten Namen gesetzt.

4

Zwischen Jetts neuem Heim und dem Viertel, in dem er aufgewachsen war, lagen Welten. Das kam mir so recht zu Bewußtsein, als ich vor dem wuchtigen schmiedeeisernen Tor hielt. Der Weg von Manchesters Stadtmitte nach Cheshire führt geradewegs durch das pulsierende Zentrum von Moss-Side mit den Trödelständen am Straßenrand. Allerdings bieten manche Händler dort nicht nur altes Zeugs, sondern ganz anderen Stoff an. Ich atmete auf, als ich auf der Autobahn war, und noch leichter wurde mir ums Herz, als ich den dichten Verkehr hinter mir gelassen hatte und über schmale Straßen fuhr, an deren Rand die ersten Frühlingsblumen blühten.

Vor dem Tor kurbelte ich das Fenster herunter und drückte den Summer. Am Ende der Einfahrt leuchtete die Fassade von Colcutt Manor in warmem Gelb. Ein imposanter Anblick. Über die Gegensprechanlage meldete sich eine quäkende Stimme. »Kate Brannigan«, sagte ich. »Firma Mortensen & Brannigan. Ich habe einen Termin mit Jett.«

Pause. »Bedaure«, quäkte es. »Davon ist mir nichts bekannt.«

»Bitte fragen Sie Jett, ich bin mit ihm verabredet.«

»Bedaure, das wird nicht möglich sein.«

Die Panne wunderte mich nicht weiter. Rockstars haben häufig Defizite in ihrer Organisation. Seufzend versuchte ich noch einmal mein Glück. »Ich muß Sie bitten, jetzt zu gehen«, quäkte es aus dem Lautsprecher.

Beim dritten Versuch bekam ich überhaupt keine Antwort mehr, und ich ließ mich zu einer sehr unfeinen Bemerkung hinreißen. Ich hätte jetzt einfach wieder nach Hause fahren können, aber das ging mir gegen die Berufsehre. Eine Privatdetektivin, die es nicht mal schafft, zu ihrem Gesprächspartner vorzudringen? Das wäre ja noch schöner...

Langsam fuhr ich an der Grundstücksmauer entlang. Sie war über zwei Meter hoch, aber so eine Kleinigkeit konnte mich nicht schrecken. Einen Kilometer weiter fand ich, was ich gesucht hatte – einen kräftigen Baum direkt an der Mauer mit einem Zweig, der dreißig Zentimeter über die Mauerkrone in das Grundstück hineinragte. Seufzend stellte ich den Wagen am Straßenrand ab und vertauschte meine Stöckelschuhe mit den Reeboks, die ich immer im Kofferraum habe. Die Hochhackigen verstaute ich in meiner geräumigen Handtasche. Auf der anderen Seite würde ich sie brauchen, denn ich wollte ja meinem neuen Klienten als gewiefte Karrierefrau imponieren und nicht als jemand, der den Londoner Marathon läuft. Übrigens ist mir ein Rätsel, wie Männer es schaffen, ohne Handtasche durchs Leben zu gehen. Meine ist die reinste Überlebensausrüstung, vom Augenbrauenstift über ein Schweizer Armeemesser bis zu Kleinbildkamera und Tonband habe ich immer alles dabei.

Ich hängte mir die Tasche um, kletterte gemächlich an dem Baum und dem überragenden Zweig hoch und ließ mich von dort auf die Mauerkrone herunter. Es waren nur dreißig Zentimeter, und ich schaffte das Kunststück ohne größere Blessuren. Dann klopfte ich mich ab und ging über die struppige Wiese zum Haus, wobei ich einen großen Bogen um die darauf grasenden Rindviecher machte. Zum Glück war kein Bulle dabei. An der Einfahrt zog ich wieder die Hochhackigen an und verstaute die Reeboks in einer Plastiktüte, die ich immer in der Handtasche habe.

Ich marschierte zur Haustür. Sollte ich klingeln? Vergiß es, Brannigan. Die Quäkstimme von vorhin wirst du doch nicht überzeugen können. Vorsichtig drückte ich die Klinke herunter. Zu meiner Überraschung gab sie nach, die schwere Tür öffnete sich. Ich hielt mich nicht damit auf, ein Dankgebet zum Schutzheiligen der Schnüffler – wer immer das sein mag – hochzuschicken, sondern trat ein. Der Anblick, der sich mir bot, war ehrfurchtgebietend: Italienische Terrazzofliesen auf dem Boden, vor mir eine prunkvolle Treppe zum Obergeschoß, die sich auf halber Höhe teilte. Ich kam mir vor wie in einem Fred-Astaire-Film.

Plötzlich ließ sich aus einer geöffneten Tür gleich am Eingang eine empörte Stimme vernehmen: »Was fällt Ihnen eigentlich ein?« Zu der Stimme gehörte eine Blondine Mitte Zwanzig von mittelprächtigem Aussehen und mittelprächtiger Figur. Immerhin – sie hatte für sich getan, was sie konnte. Ich registrierte geschickt aufgetragenes Maskara, diskretes Make-up und einen Overall aus braunem Leder.

»Ich habe einen Termin mit Jett«, sagte ich.

»Wie kommen Sie ins Haus? Sie haben hier nichts zu suchen. Waren Sie das eben am Tor?« fragte sie aufgebracht.

»Ja, das war ich. Mit der Sicherheit ist es hier wohl nicht weit her, was? Wir helfen Ihnen gern bei Ihren Problemen.«

»Wenn Sie irgendwas zu verkaufen haben, sind Sie an der falschen Adresse. Ohne vorherige Anmeldung empfängt Jett keine Besucher«, erklärte sie sehr endgültig. Ihr Lächeln enthielt so viel Bosheit, daß ein Klatschkolumnist damit mindestens ein Jahr hätte arbeiten können.

Zum drittenmal sagte ich: »Aber ich habe einen Termin. Kate Brannigan, Firma Mortensen & Brannigan.«

Sie warf den langen Zopf über die Schulter und kniff die kornblumenblauen Augen zusammen. »Ohne Termin käme selbst die Prinzessin von Wales nicht an mir vorbei. Hier, sehen Sie selbst.« Sie schob mir einen aufgeschlagenen Terminkalender zu.

Für eine höchstens Drei- oder Vierundzwanzigjährige war sie erstaunlich stur. Ich warf einen Blick auf den Kalender. Tatsächlich – mein Name war nicht vermerkt. Entweder hatte Jett vergessen, ihr etwas von dem Termin zu sagen, oder sie versuchte absichtlich, mich von ihm fernzuhalten. »Hören Sie, Miss...«

»Seward. Gloria Seward. Ich bin Jetts Assistentin. Meine Aufgabe ist es, ihn vor Leuten abzuschirmen, mit denen er nicht sprechen möchte. Alle Termine gehen über mich.«

»Dann kann ich nur annehmen, daß er vergessen hat, Sie zu informieren. Wir haben die Verabredung erst gestern abend getroffen, nach dem Konzert. Vielleicht ist es ihm entfallen. Und deshalb möchte ich Sie jetzt nochmals bitten, zu Jett zu gehen und ihm Bescheid zu sagen.« Noch versuchte ich es mit gutem Zureden, aber ich hatte das Gefühl, daß ich das nicht mehr lange würde durchhalten können.

»Bedaure, das wird nicht möglich sein. Jett arbeitet und darf nicht gestört werden«, sagte sie zufrieden.

Hätte sie dabei nicht so infam gegrinst, wäre mir wohl noch nicht so schnell der Geduldsfaden gerissen. Ich war schon fast an der nächsten Tür, ehe sie begriff, was los war. Ohne mir Zeit zur Bewunderung der zahlreichen Bilder und Skulpturen zu nehmen, marschierte ich weiter. »Kommen Sie sofort zurück«, zeterte sie. »Sie haben hier...«

Ich machte die Tür auf und stand in einem blaugoldenen Salon. Wie in einer Zeitschrift für schöneres Wohnen. Aus einer als Queen-Anne-Schrank getarnten Stereoanlage dröhnte *Road to Hell* von Chris Rea, und auf einem zierlich, mit blauer Seide bespannten Sofa, das aussah, als könne es allenfalls das Gewicht von Elizabeth

Barrett Browning im letzten Stadium der Auszehrung tragen, lag eine durchaus nicht ausgezehrte junge Frau mit blonder Löwenmähne, die im Gegensatz zu mir frisch und ausgeruht wirkte. Tamar sah von der Zeitschrift auf, in der sie geblättert hatte und sagte: »Ach, Sie schon wieder ...«

Sie trug einen kobaltblauen Trilobalanzug, der sich so heftig mit dem Blau der Einrichtung biß, daß ich Kopfschmerzen kriegte, wenn ich sie nur ansah. »Hallo«, sagte ich. »Wo steckt Jett?«

»Im Probenraum. Durch die Halle und den hinteren Gang, erste Tür rechts.« Und schon hatte sie sich wieder, mit dem Fuß den Takt mitschlagend, in ihre Zeitschrift vertieft.

Vor der Tür hatte sich eine wutschnaubende Gloria postiert. »Wie können Sie es wagen ...«

Ich marschierte ungeniert weiter. Gloria rannte hinterher und versuchte vergeblich, mich am Ärmel festzuhalten. An der Tür zum Probenraum schüttelte ich ihren Arm ab. »So, und jetzt wird sich herausstellen, ob ich einen Termin habe oder nicht«, sagte ich.

5

Ich öffnete die Tür und hörte eine wütende Männerstimme: »Wie oft soll ich das noch wiederholen? Du brauchst keinen, der ...«

Als die Tür klappte, wirbelte der Mann herum und verstummte jäh. Neil Webster saß auf einem Regiestuhl und machte ein sehr zufriedenes Gesicht. Jett lehnte gnatzig an einem weißen Flügel. Den Mann, der eben noch so herumgebrüllt hatte, hatte ich bei dem Dinner damals im Gespräch mit Jett gesehen, und Richard hatte mir gesagt, wer es war: Kevin Kleinman, Jetts Manager.

Jetzt kam auch Gloria angekeucht und verwandelte sich zu meiner Überraschung aus einem feuerspeienden Drachen in ein sanftes Kätzchen. »Tut mir unheimlich leid, Jett«, schnurrte sie. »Aber diese Person hat sich hier einfach reingedrängt, ich konnte sie nicht mehr bremsen.«

Jett stieß sich mit einem ungeduldigen Seufzer vom Flügel ab.

»Ich hab dir doch gesagt, daß ich Kate erwarte, Gloria. Wie konntest du das bloß vergessen?«

Gloria reagierte unverhältnismäßig heftig auf diese relativ harmlose Bemerkung. Sie lief purpurrot an, wand sich vor Verlegenheit und entschuldigte sich weitschweifig. Wohlgemerkt bei Jett, nicht bei mir! Aber auch als sie weg war, wollte die Spannung nicht recht weichen. Mit einem fast spürbaren Ruck schaltete Jett seinen Charme ein und richtete ihn voll auf mich. »Ich bin sehr froh, daß du kommen konntest, Kate«, sagte er.

Noch ehe ich antworten konnte, hatte sich Neil eingeschaltet. »Sie tun uns wirklich allen einen Riesengefallen, Kate. Ich kann Ihnen gar nicht sagen, wie ich mich freue, daß Sie Jett in dieser heiklen Sache unter die Arme greifen wollen.«

Ich fing den bösen Blick auf, den Kevin ihm zuwarf, ehe er mir ein gezwungenes Lächeln schenkte. »Vielleicht sollten wir unsere Begeisterung noch zügeln, bis Kate sich endgültig entschieden hat.«

Ich konnte mich heute für Kevin genausowenig erwärmen wie bei unserer ersten Begegnung. Er war mittelgroß und hatte eine leidliche Figur, aber eine miserable Haltung, runde Schultern und einen schlurfenden Gang. Das braune Haar war schon erheblich gelichtet, was die Schärfe seiner Züge noch unterstrich. Richard behauptete, er habe sich die Nase kosmetisch verschönern lassen, aber wenn ich mir seinen Riechkolben so ansah, mochte ich das nicht recht glauben. Mit seinem Outfit – weiches braunes Lederblouson über beigefarbenem Kaschmir-Rolli und Levi's 501 – wollte er wohl seine Umwelt vergessen machen, daß ihm in Kürze der vierzigste Geburtstag ins Haus stand. Er hatte offenbar meinen Blick gespürt und kam mit ausgestreckter Hand auf mich zu. »Sie sind also die bezaubernde Kate. Richard hat mir schon viel von Ihnen erzählt. Ich bin Kevin und kümmere mich um Jetts Geschäfte.«

»Freut mich sehr«, schwindelte ich.

»Unabhängig davon, ob Sie Jetts Auftrag übernehmen, muß ich betonen, daß nichts von dem, was wir heute besprechen, über diesen Raum hinausgehen darf. Kämen diese Informationen in die falschen Hände, könnten sie Jett sehr schaden.« Kevin hielt meine Hand eine Spur zu lange fest. Als er sie endlich freigab, hätte ich mir die Handfläche am liebsten an meiner Hose abgewischt.

»Ich habe Jett bereits Vertraulichkeit zugesichert. Wer so viele Firmenkunden hat wie wir, kann sich kein loses Mundwerk leisten.« Die Antwort kam schärfer als beabsichtigt, und ich sah, daß Neil anerkennend grinste.

»Selbstverständlich. Ich wollte es nur noch mal gesagt haben«, säuselte Kevin.

Ich ließ ihn stehen und trat zu Jett. »Am besten erzählst du mir jetzt, warum du mich hergebeten hast.«

Er nahm meinen Arm und führte mich zu einem runden Tisch mit mehreren bequemen Sesseln. Ich sah mich kurz um. Das Zimmer war so groß wie ein Tennisplatz, offensichtlich ein späterer Anbau an das Herrenhaus aus dem achtzehnten Jahrhundert, das Jett vor fünf Jahren gekauft hatte. Die Hausbar in einer Ecke wirkte ausgesprochen deplaziert. Die hohen Fenster, von denen der Blick über die umliegende Parklandschaft ging, waren zur Verbesserung der Akustik mit schweren Läden versehen worden. Ich registrierte außer dem Flügel Synthesizer, Akustik- und Elektrogitarren und diverse Schlaginstrumente. Die Ausstattung war Spitze. Das sagte ich auch zu Jett.

Er lächelte. »Nicht übel, was? Ich habe einen Teil der Kellerräume zu einem Aufnahmestudio umbauen lassen. Für einen wie mich, der Château Margaux nicht von Holunderbeerwein unterscheiden kann, ist der Raum als Weinkeller zu schade.«

Kevin trat zu uns, aber Jett fuhr fort, ohne sich weiter um ihn zu kümmern: »Ich möchte, daß du jemanden für mich ausfindig machst, Kate. Ich hatte von Anfang an Vertrauen zu dir. Ich habe das Gefühl, daß wir uns schon lange kennen. Vielleicht aus einem früheren Leben.«

Mir wurde etwas mulmig. Ich war nicht in der Stimmung für New Age-Schrott. Hatte ich mir etwa einen Spinner als Klienten eingehandelt?

»Das Schicksal hat uns zusammengeführt. Unsere Wege kreuzten sich, als ich Hilfe brauchte. Ich weiß, daß ihr solche Aufträge sonst nicht übernehmt, aber bei mir mußt du eine Ausnahme machen.« Jett tätschelte meine Hand.

»Erst muß ich Näheres wissen«, bremste ich ihn und hielt mich an meinen Drink.

»Als ich anfing, hatte ich, wie du vielleicht weißt, eine Partnerin. Moira war meine Seelenfreundin, die Gefährtin, die das Schicksal mir bestimmt hatte. Die Songs der ersten beiden Alben haben wir alle zusammen geschrieben, sie flossen uns nur so zu, es war wie ein Wunder. Aber wir haben unsere Chance vertan. Ich habe mich nicht genug um sie gekümmert. Und ohne meine Hilfe hat sie den Druck nicht ausgehalten und mich verlassen. Mir war der Erfolg zu Kopf gestiegen. Ich begriff damals nicht, daß ich sie nie hätte gehen lassen dürfen. Und sie hatte mir so viel von ihrer Energie dagelassen, daß ich lange Zeit nicht merkte, wie sehr ich sie brauchte.« In Jetts Augen glänzten Tränen, aber es schien ihm überhaupt nichts auszumachen, in so gemischter Gesellschaft seine geheimsten Gefühle preiszugeben.

»Inzwischen ist die Energie verbraucht. Meine letzten beiden Alben taugen nichts.« Er sah herausfordernd zu Kevin auf, der nur stumm die Schultern zuckte. »Ich pack's einfach nicht mehr. Nicht nur die Musik. Mein ganzes Leben. Und deshalb, Kate, möchte ich, daß du Moira für mich ausfindig machst.«

Insgeheim klopfte ich mir auf die Schulter. Aufs richtige Pferd gesetzt, Brannigan! »Ich weiß nicht recht, Jett...«, sagte ich ausweichend. »Nach verschwundenen Personen zu suchen kostet Zeit. Und wenn Moira sich nicht finden lassen will, wird sie nicht zu dir zurückkommen.«

Jetzt konnte Kevin sich nicht mehr beherrschen. »Na, was hab ich dir gesagt, Jett?« krähte er. »Wie oft habe ich schon versucht dir klarzumachen, daß das nur Ärger gibt. Weißt du denn, ob sie dich sehen will? Und ob sie noch so texten kann wie früher? Kate hat schon recht, es ist pure Zeitverschwendung.«

»Hör auf zu labern«, brüllte Jett los. Die Schallwellen konnten einen glatt vom Hocker reißen. »Ihr seid alle gleich«, fuhr er in unverminderter Lautstärke fort. »Ihr habt doch bloß die Hosen voll, weil's Zoff geben könnte, wenn sie zurückkommt. Der einzige, an dem ich noch ein bißchen Unterstützung habe, ist Neil. Aber jetzt wird endlich mal gemacht, was ich will, Kevin, und Kate wird mir helfen, mein Ziel zu erreichen.«

Die Stille nach diesem Ausbruch war ohrenbetäubender als das Gebrüll. Ich schüttelte den Kopf, um wieder klar denken zu können.

Kevins dummes Gerede hatte mich gegen den Strich gebürstet. Ich hatte große Lust, den Auftrag anzunehmen. Einfach deshalb, weil er sich darüber ärgern würde. Ich holte tief Luft. »Noch habe ich mich nicht entschieden. Dazu müßte ich erst mehr hören.«

»Das sollst du auch«, versprach Jett.

»Moment mal«, fuhr Kevin dazwischen. »Zunächst müssen wir doch wissen, worauf wir uns da einlassen. Was würde die Sache kosten?«

Ich nannte einen Preis, der dem Doppelten unserer üblichen Honorare entsprach. Jett zuckte nicht mit der Wimper, aber Kevin schnappte hörbar nach Luft. »Ganz schön heavy«, stellte er fest.

»Von nichts kommt nichts.«

»Um Moira zurückzubekommen, würde ich alles hergeben, was ich besitze«, sagte Jett schlicht. »Und das wäre noch ein geringer Preis.« Kevin sah aus, als würde ihn gleich der Schlag treffen.

Neils Lächeln war noch breiter geworden. Moira war eine wichtige Zeitzeugin für sein Buch, und ihre Rückkehr konnte ihm nur recht sein. Ein bißchen schwankend stand er auf und hob das Whiskyglas, das er nicht aus der Hand gegeben hatte. »Darauf wollen wir trinken. Auf Kates Erfolg.«

Kevin lächelte gequält, und ich dachte mir, daß meine heitere Miene wahrscheinlich auch nicht viel überzeugender wirkte. Ich hakte Jett unter und zog ihn von den anderen weg. »Können wir uns irgendwo in Ruhe über die Einzelheiten unterhalten?« fragte ich leise.

Er klopfte mir väterlich auf die Schulter. »Okay, Jungs«, sagte er. »Kate und ich haben noch was Geschäftliches zu besprechen. Ich komme später auf dich zurück, Neil. Und auf dich auch, Kevin.«

»Wenn es um Geschäfte geht, Jett«, protestierte Kevin, »sollte ich dabeisein.«

Jett blieb überraschend fest. Die Grenzen zwischen Geschäftlichem und Privatem waren für ihn offenbar genau definiert. In geschäftlichen Dingen – wie der Entscheidung über den Verfasser von Jetts Autobiographie – war für ihn Kevins Wort Gesetz, aber in sein Privatleben ließ er sich nicht hineinreden. Eine interessante Grenzziehung, die ich mir gut merken würde.

Neil marschierte zur Tür. Auf der Schwelle drehte er sich noch einmal zu uns um. »Weidmannsheil!« rief er und schwenkte sein Glas.

Kevin griff sich seinen Terminkalender und das Mobiltelefon von der Bar und verzog sich ohne ein weiteres Wort in deutlicher Verliererpose. »Mich wundert, daß du diesen Auftrag an eine Frau vergeben willst, Jett«, sagte ich. »Gehört nicht die Frau deiner Meinung nach an den häuslichen Herd?«

Er schien nicht recht zu wissen, ob das ernst zu nehmen war oder ob ich ihn verulken wollte. »Ich bin nicht für berufstätige Ehefrauen und Mütter, wenn du das meinst. Aber alleinstehende Frauen wie du müssen schließlich von irgendwas leben. Und ich mute dir ja auch nichts Gefährliches zu, eine Verbrecherjagd zum Beispiel. Frauen reden doch gern. Wenn man eine Frau sucht, ist es am aussichtsreichsten, dafür auch eine Frau einzusetzen.«

»Willst du Moira zurückhaben, um mit ihr zu arbeiten oder um sie zu heiraten?« fragte ich ehrlich interessiert.

»Ich hätte sie sofort geheiratet. Aber sie wollte nicht. Für mich ist die Frau dazu da, für Mann und Kinder zu sorgen. Ich habe mir sehr gewünscht, Moira zur Mutter meiner Kinder zu machen. Ob ich das jetzt noch möchte, weiß ich allerdings nicht.«

In diesem Augenblick war ich drauf und dran, die Brocken hinzuschmeißen. Nur hätte das am Grundsätzlichen wahrscheinlich nichts geändert – am allerwenigsten an Jetts vorsintflutlichem Frauenbild. Wie einer, der in seiner Musik doch einige Intelligenz und Sensibilität zeigte, im letzten Jahrzehnt des zwanzigsten Jahrhunderts noch solche Ansichten haben konnte, war mir ein Rätsel. Ich gab mir einen Ruck und wurde geschäftlich. Aber ein häßlicher Geschmack auf der Zunge blieb.

Zwei Stunden später saß ich wieder in meinem kleinen Büro. Geschlagene fünfzehn Minuten hatte ich auf Bill einreden müssen, um ihn davon zu überzeugen, daß wir den Fall übernehmen sollten. Die Erfolgsaussichten schätzte ich auf fifty-fifty, aber wir würden ein schönes Honorar kassieren, und falls es mir tatsächlich gelang, Moira aufzuspüren, sprach sich das natürlich in der Szene herum und war eine willkommene Werbung für uns. Plattenfirmen haben Geld wie Heu und sind ständig in Prozesse verwickelt. Wer vor Gericht recht bekommen will, braucht handfeste Beweise, und dazu wiederum braucht er tüchtige Schnüffler.

Nachdem Bill weichgeklopft war, stürzte ich mich in die Arbeit. In meinem Vieraugengespräch mit Jett hatte ich jede Menge Hintergrundinformationen über Moira bekommen. Nachdem er erst mal losgelegt hatte, war er kaum noch zu bremsen gewesen. Jetzt mußte ich darangehen, das Material zu sichten, und dazu speicherte ich es erst mal ab.

Moira Xaviera Pollock war zweiunddreißig Jahre alt, Sternzeichen Fische mit Krebsaszendenten und Mond im Schützen, eine Weisheit, mit der ich herzlich wenig anfangen konnte. Sie war zusammen mit Jett in Moss-Side, Manchesters Schwarzengetto, aufgewachsen, wo es eine reife Leistung ist, volljährig zu werden und nicht vorbestraft oder ein Junkie zu sein. Moiras Mutter hatte drei Kinder von verschiedenen Vätern. Moira war die Jüngste, ihr Vater war ein spanischer Katholik gewesen, ein gewisser Xavier Perez, daher ihr ungewöhnlicher zweiter Vorname, ein Geschenk des Himmels für jeden Ermittler. Auf dem Foto, das Jett mir gegeben hatte, sah sie wunderschön und sehr verletzlich aus. Ihre Haut hatte einen warmen sahnebonbonbraunen Ton, und unter dem Schopf brauner Krissellocken sahen große scheue Bambi-Augen in die Welt.

Jett und Moira hatten sich schon als Teenager zusammengetan, um Songs zu schreiben. Moira verfaßte die sensiblen Texte, die einem so unter die Haut gingen, und Jett vertonte sie. Moira hatte nie das Bedürfnis gehabt, selbst auf der Bühne zu stehen – mit Jetts einzigartiger Stimme konnte sie sowieso nicht konkurrieren –, kümmerte sich aber von Anfang an um die Organisation. Zunächst hatte er in den Klubs ihres Viertels gespielt, dann hatte sie ihm einen wöchentlichen Auftritt in einer der neuen Weinbars im Zentrum besorgt. Das war der Durchbruch. Kevin, der sich die Weinbar als Hobby zugelegt hatte – er war in dem Textilgroßhandel seiner Familie tätig –, erkannte sehr schnell Jetts Möglichkeiten und erbot sich, die beiden zu managen. Der Textilhandel war abgemeldet.

Wer Jett nicht von früher kannte, konnte sich kaum vorstellen, was das für die beiden jungen Leute bedeutet hatte. Plötzlich gab es da diesen Kevin Kleinman, der sie hofierte und ausführte, einen Mann, der für jeden Tag der Woche einen anderen Anzug und noch ein paar zusätzliche im Schrank hängen hatte.

Größe: eins siebenundfünfzig, gab ich in meinen Computer ein. Und eine phantastische Figur. Auf den Schnappschüssen aus der Zeit, ehe Jett in die Charts gekommen war, sah sie geradezu üppig aus. Dann war sie schmaler geworden, ihre Sachen saßen nicht mehr richtig, weil sie so mager war. Offenbar hatte sie, je mehr Jett zum Idol von Millionen aufstieg, immer stärker das Gefühl gehabt, ins Hintertreffen zu geraten.

Und da war sie dann den Versuchungen der Szene erlegen. Ich konnte mir sehr gut vorstellen, wie es gekommen war. Im Musikgeschäft sind Drogen allgegenwärtig – bei den Fans in den Konzerten ebenso wie in den Aufnahmestudios. Bei Moira hatte es damit angefangen, daß Kevin Druck machte, weil er ein neues Album herausbringen wollte. Sie hatte Speed geschluckt, um mit Jett die Nächte durcharbeiten zu können. Bald war sie dann auf den kürzeren, aber intensiveren Kick von Koks umgestiegen und schließlich beim Heroin gelandet. Jett war damit überfordert, er wußte sich nicht anders zu helfen, als Moiras Sucht zu ignorieren und sich in seine Musik zu flüchten.

Als er dann eines Tages heimkam, war Moira weg. Sie hatte still und heimlich ihre Koffer gepackt und war verschwunden. Er hatte wohl bei Angehörigen und Freunden nach ihr gefragt, aber ich hatte den Eindruck, daß er insgeheim ganz froh war, nicht mehr ihren jähen Stimmungsumschwüngen und ihrer Unberechenbarkeit ausgesetzt zu sein. Erst die Angst, in der Szene vergessen zu werden, hatte ihn veranlaßt, etwas zu unternehmen. Daß er damit bei seinem Gefolge eine gewisse Panik ausgelöst hatte, konnte ich gut verstehen. Eine Drogenabhängige auf Colcutt Manor – das war keine verlockende Vorstellung.

Ich speicherte die letzten Daten ab und sah auf die Uhr. Halb sieben. Wenn ich Glück hatte, konnte ich mir durch einen Anruf bei meinem Freund Josh die Suche nach Moira etwas leichter machen. Josh ist Börsenmakler und durchleuchtet die Kreditwürdigkeit der Klienten von Mortensen & Brannigan, wofür ich mich alle paar Monate mit einem opulenten Essen revanchiere.

Durch seinen Beruf hat er Zugang zu computergespeicherten Kreditauskünften über sämtliche Bewohner der Britischen Inseln. Er kann feststellen, was für Kreditkarten sie haben, ob sie schon mal ihren Zahlungsverpflichtungen nicht nachgekommen sind oder gerichtlich wegen ihrer Schulden belangt wurden. Wenn man ihm Namen und Geburtsdatum gibt, kann er meist auch eine Adresse dazu liefern, was sehr praktisch ist. Vermutlich lassen sich solche Dinge auch durch Hacken herausbekommen, aber nach Möglichkeit bewegen wir uns doch lieber zumindest noch am Rande der Legalität. Außerdem sind die kulinarischen Höhenflüge mit Josh immer ein Genuß.

Mein nächster Anruf hatte mit Legalität nicht mehr viel zu tun. Einer meiner Nachbarn in der Siedlung ist Kriminalbeamter bei der Sitte. Für eine diskret übergebene Anerkennungsgebühr von fünfundzwanzig Pfund läßt er für mich schon mal einen Namen durch den landesweiten Polizeicomputer laufen. Wenn Moira Vorstrafen hatte, würde ich es bis morgen früh wissen.

Mehr konnte ich auf der Suche nach Moira Pollock an diesem Abend nicht mehr tun. Es war ein anstrengender Tag gewesen, und mir zuckte es in allen Gliedern, mal richtig auf den Putz zu hauen. Brannigan, sagte ich mir, dir kann geholfen werden.

6

Ich schüttelte den Kopf, um die flimmernden Sterne vor meinen Augen zu vertreiben, und versuchte gleichzeitig, dem nächsten Schlag auszuweichen. Die Frau, die sich auf mich gestürzt hatte, war gute sieben Zentimeter größer und zwanzig Pfund schwerer als ich und hatte ein gemeines Glitzern in den Augen. Ich bemühte mich nach Kräften, ebenso gemein zurückzuglitzern, und umkreiste sie wachsam. Sie startete ein Scheinmanöver, aber achtete dabei nicht auf ihre Deckung. Ich ließ in einem kurzen, schnellen Bogen mein Bein vorschnellen und erwischte sie zwischen den Rippen, so daß ihr trotz Körperschutz die Luft wegblieb. Sie knallte vor meinen Füßen zu Boden, und ich merkte, wie die letzten Spannungen des Tages von mir abfielen.

Daß ich vor drei Jahren zum Thai-Boxen gekommen bin, verdanke ich einem Einbrecher. Dennis O'Brien ist das, was ich einen ehrlichen Halunken nennen würde. Zwar ernährt und kleidet er seine Frau und seine Kinder von dem, was andere Leute sich hart erarbeitet haben, aber er hat striktere Ehrbegriffe als so mancher sogenannte brave Bürger. Dennis würde nie eine alte Frau ausrauben und nie mit Schußwaffen arbeiten, und er beklaut nur Leute, die es seiner Meinung nach verschmerzen können. Sinnlose Zerstörungswut ist nicht sein Ding. Er bemüht sich immer, seine Wirkungsstätte möglichst ordentlich zurückzulassen. Er würde nie einen Kumpel verpfeifen, und besonders widerwärtig sind ihm korrupte Cops. Wo kommen wir denn hin, wenn nicht mal mehr auf die Polizei Verlaß ist, sagt er immer.

Ich hatte mich abends mit Dennis auf einen Drink zusammengesetzt, weil ich seinen Rat brauchte wegen eines Büros, in dem ich mich mal in Ruhe umsehen wollte. Als Gegenleistung erzählte ich ihm von meiner Arbeit. Er war fassungslos, als herauskam, daß ich keine Ahnung von Selbstverteidigung hatte.

»Bei dir tickt's wohl nicht richtig«, bullerte er los. »Wenn ich denke, was heute alles an unerfreulichen Typen in der Gegend rumläuft... Die sind doch nicht alle so wie ich. Es gibt genug Gangster, die sich überhaupt nichts dabei denken, auf eine Frau einzuschlagen.«

»Bei meinen Fällen geht es um Wirtschaftskriminalität, Dennis«, hatte ich lachend protestiert. »Die Leute, hinter denen ich her bin, denken nicht mit den Fäusten.«

»Das kannst du deiner Großmutter erzählen! Und von deinem Job mal abgesehen – für die Gegend, in der du wohnst, wär auch privat Kampfsport nicht schlecht. Ohne Schwarzen Gürtel würd ich in deinem Kiez nicht mal die Milch von der Straße reinholen. Paß auf: Wir treffen uns morgen abend, und ich laß mir was für dich einfallen.«

Am nächsten Tag ging er mit mir in den Klub, in dem seine halbwüchsige Tochter Juniorenmeisterin im Thai-Boxen ist. Ich sah mich gründlich um, fand Dusche und Umkleideräume annehmbar und wurde auf der Stelle Mitglied. Ich habe es nie bereut. Das Boxen hält mich fit und gibt mir Selbstvertrauen, wenn ich mal mit dem Rücken zur Wand stehe. Und inzwischen hat sich ja auch herausgestellt, daß ein Jahresgehalt von fünfzigtausend Pfund und ein Scorpio als Firmenwagen die Macker nicht daran hindert, gewalttätig zu werden, wenn sie in der Klemme sind. Solange bei uns noch keine amerikanischen Verhältnisse herrschen, will sagen, solange noch nicht jeder kleine Ganove mit einer Kanone herumläuft, komme ich mit Hilfe meiner Fäuste ganz gut durch.

Heute hatte es sich wieder mal gelohnt. Beim Duschen fühlte sich mein ganzer Körper locker und entspannt an. Ich würde nach Hause fahren und mir Richards Kümmernisse anhören können, ohne gleich an die Decke zu gehen. Und morgen früh würde ich mich dann mit neuem Schwung auf die Spur von Billy Smart und Moira Pollock setzen.

Kurz nach neun kam ich nach Hause, schwer beladen mit guten Sachen von Leen Hong, Chinatown. Ich betrat Richards Haus über den Wintergarten. Er lag auf der Couch, ein großes Glas Southern Comfort und Soda neben sich auf dem Fußboden, und guckte zum fünften oder sechsten Mal *Ein Fisch namens Wanda*. Der Aschenbecher sah aus, als hätte er für jeden Durchlauf einen Joint geraucht. Aber vielleicht hatte er ihn auch nur eine Woche nicht ausgeleert.

»Hi, Brannigan«, sagte er, ohne sich zu rühren. »Ist die Welt da draußen immer noch nicht untergegangen?«

»Alles, was wichtig ist, hab ich mitgebracht.« Ich schwenkte meine Tragetasche. »Appetit auf süßsaure Rippchen?«

Mein Lover geriet in Bewegung. Daß die Ankunft seiner Liebsten ihn nicht vom Sessel reißt, Essen vom Chinesen dagegen wohl, kann einen schon ins Grübeln bringen. Richard nahm mich in die Arme. »Was für eine Frau! Du weißt eben, womit man einen Mann wieder aufrichtet.«

Dann ließ er mich los und schnappte sich die Tragetasche. Ich ging in die Küche, um Teller zu holen, aber als ich die Berge von schmutzigem Geschirr sah, die sich in der Spüle türmten, ließ ich von diesem Vorhaben ab. Wie Richard das aushält, ist mir ein Rätsel, aber inzwischen weiß ich, daß er andere Prioritäten hat als ich. Vor die Wahl zwischen einer Geschirrspülmaschine und einem Armani-Anzug gestellt, ist seine Entscheidung klar. Und ich denke nicht daran, mich als Putzfrau mißbrauchen zu lassen. Deshalb holte ich nur zwei Paar Stäbchen aus einer Schublade und sauste zurück ins Wohnzimmer, ehe von unserem fernöstlichen Mahl nichts mehr übrig war. Aus langer Erfahrung weiß ich, mit welchem Heißhunger er nach ein paar Joints über das Zeug herfällt.

Daß ich ihm von Jetts Auftrag nichts erzählen durfte, war bitter, denn ich brauchte seine Ideen. Da aber Richard immer noch an der Demütigung von gestern abend kaute, fiel es mir nicht schwer, ihm weitere Informationen zu entlocken, ohne daß ich zu verraten brauchte, wozu ich sie haben wollte. Schwierig war nur, ihn von dem Thema Neil Webster wegzubringen.

»Ich begreife das einfach nicht«, sagte er immer wieder. »Ausgerechnet Neil Webster, der in der ganzen Branche einen Ruf wie Donnerhall hat. Der die Leute reihenweise ablinkt. Beim *Daily Clarion* haben sie ihn wegen Spesenbetrugs gefeuert. Und da Schmu mit Spesengeldern bei Journalisten bekanntlich gang und gäbe ist, kann man sich vorstellen, was für ein schlimmer Finger der Typ sein muß. Was der Kerl allein an Kneipenschlägereien angezettelt hat... Fürsorge und Rücksichtnahme sind ausgesprochene Fremdworte für ihn. Es heißt, daß seine Frau von ihm öfter blaue Augen als warmes Essen gekriegt hat. Als der *Clarion* ihn nicht mehr wollte, hat er sich in Liverpool mit einer Presseagentur selbständig gemacht. Hat eine Journalistin bei einem Lokalblättchen aufgerissen, eine echt nette Frau, und sie so lange bearbeitet, bis sie seine Agentur finanziert hat. Sogar die Ehe hat er ihr versprochen. Am Hochzeitstag hat er sie dann auf dem Standesamt sitzenlassen und sich nach Spanien abgesetzt. Es stellte sich heraus, daß er ihr eine Telefonrechnung von fünftausend Pfund samt einem Haufen sonstiger Schulden hinterlassen hatte. Ihre Chefin kam dahinter, daß sie ihn für Artikel, die er gar nicht geliefert hat, auf die Gehaltsliste gesetzt hatte, woraufhin sie prompt ihre Stellung verlor. Und so ein Typ macht für Jett den Ghostwriter.« Er nahm sich das nächste Rippchen.

»Vielleicht hat Kevin irgendwas gegen ihn in der Hand«, vermutete ich, »so daß Neil machen muß, was er will.«

Richard war noch bei seiner Niederlage von gestern abend.

»Wahrscheinlich war Jett die Sache einfach nicht wichtig genug, um sich für mich einzusetzen.«

»Vielleicht will Kevin ganz sichergehen, daß Jett in dem Buch auch einen schönen Heiligenschein kriegt.«

Richard schnaubte höhnisch. »Wenn er glaubt, daß er Neil Vorschriften machen kann, ist er schief gewickelt. Dem geht's doch nur darum, sein Schäfchen ins trockene zu bringen.«

»Ja, aber Neil kennt sich in der Rockszene nicht aus, er wüßte gar nicht, wo er anfangen sollte, wenn er die Absicht hätte, irgendwas Anrüchiges auszugraben. Deshalb muß er sich wohl oder übel doch an Kevin halten. Und sie haben ihm auf Colcutt Manor ein eigenes Büro zur Verfügung gestellt, so haben sie ihn immer im Auge.«

»Ist doch praktisch für ihn«, fand Richard. »Ein dickes Honorar, und dazu noch freie Kost und Logis! Ich möchte wetten, daß er der einzige ist, für den letztlich bei der ganzen Sache was rausspringt. Eines Tages zeigt er sein wahres Gesicht, und dann wird dem lieben Kevin Hören und Sehen vergehen.«

»Kein gutes Geschäft für Jett.«

»Wär nicht das erste Mal, daß Kevin ihn in die Verlustzone treibt.«

Das war ein guter Aufhänger für mich. »Wie soll ich das verstehen?« fragte ich unschuldig und hielt mich an die Glasnudeln, ehe sie alle in einem Müllschlucker namens Richard verschwunden waren.

»Ich habe seit jeher den Eindruck, daß Jett ungewöhnlich viel arbeiten muß und daß daran Kevin nicht ganz unschuldig ist.«

»Vielleicht macht er es aber auch gern«, wandte ich ein.

Richard schüttelte den Kopf. »Was zuviel ist, ist zuviel. Mit mehreren Tourneen pro Jahr ist er eigentlich ständig auf Achse. Eine Tournee, weniger Auftritte – damit müßte er auch über die Runden kommen. Zusätzlich macht er jedes Jahr ein neues Album. Nicht zu vergessen die vielen Talk-Shows, zu denen Kevin ihn schleppt. Anfang des Jahres mußte er sich sogar in Lokalsendern interviewen lassen. Jett hat in den letzten vier Jahren kaum eine Atempause gehabt. Das wäre eigentlich nicht nötig. Und dann die Werbeträger – T-Shirts und dergleichen... Sie verkaufen das Zeug wie die Weltmeister. Wozu die Hektik? Vielleicht ist Kevin nur ein schlechter

Geschäftsmann und verkalkuliert sich leicht. Vielleicht will er aber auch für seine alten Tage vorsorgen. Ich an Jetts Stelle würde mir einen neuen Manager suchen.«

Mag sein, daß da auch einiges an Häme mitspielte, aber im großen und ganzen war an dem, was Richard gesagt hatte, bestimmt was dran. Während er sich über das süßsaure Schweinefleisch hermachte, wagte ich einen neuen Anlauf. »Könntest du nicht einfach eine unautorisierte Biographie über Jett schreiben? Mit total ungeschminkten Fakten? Du weißt doch bestimmt allerlei, was Jett lieber nicht an die Öffentlichkeit bringen würde. Die Trennung von... wie hieß sie noch... von Moira zum Beispiel.«

»Ja sicher. Aber ich weiß nicht... Jett ist schließlich mein alter Kumpel.«

»Für einen alten Kumpel hat er sich aber ziemlich schäbig benommen.«

»Mit Exklusivinterviews von Jett wäre es dann natürlich vorbei.«

»Es gibt noch andere Leute in der Rockszene, die wissen, was sie an dir haben.«

»Wenn bekannt wird, daß ich Jett reingeritten habe, würden viele auf Distanz zu mir gehen.«

»Würden sie denn nicht verstehen, warum du es gemacht hast?« Wir waren auf einen Nebenweg geraten, der für meine Zwecke in eine Sackgasse führte, aber wichtig war jetzt zunächst, Richard moralisch wieder aufzurüsten.

Er zuckte die Schultern. »Ich weiß nicht. Zwei Bücher über Jett könnte der Markt sowieso nicht verkraften. Er ist schließlich kein Megastar.«

Ich holte mir eine Flasche Perrier aus dem Getränkekühlschrank in Richards Wohnzimmer. Er hat ihn mal von einem netten Roadie zum Geburtstag bekommen, und der hatte ihn aus einem Hilton mitgehen lassen. »Wie wäre es denn«, setzte ich nachdenklich an, »wenn du einen Artikel für ein Sonntagsblatt schreibst? So nach dem Motto: Was nicht in Jetts Autobiographie steht... Material dafür hättest du doch bestimmt genug.«

O Wunder – Richard hörte auf zu essen. »Gar nicht so dumm, Brannigan. Sie könnten es unter dem Namen eines ihrer Reporter laufen lassen, damit keiner den Braten riecht.«

Und dann öffneten sich die Schleusen. Am nächsten Morgen, wenn er nüchtern war, würde Richard den Gedanken, Jett in der Regenbogenpresse durch den Dreck zu ziehen, entrüstet von sich weisen. Aber als wir zwei Stunden später auf Richards Bett in den Clinch gingen, hatte ich alles Wissenswerte über Jett und seinen Hofstaat so geschickt aus ihm herausgeholt wie er die besten Bissen aus dem Wan-Tan-Hühnertopf.

7

Am nächsten Morgen schien die Sonne, und mir war so frühlingshaft zumute, daß ich mich aufs Fahrrad schwang, um ins Büro zu fahren. Ich war noch vor Shelley da und tippte alle Informationen ein, die mir Richard in seiner Ahnungslosigkeit gestern abend geliefert hatte, auch wenn ich sehr daran zweifelte, ob ich damit jemals etwas würde anfangen können. Eine abgespeicherte Datei aber ist entschieden zuverlässiger als mein Gedächtnis, zumal mit jedem Wodka-Grapefruit viele kleine graue Zellen zugrunde gehen. Sollte es meinen Computer irgendwann mal nach Stolichnaja gelüsten, wäre ich geplatzt.

Kurz nach neun stellte Shelley den Anruf meines Nachbarn, des netten Cops von der Sitte, zu mir durch. Derek hat sich fest vorgenommen, seine Laufbahn bei der Polizei als Constable zu beenden. Das stressige Leben, das seine Vorgesetzten führen, ist nicht sein Ding, und deshalb zieht er immer den Kopf ein, wenn er was von Beförderung läuten hört. Im Sittendezernat gefällt es ihm aber, es vermittelt ihm ein Gefühl von Tugendhaftigkeit, und die Nebeneinkünfte sind auch nicht zu verachten. Ich möchte den Beamten von der Sitte sehen, der schon mal durstig vom Dienst gekommen ist!

»Hi, Kate«, krähte Derek fröhlich. »Hab's vorhin bei dir probiert, aber da hat sich niemand gerührt. Könnt ja sein, hab ich mir gedacht, daß sie ausnahmsweise mal im Büro ist.«

»Scherzkeks! Tut mir leid, daß du mich nicht angetroffen hast, aber ein paar Leute müssen eben Überstunden machen, damit die Straßen sicher bleiben.«

Er lachte in sich hinein. »Bei deiner Hochachtung vor der Polizei hättest du lieber Anwältin bleiben sollen. Na egal – ich hab was für dich. Schöne Latte von Vorstrafen hat sie, deine Lady! Zum erstenmal straffällig geworden vor fünf Jahren wegen Prostitution. Fünfzig Pfund Geldstrafe. Danach noch dreimal dasselbe Lied. Vor knapp einem Jahr hat sie zwei Jahre auf Bewährung gekriegt. Wegen Drogenbesitz. Kleine Menge Heroin für den Eigenbedarf. Dafür haben sie ihr dreihundert Pfund aufgebrummt, und die hat sie offenbar gezahlt, denn im Knast war sie noch nicht.«

Ich machte mir fleißig Notizen. Weit hatte sie es gebracht, die talentierte Texterin von Jetts besten Songs. »Und die Adresse?«

»So viele Adressen wie Delikte. Alle in Leeds, Bezirk Chapeltown.«

Wenn ich mich auch in Leeds nicht sehr gut auskannte – soviel wußte ich, daß in Chapeltown Junkies und Huren in tristen Einzimmerwohnungen hausen, Seite an Seite mit den Ärmsten der Armen und mit Studenten, die sich einzureden versuchen, daß dieses Leben durchaus auch etwas Romantisches hat. Dazu aber müssen sie – besonders nach dem mörderischen Treiben des Yorkshire-Rippers vor zehn Jahren – die Augen vor der Wirklichkeit ganz fest zumachen. Ich schrieb mir die drei letzten Adressen auf, die Derek genannt hatte. Sehr viel Hoffnung hatte ich nicht, aber zumindest wußte ich jetzt, daß Moira bei ihrer Flucht vor Jett über die Pennines gegangen war. Es war ein Anfang.

Ich bedankte mich bei Derek und versprach, ihm das Geld heute abend vorbeizubringen. Wenn ich nach Leeds fahren mußte, würden die Smart-Brüder einen Tag auf mich verzichten müssen, was nicht weiter schlimm war, denn der Donnerstag schien bei ihnen immer nach demselben Plan abzulaufen. Aufpassen mußte ich nach wie vor am Montag und Dienstag, wo sie besonders viele Lieferungen außer der Reihe hatten. Notfalls konnte Bill auf einen unserer freiberuflichen Mitarbeiter zurückgreifen. Das, was wir an Jett verdienten, würde die Auslagen mehr als wettmachen.

Ehe ich mich auf den Weg machte, fragte ich noch schnell bei Josh nach, ob seine Computer schon was ausgespuckt hatten. Sein Bericht war genauso trostlos wie der von Derek. Moira hatte, als sie Jett verließ, den höchstmöglichen Kreditrahmen. Zwei Jahre später saß sie auf einem hoffnungslosen Schuldenberg. Sie stand überall in der Kreide – bei den Kreditkartengesellschaften, den Kaufhäusern, Abzahlungsgeschäften. Mehrere Verfahren gegen sie schwebten noch, das Gericht hatte ihr die Unterlagen mangels einer festen Adresse nur noch nicht zustellen können. Jetzt wurde mir auch klar, warum sie immer wieder umgezogen war.

Um halb zehn radelte ich nach Hause, zog eine Jogginghose an, die schon mal bessere Zeiten gesehen hatte, und ein Sweatshirt der *Simply Red*, eins der wenigen Geschenke von Richard, die nicht gleich wieder ins Nachbarhaus gewandert waren. Für die anrüchige Gegend, in die ich mich wagte, war das genau das richtige Outfit, fand ich. Dazu zog ich Reebokstiefel an und warf mich in eine abgewetzte gefütterte Lederjacke. Aus dem Kühlschrank nahm ich die letzte Flasche Mineralwasser. Ein Paket frische Nudeln, deren Verfallsdatum erreicht war, landete im Müll. Auf dem Rückweg mußte ich unbedingt Proviant fassen.

Um nicht im dichten Stadtverkehr steckenzubleiben, fuhr ich über die Autobahn zum westlichen Rand der Ringstraße, eine längere, aber schnellere Strecke, und von dort auf der M 62 über die düsteren Moore. Eine Stunde später hatte ich die Stadtmitte von Leeds hinter mir und rollte nach Norden Richtung Chapeltown. Um mich aufzuheitern, sang ich Pat Benatars *Best Shots* mit.

Langsam fuhr ich durch die dreckigen Straßen und erntete immer wieder dreckige Blicke, wenn die Bordsteinschwalben hoffnungsvoll auf mich zukamen, nur um festzustellen, daß eine Frau am Steuer saß. Die letzte Adresse, die Derek mir genannt hatte, fand ich ohne große Mühe. Wie viele der schönen Natursteinhäuser in dieser Gegend hatte das Gebäude offenbar früher mal einem wohlhabenden Bürger gehört. Hinter den Fensterrahmen mit dem abblätternden Lack sah man eine Vielzahl unterschiedlicher schmuddeliger Vorhänge. Der einstige Vorgarten war schlampig zubetoniert, in den Ritzen wuchs Unkraut.

Ich stieg aus, stellte die Alarmanlage des Autos ein und ging die vier Stufen zur Haustür hoch. Sie sah aus, als habe man sie schon ein paarmal eingetreten. Nur ein, zwei Namenschilder waren neben den Klingelknöpfen befestigt. Moiras Name war nicht dabei. Seufzend drückte ich auf den untersten Knopf. Als sich nichts tat, arbeitete ich mich systematisch nach oben vor. Nachdem ich den fünften Knopf gedrückt hatte, ging über mir ein Fenster auf. Ich trat zurück und sah hoch. Im ersten Stock links beugte sich eine Schwarze in verwaschenem blauem Frotteebademantel über das Fensterbrett. »Was ist?« fragte sie feindselig.

Ich überlegte, ob ich mich für die Störung entschuldigen sollte, aber ich wollte nicht wie eine Sozialarbeiterin klingen. »Ich suche Moira Pollock. Wohnt sie noch hier?«

Die Frau musterte mich aus mißtrauisch zusammengekniffenen Augen. »Was wollen Sie denn von Moira?«

»Wir waren in der gleichen Branche«, schwindelte ich. Ob man mir das horizontale Gewerbe wohl abnahm?

»Sie ist ausgezogen. Muß schon mehr als 'n Jahr her sein.« Die Frau trat zurück und wollte schon das Fenster schließen, als ich rasch nachschob:

»Wissen Sie, wo ich sie erreichen kann?«

Sie überlegte. »Hab sie schon lange nicht mehr gesehen. Probieren Sie's mal im Hambleton auf der Chapeltown Road, da hat sie oft gehockt.«

Mein Dank verlor sich im Quietschen des nach unten schnurrenden Schiebefensters. Ich ging zurück zum Wagen, verscheuchte eine große schwarzweiße Katze, die es sich schon auf der warmen Kühlerhaube bequem gemacht hatte, und machte mich auf den Weg.

Das Hambleton Hotel, etwa anderthalb Meilen von Moiras letzter bekannter Adresse entfernt, war ein schmutziggelb getünchter Kasten, mit rotem Backstein abgesetzt und mit den bei Wirtshausarchitekten der dreißiger Jahre so beliebten falschen Tudorgiebeln. Putzgeschwader schienen sich nicht oft in die Gasträume zu verirren. Für mittags um halb zwölf war ziemlich viel Betrieb. Zwei Schwarze standen vor dem Spielautomaten, und ein junger Mann warf Geldstücke in eine Jukebox, die gerade Jive Bunny spielte. An der Bar hing eine Clique von Frauen in Miniröcken und tief ausgeschnittenen Pullovern, ihrer Arbeitskluft. Das nackte Fleisch wirkte fahl und unappetitlich, aber wenigstens war es nicht blau angelaufen wie garantiert nach zehn Minuten in der kalten Frühlingsluft.

Ich ging, von neugierigen Blicken verfolgt, zur Theke und bestellte eine Halbe Lager. Mit einem Perrier wäre meine Rolle weit weniger glaubhaft gewesen. Die schmuddelige Schankkellnerin musterte mich von oben bis unten, während sie das Bier zapfte. Ich zahlte und sagte, sie solle sich auch eins genehmigen. Sie schüttelte den Kopf. »Zu früh für mich«, sagte sie zu meiner Überraschung. Ehe ich nach Moira fragen konnte, legte sich eine Hand auf meine Schulter.

Ich drehte mich langsam um. Vor mir stand einer der Schwarzen, die vorhin an den Daddelkästen herumgespielt hatten. Er war fast eins achtzig, schlank und elegant in Twillhosen und schwarz glänzendem Satinoberhemd unter einem bodenlangen italienischen Lammfellmantel in Taubengrau. Mit dem, was das gute Stück gekostet hatte, hätte ich ein halbes Jahr meine Hypothekenraten zahlen können. Der perfekte Bürstenschnitt betonte die hohen Backenknochen und das kräftige Kinn. Seine Augen waren rot gerändert, und Pfefferminzgeruch wehte mich an, als er sich vorbeugte und zischelte: »Ich hab gehört, daß Sie eine Bekannte von mir suchen.«

»Erstaunlich, wie schnell sich so was rumspricht.« Ich versuchte, seinem heißen Atem auszuweichen, aber durch die Theke waren mir da natürliche Grenzen gesetzt.

»Was wollen Sie von Moira?« In seiner Stimme schwang eine Drohung, die mich gegen den Strich bürstete. Am liebsten hätte ich ihn über die Theke geschmissen. Er rückte mir noch näher auf die Pelle. »Erzählen Sie mir bloß nicht, daß Sie anschaffen gehen. Und mit den Bullen haben Sie auch nichts zu tun. Diese Ärsche trauen sich hier nur in Kompaniestärke her. Wer sind Sie, und was wollen Sie von Moira?«

Manchmal bringt einen erstaunlicherweise die Wahrheit weiter. Ich holte eine Visitenkarte aus der Tasche und reichte sie dem Zuhälter. Er wich ruckartig zurück. »Keine Panik«, sagte ich. »Ein alter Freund möchte Kontakt mit Moira aufnehmen. Wenn's klappt, lohnt es sich für Sie.«

Er besah sich die Karte und bedachte mich mit einem durchdringenden Blick. »Hier biste an der falschen Adresse, Baby. Die Moira, die ist längst weg vom Fenster.«

Mein Herz machte – wie immer, wenn ich etwas Unangenehmes

erfahre – einen ganz komischen Hopser. Vor zwei Tagen wäre es mir völlig egal gewesen, ob Moira tot oder lebendig war. Jetzt stellte ich zu meiner Überraschung fest, daß sich das geändert hatte. Sehr sogar. »Soll das heißen …«

Er verzog höhnisch die Lippen. Ich hatte den Verdacht, daß er diesen Ausdruck als Zwölfjähriger vor dem Spiegel eingeübt hatte. Zu einem Erwachsenen paßte er nicht mehr so recht. »Als ich sie zuletzt gesehen hab, hat sie noch gelebt. Aber bei all dem Zeug, das sie drückt, müßten Sie schon Glück haben, wenn Sie sie noch lebendig vorfinden. Bei mir ist sie vor einem Jahr weg, mit der war kein Geschäft mehr zu machen. Sie hat bloß noch von einem Schuß zum nächsten gelebt.«

»Und wissen Sie, wo sie jetzt stecken könnte?« fragte ich mit einem flauen Gefühl in der Magengrube.

Er zuckte die Schultern. »Kommt drauf an, was dabei rausspringt.«

»Und das kommt darauf an, was ich mit Ihrem Tip anfangen kann.«

Er grinste schief. »Darauf müssen Sie's wohl ankommen lassen. Kredit gibt's bei mir nicht. Hundert Pfund.«

»Sie glauben doch nicht, daß ich in dieser Gegend soviel Bargeld mitschleppe. Fünfzig.«

Er schüttelte den Kopf. »Kommt nicht in die Tüte. 'ne Braut wie Sie hat doch bestimmt eins von diesen Kärtchen, auf die's Geld aus der Wand gibt. Kommen Sie in 'ner halben Stunde mit dem Lappen wieder, und ich sag Ihnen, wo sie hin ist. Und anderswo brauchen Sie's gar nicht erst zu versuchen. Mit George verdirbt's sich hier keiner, der weiß, was gut für ihn ist.«

Da war nichts zu machen. George hatte offenbar sein Revier gut im Griff. Ich nickte ergeben und ging zurück zu meinem Wagen.

8

Die kurze Fahrt von Leeds in das benachbarte Bradford ist wie die Durchquerung eines ganzen Kontinents. Hinter der Stadtgrenze geriet ich in einen reinen Moslembezirk. Die kleinen Mädchen waren von Kopf bis Fuß vermummt, nur die hellbraunen Gesichtchen und Hände sahen hervor. Die Frauen schritten gemächlich mit verhülltem Haar über die Gehsteige, einige waren auch verschleiert. Die Männer dagegen waren westlich angezogen, nur die älteren trugen manchmal noch die herkömmlichen weiten, weißen Baumwollhosen und lockeren Oberteile. Die dicken Wintermäntel, über die graue Bärte wallten, muteten dazu ganz merkwürdig an. Ich kam an einer neu erbauten Moschee vorbei, frischer roter Backstein und die spielzeugartigen Minarette hoben sich auffallend von den schmuddeligen Reihenhäusern ab. Es gab viele Ladenschilder in arabischer Schrift, die Metzgerläden boten Hammelfleisch an. Es war wie ein Kulturschock, als mir englischsprachige Schilder den Weg in die Innenstadt wiesen.

Ich hielt an einer Tankstelle, um einen Straßenplan zu kaufen. In dem kleinen Laden standen drei asiatische Kunden, ein vierter Asiate bediente die Kasse. Alle vier musterten mich von oben bis unten und machten ihre Bemerkungen über mich. Ich kam mir vor wie ein Stück Vieh. Um zu wissen, was sie gesagt hatten, brauchte man nicht ihre Sprache zu sprechen.

Im Wagen suchte ich mir mein Ziel erst im Index und dann auf der Karte. Der Tip von George war seit langem der schlechteste Gegenwert für mein Geld, aber für lange Diskussionen war keine Zeit gewesen. Er hatte mir nur sagen können, daß Moira nach Bradford gegangen war und dort im Rotlichtbezirk um die Manningham Lane herum arbeitete. Wie ihr Zuhälter hieß, konnte oder wollte er nicht rauslassen, allerdings behauptete er, sie arbeite für einen Schwarzen.

Kurz nach eins parkte ich in einer ruhigen Nebenstraße der Manningham Lane. Als ich ausstieg, roch ich Curry und merkte, daß ich einen Bärenhunger hatte. Das chinesische Essen von gestern abend war längst verdaut, und irgendwo mußte ich ja anfangen. Ich betrat ein kleines Ecklokal. Drei der sechs Resopaltische waren besetzt – von Asiaten, Nutten und zwei Typen, die aussahen wie Bauarbeiter. Ich ging zur Theke, wo sich ein schmuddeliger junger Mann in Kochjacke an diversen Töpfen und Pfannen auf einer Wärmeplatte zu schaffen machte. An einer Tafel stand die Speisekarte: Lammragout, Huhn Madras, Mattar Panir und Huhn Jalfrezi. Ich bestellte das Lamm. Der Junge gab mit einem Schöpflöffel eine großzügige Portion in eine Schale und holte mir drei Chappatis aus dem Backofen. Vor zwei Wochen hätte ich angesichts des ziemlich zweifelhaften Hygienestandards sofort wieder kehrtgemacht, aber bei der Observierung der Smart-Brüder hatte ich festgestellt, daß Hunger auf merkwürdige Weise die Perspektive verändert. An die Schmuddelpinten, die ich landauf, landab kennengelernt hatte, konnte man einfach keine hohen kulinarischen Ansprüche stellen. Und im Vergleich mit anderen Lokalen war dieses hier durchaus noch erträglich.

Ich setzte mich. Am Nebentisch saßen die Nutten. Nach dem ersten Bissen merkte ich erst, wie ausgehungert ich gewesen war. Das Curry war gehaltvoll und schmackhaft, das Fleisch zart und reichlich. Und das Ganze kostete bedeutend weniger als ein Sandwich an der Autobahn. Das Gerede von dem guten Essen in den asiatischen Lokalen von Bradford hatte ich immer als tiefstapelnden Snobismus abgehobener Eßfreaks abgetan. Diesmal war ich sehr froh, daß ich nicht recht behalten hatte. Ich wischte mit der letzten Chappati meine Schüssel aus, holte das neueste Foto hervor, das ich von Moira hatte, und drehte mich zu den Bordsteinschwalben um, die sich vor der Nachmittagsschicht noch eine letzte Zigarette gönnten. Ich legte das Foto auf den Tisch.

»Diese Frau wird gesucht«, sagte ich. »Ich bin nicht von der Polizei, und ich bin nicht auf ihr Geld aus. Ich will nur mit ihr sprechen. Ein alter Freund möchte wieder Kontakt mit ihr aufnehmen. Keine Panik. Wenn sie lieber da bleiben möchte, wo sie ist, ist das ihre Sache.« Ich legte eine meiner Visitenkarten neben das Bild.

Die Jüngste, eine abgerackerte Eurasierin, musterte mich von oben bis unten, dann sagte sie scharf: »Hau ab.«

Ich zog die Augenbrauen hoch. »War ja nur eine Frage. Ihr wißt wirklich nicht, wo sie steckt? Könnte sich unter Umständen für euch lohnen.«

Die anderen beiden wechselten einen unsicheren Blick, aber die zähe kleine Eurasierin sprang auf und fuhr mich an: »Steck dir dein Geld in den Hintern, Schwester. Schnüffler können wir hier nicht brauchen. Die in Uniform nicht und die in Privatklamotten erst recht nicht. Verpiß dich nach Manchester, sonst kannste was erleben!«

Die drei stöckelten auf ihren hohen Hacken davon, und ich nahm seufzend Foto und Karte wieder an mich. Viel Hoffnung hatte ich mir ja nicht gemacht, aber die heftige Reaktion überraschte mich doch. Die Luden von Bradford hatten ihren Schwalben offenbar eingeschärft, nicht mit bösen fremden Frauen zu sprechen. Nun würde ich also die Straßen und Kneipen abklappern müssen, bis ich jemanden fand, der sich traute, den Mund aufzumachen, und das war ein mühseliges Geschäft.

Ich ging zurück zum Wagen. Lange mochte ich ihn in einer so ruhigen Straße nicht stehenlassen. Auf dem großen Parkplatz eines Pubs an der Hauptstraße war er sicherer. Als ich den Motor anließ, registrierte ich aus dem Augenwinkel Bewegung, gleich darauf wurde die Beifahrertür aufgerissen. Das hat man nun von der Zentralverriegelung, fluchte ich innerlich. Mein Mund wurde trocken vor Angst, und ich legte den Gang ein. Vielleicht konnte ich meinen Angreifer noch abschütteln.

Fluchend und strampelnd ließ sich eine Frau auf den Beifahrersitz fallen und knallte die Tür zu. In meiner Verblüffung hätte ich fast den Motor abgewürgt. »Lassen Sie die Scheißkarre laufen«, schrie sie mich an.

Ich gehorchte. Selbstredend. Alles andere wäre sträflicher Leichtsinn gewesen. Wenn sie ein Messer hatte, hätte ich bei einem Nahkampf im Nova ziemlich alt ausgesehen. Ich schaute kurz zu ihr hin. Es war eine der Frauen aus dem Lokal. Ohne mich zu Wort kommen zu lassen, dirigierte sie mich am Ende der Straße nach links, dann nach rechts. Etwa eine Meile hinter dem Lokal sagte sie ruhiger: »Okay, jetzt können Sie anhalten.«

Ich fuhr an den Straßenrand. »Was soll denn das?« fragte ich.

Sie sah sich noch einmal ängstlich um, dann löste sich ihre Spannung etwas. »Ich möchte nicht, daß jemand mich mit Ihnen sieht,

Kim würde mich umbringen.« Ich nickte. »In Ordnung. Und warum wollten Sie mit mir reden?«

»Stimmt das, was Sie vorhin gesagt haben? Daß Sie nicht wegen irgendwas hinter Moira her sind?« In ihren blaßblauen Augen stand ein Blick, der mir sagte, daß sie unheimlich gern einem Menschen vertraut hätte, aber nicht wußte, ob ich die Richtige war. Ihre Haut war schlaff und fahl, die Nase umgab ein Kranz von Pickeln. Eine Frau auf der Verliererseite des Lebens.

»Ich will ihr keinen Ärger machen«, versicherte ich. »Aber ich muß mit ihr sprechen. Wenn sie mir dann sagt, daß sie von ihrem alten Bekannten nichts mehr wissen will, ist das ihre Sache.«

Die Frau – sie konnte nicht viel älter als neunzehn sein – kaute nervös an einem Nietnagel. Ich hoffte inständig, sie würde sich eine Zigarette anzünden, dann hätte ich das Fenster aufmachen können. Bei dem Geruch ihres billigen Parfüms kam mir alles hoch. Als hätte sie meine Gedanken erraten, holte sie ihre Zigaretten heraus, tat einen tiefen Lungenzug und fragte: »Sie arbeiten also nicht für Moiras Luden?«

»Keine Spur. Wissen Sie, wo ich sie finden könnte?« Ich kurbelte das Fenster herunter und pumpte möglichst unauffällig frische Luft in meine Lungen.

Die Kleine schüttelte den Kopf. Das gebleichte blonde Haar knisterte wie bei einem Steppenbrand. »Seit einem halben Jahr hat niemand sie gesehen, sie ist wie vom Erdboden verschwunden. Andauernd hat sie gedrückt, meist war sie total zu. Damals hat sie für diesen Typ aus Jamaika gearbeitet, Stick heißt er, und der war stocksauer, weil er sie die Hälfte der Zeit nicht einsetzen konnte. Und dann war sie eines Tages weg. Eine von uns hat Stick gefragt, wo sie abgeblieben ist, da hat er ihr eine geknallt und gesagt, sie soll sich um ihren eigenen Dreck kümmern.«

»Und wo finde ich Stick?« fragte ich.

»Meist ist er nachmittags beim Billard. Oder in dem Videoladen in der Lumb Lane. Aber ich an Ihrer Stelle würde mich mit dem nicht einlassen, da handeln Sie sich nur Ärger ein.«

»Schönen Dank für den Ratschlag. Warum erzählen Sie mir das alles?« Ich nahm dreißig Pfund aus meiner Brieftasche.

Die Scheine verschwanden wie in einer professionellen Zaubernummer. »Ich hab Moira gern gehabt. Sie war nett zu mir, als ich meine Abtreibung hatte. Vielleicht braucht sie ja Hilfe. Sagen Sie ihr einen schönen Gruß von Gina.« Sie machte die Wagentür auf.

»Ist gut«, sagte ich in die leere Luft hinein. Sie hatte die Tür schon zugeschlagen und stöckelte davon.

Zehn Minuten später hatte ich den Billardsalon in einer Querstraße der Manningham Lane gefunden. Er war im ersten Stock über einer kleinen Ladenzeile. Es war erst zwei, aber an den meisten Tischen wurde schon gespielt. Die wenigsten Spieler sahen auch nur zu mir hin. Ein paar Minuten beobachtete ich den Betrieb. Unter den hellen Lampen kräuselte sich Rauch zur Decke, die Atmosphäre war verbiestert maskulin. Hier ging man nicht her, um mal eben nach der Schicht eine lockere Kugel mit den Kumpels zu schieben.

Ein untersetzter Weißer mit tätowierten Armen trat zu mir. »Ej, Schwester. Siehst aus, als wenn du wen suchst. Bin ich vielleicht dein Typ?«

»Zu hell.« Er sah mich ziemlich verdattert an. »Ich suche Stick«, erläuterte ich.

Er hob die Augenbrauen. »'ne nette Braut wie Sie? Ich glaub nicht, daß er auf Sie abfährt.«

»Das können wir wohl ruhig Stick überlassen.« Sinnlos, dieser Dumpfbacke auseinanderzusetzen, daß ich weder 'ne nette Braut noch seine Schwester war.

Er deutete nach hinten. »Letzter Tisch links. Falls er kein Interesse hat, Schwester – ich warte hier auf dich.«

Ich schluckte die Bemerkung herunter, die mir auf der Zunge lag, und ging durch den Mittelgang bis zum Ende des Saals, wo vier Tische in Wettkampfgröße standen. Ein muskelbepackter Schwarzer beugte sich über den letzten Tisch links. Der dahinter, im Schatten, das mußte Stick sein. Der Name paßte. Er war über eins achtzig, aber dünn wie ein Billardstock, mit einer Figur wie eine Gespenstheuschrecke: Lange, dünne Arme, die aus einem weißen T-Shirt herausragten, und dürre Beine in engen Lederhosen. Sein Kopf lag im Schatten, aber als ich mich näherte, kam er ins Licht. Ich sah ein hageres Gesicht mit hohlen Wangen und tiefliegenden Augen, darüber einen dicken Haarwust, der sichtlich den kleinen Kopf kaschieren sollte.

Am Rand des Lichtkreises blieb ich stehen und wartete, bis der Mann am Tisch sein Spiel gemacht hatte. Der rote Ball, den er anpeilte, traf die Bande. Verärgert trat er zurück und kreidete sein Queue. Jetzt trat der Dünne an den Tisch, und auch ich kam ins Licht.

Er sah mich stirnrunzelnd an. Seine Augen waren wie grundlose Seen. Ich schluckte. »George aus Leeds hat gesagt, ich soll mit Ihnen reden.«

Noch immer stirnrunzelnd, richtete Stick sich auf. »Kenn ich einen George aus Leeds?«

»George vom Hambleton Hotel. Er hat gesagt, Sie könnten mir vielleicht helfen.«

Stick kreidete sorgfältig sein Queue, aber ich merkte, daß er mich unter den buschigen Augenbrauen taxierte. Schließlich legte er das Queue auf den Tisch und sagte zu seinem Partner: »Bin gleich wieder da. Und rühr die Scheißkugeln nicht an. Ich hab alles im Kopf.«

Er schloß eine kleine Tür auf, und wir betraten ein muffiges, fensterloses Kabuff. Er setzte sich auf einen abgewetzten Sessel hinter einem verkratzten Holzschreibtisch und deutete auf einen der drei Plastikstühle, die nebeneinander an der Wand standen.

Aus der Hosentasche holte er einen silbernen Zahnstocher und steckte ihn zwischen die Zähne. »Ich bin anders als George«, sagte er mit deutlich karibischem Tonfall. »Mit Fremden red ich eigentlich nicht.«

»Und was ist das hier? Ein Einstellungsgespräch?«

Er lächelte. Seine Zähne waren schmal und spitz. Raubtierzähne. »Für eine von der Polizei sind Sie zu klein«, sagte er. »Für 'ne Nutte haben Sie zuviel an. Für 'ne Dealerbraut sind Sie nicht fickrig genug. Das Sweatshirt da... Vielleicht der Anhang von 'nem Roadie, der Stoff für die Band braucht? Ich glaub nicht, daß ich was zu fürchten habe, Lady.«

Irgendwie war mir dieser Stick sympathisch. »Man hat mir gesagt, daß Sie mir vielleicht weiterhelfen können. Ich suche jemanden.«

»Und wozu?« Er war jetzt auf der Hut, sein Gesicht war wie eine verschlossene Tür.

Ich hatte mir auf der Fahrt genau überlegt, was ich Stick sagen würde, und holte tief Luft. »Ich bin Privatdetektivin und suche diese Frau.« Wieder holte ich Moiras Foto heraus.

Er sah sich die Aufnahme an. In seinem Gesicht regte sich nichts.

»Sie heißt Moira Pollock. Bis vor kurzem ist sie hier anschaffen gegangen. Ich hab gehört, daß Sie vielleicht wissen, was aus ihr geworden ist.«

Stick zuckte die Schultern. »Also ich glaub ja nicht, daß ich Ihnen da helfen kann, Lady, aber nur mal so interessehalber: Was wollen Sie denn von ihr?«

Stick hatte den Köder geschluckt, und ich spulte meine vorbereitete Erklärung ab: »Sie war bis vor ein paar Jahren eine ziemlich große Nummer in der Rockszene, und dann ist sie eines Tages ausgestiegen. Aber die Einnahmen sind weitergelaufen. Die Plattenfirma verwaltet das Geld, das sich inzwischen angesammelt hat, will es aber nur ihr persönlich auszahlen. Jetzt braucht die Familie dringend eine größere Summe. Sie wollen die Plattenfirma gerichtlich zwingen, sie rauszurücken. Dafür müssen sie aber beweisen, daß Moira tot ist. Oder aber Moira meldet sich und nimmt die Sache selber in die Hand.«

»Muß ja 'ne Menge Kies sein, wenn sich's lohnt, Sie für so was einzuspannen. Sie arbeiten also für die Familie von dieser Moira?«

»Für einen Freund der Familie«, sagte ich ausweichend.

»Irgendwie kommt mir der Name bekannt vor... Dieser Freund der Familie, dem kommt's doch auf'n paar Pfund mehr oder weniger nicht an, was?«

Ich seufzte. Der Job wurde allmählich ziemlich aufwendig. Und auf Quittungen durfte ich bei diesen Zahlungsempfängern nicht hoffen. »Wieviel?« fragte ich ziemlich ungnädig.

Stick grinste breit und holte einen Joint aus der Schublade. Er zündete ihn mit einem goldenen Dunhill-Feuerzeug an und nahm einen tiefen Zug. »Fünf Große.«

Ich schnappte nach Luft. Der Mann machte Witze. Oder bildete er sich wirklich ein, ich würde für einen Hinweis auf Moiras Aufenthaltsort wirklich fünfhundert Pfund hinblättern?

»Nicht mehr und nicht weniger«, sagte Stick ungerührt. »Wenn's um soviel Kohle geht, ist das doch'n Klacks.«

Ich schüttelte den Kopf. »Dann machen wir beide heute kein Geschäft. Sie haben mir selber gesagt, daß Sie die Frau gar nicht kennen.«

Er sah mich böse an. Daß er in seine eigene Grube gefallen war, fand er offenbar ganz schön peinlich. »Man kann schließlich nicht vorsichtig genug sein«, sagte er fast entschuldigend.

»Eben. Wer sagt mir, daß Sie mich nicht bloß reinlegen wollen? Ich hab heute schon eine Menge Unkosten gehabt. Hundert kann ich Ihnen jetzt gleich geben, bei höheren Summen muß ich meinen Auftraggeber fragen, und ich glaube nicht, daß er damit einverstanden ist, wenn ich fünfhundert Pfund an einen Typen zahle, der Moira noch nicht mal gekannt hat. Mein letztes Wort, Stick: Hundert Pfund bar auf den Tisch. Wenn ich rückfragen muß, gibt's wahrscheinlich gar nichts.«

Er lehnte sich zurück und lachte leise in sich hinein. »Haben Sie mal 'ne Visitenkarte?« fragte er.

Ich nickte etwas erstaunt. Er studierte sie ausgiebig, dann steckte er sie in die Tasche. »Ganz schön cool, Kate Brannigan. Man weiß ja nie, ob man nicht mal 'nen Schnüffler braucht. Okay, her mit dem Kies.«

Ich zählte fünf Zwanziger auf die Schreibtischplatte, ließ aber meine Hand auf den Scheinen liegen. »Moiras Adresse!«

»Sie hat vor einem halben Jahr mit dem Anschaffen aufgehört und ist zum Projekt Möwe gegangen. Auf Entzug.«

»Und wo ist dieses Projekt Möwe?«

»Irgendwo hinter dem Fotomuseum, ich weiß nicht, wie die Straße heißt, aber es ist die dritte oder vierte links den Berg rauf. Zwei Reihenhäuser, die sie zusammengelegt haben.«

Ich stand auf. »Danke, Stick.«

»Keine Ursache. Wenn Moira ihre Knete kriegt, können Sie ihr ausrichten, daß sie mir vierhundert Pfund schuldet. Für den Tip.«

9

Ich stellte den Wagen auf dem Parkplatz hinter dem Nationalen Film- und Fernsehmuseum ab und betrat die Halle. In einer Telefonzelle lag ein wunderbarerweise noch intaktes Telefonbuch, und ich schrieb mir Adresse und Telefonnummer des Projekts Möwe auf. Dann sah ich auf die Uhr. Einen Kaffee hatte ich mir redlich verdient. Ich ging nach oben in die Cafeteria und setzte mich ans Fenster.

Eine blasse Frühlingssonne drängte durch die grauen Wolken und tauchte die viktorianischen Häuser in romantisches Licht. Manchester, seinerzeit durch die Wollindustrie großgeworden, hatte versucht, dem städtischen Verfall und der Wirtschaftskrise durch den Einstieg in den Tourismus entgegenzuwirken – eine beliebte Masche heutzutage. Wenn das so weitergeht, wird England allmählich zu einem einzigen riesigen Erlebnispark. Bradford zum Beispiel hat sich voll an den Ruhm der Brontë-Schwestern angehängt, die in der Nähe gelebt haben. In den Teestuben und Schnellrestaurants gibt es dort sogar Brontë-Kekse. Die heruntergekommenen Elendsviertel von Manchester aber haben die Einwanderer wiederbelebt, die dort blühende Industrien und Großhandelsunternehmen aufgezogen haben. Einige hatte ich in den letzten Wochen auf den Spuren von Billy Smarts Wanderzirkus kennengelernt.

Ich nahm mir meine Straßenkarte vor und stellte fest, daß Stick ein durchaus zuverlässiger Informant war: Es war die dritte Querstraße links von der Hauptstraße, die am Alhambra Theatre vorbei bergan geht. Ich trank meinen Kaffee aus und machte mich zu Fuß auf den Weg.

Fünf Minuten später stand ich vor den beiden dreigeschossigen steinernen Reihenhäuschen, die zu einem zusammengelegt und durch ein Schild als »Projekt Möwe« gekennzeichnet waren. Etwas unentschlossen überlegte ich. Wenn ich mich mit meinem richtigen Namen vorstellte und mein Anliegen vorbrachte, konnte ich gleich wieder einpacken. Die Mitarbeiter von Drogenprojekten sind, das wußte ich aus Erfahrung, derart zugeknöpft, daß Trappistenmönche dagegen geschwätzig wirken.

Es half nichts – ich würde wieder mal schwindeln müssen, auch wenn ich mich damit nach Meinung meiner Sonntagsschullehrerin fürs heißeste Höllenfeuer qualifizierte. Ich ging durch den Vorgarten, machte die Haustür auf und stand in einer sauberen, weiß getünchten Diele mit grauem Teppichboden. Auf einem großen Schild zu meiner Linken las ich: »Besucher bitte am Empfang melden.«

Ausnahmsweise hielt ich mich an diese Anweisung. In dem kleinen Büro türmte sich auf einem großen Schreibtisch ein so hoher Aktenberg, daß man dahinter gerade noch einen roten Haarschopf, nicht aber die dazugehörige Person erkennen konnte, für die ich sofort so was wie Solidarität empfand. Mir ist Papierkram derart zuwider, daß ich ihn ständig vor mir herschiebe und Shelley mich unter wüsten Drohungen praktisch in meinem Büro einsperren muß, bis alles erledigt ist. Zu Hause ist es genauso: Würde ich mich nicht stur einmal im Monat hinsetzen und Rechnungen überweisen, wäre der Gerichtsvollzieher bei mir ständiger Gast.

Ich machte die Tür hinter mir zu, und ein blasses, sommersprossiges Gesicht tauchte hinter den Aktenbergen hoch. »Kann ich etwas für Sie tun?« fragte die junge Frau ziemlich erschöpft.

»Vielleicht.« Ich schenkte der Rothaarigen mein freundlichstes Lächeln. »Ich wollte fragen, ob Sie noch ehrenamtliche Helfer gebrauchen können.«

Die Erschöpfung war wie weggeblasen. Sie strahlte mich an. »Musik in meinen Ohren! Das erste Positive, was ich heute höre. Setzen Sie sich doch, machen Sie sich's bequem.« Gastfreundlich deutete sie auf die beiden wackeligen Stühle auf meiner Seite des Schreibtischs, und ich setzte mich auf den etwas weniger gebrechlichen. »Ich heiße Judy«, fuhr sie fort, »und bin hier fest angestellt. Ehrenamtliche Helfer suchen wir immer händeringend.« Sie holte einen umfangreichen Fragebogen aus dem Schreibtisch. »Sie haben doch nichts dagegen, wenn ich das hier ausfülle, während wir uns unterhalten?«

»Kein Problem. Mein Name ist Kate Barcley.« Richard wäre sicher gern bereit, mir vorübergehend seinen Namen zu leihen. Er weiß ja, daß ich nicht die Absicht habe, ihn auf Dauer anzunehmen.

»Und wo wohnen Sie, Kate?« Ich nannte aufs Geratewohl eine Hausnummer in der Leeds Road, denn die ist so lang, daß es schon ganz dumm zugehen müßte, wenn Judy zufällig dort Bekannte hätte.

Die Formalitäten waren rasch erledigt. Ich hätte als Lehrerin im Ausland gearbeitet, sagte ich, und sei gerade erst mit meinem Freund nach Bradford gezogen. Hier hätte ich über das Sozialamt von dem Projekt gehört und sei einfach mal vorbeigekommen, um meine Hilfe anzubieten. Als ich mit meiner Geschichte fertig war, sah Judy auf. »Haben Sie Erfahrungen mit dieser Arbeit?«

»Ja. Deshalb bin ich hier. Wir haben die letzten drei Jahre in Antwerpen verbracht, und dort habe ich ehrenamtlich in der Drogenbetreuung gearbeitet.«

»Aha«, sagte Jude. »Ich wußte gar nicht, daß es so was in Antwerpen gibt.«

Ich lächelte milde. Daß ich auf Antwerpen eben deshalb verfallen war, behielt ich für mich. Engländer verschlägt es so gut wie nie in diese belgische Stadt, was sehr schade ist, denn es ist einer der interessantesten Orte, die ich kenne. Bill stammt von da und fährt immer mal wieder hin, um seine Sippe zu besuchen. Ich hatte ihn zweimal begleitet und mich auf den ersten Blick in die Stadt verliebt. Seither benutze ich Antwerpen immer, wenn ich eine gute Tarnung brauche. So eine Story schluckt jeder. Judy war keine Ausnahme. Sie machte einen Vermerk auf meinem Fragebogen und stand auf.

»Am besten führe ich Sie mal kurz herum, damit Sie wissen, was wir hier machen. Morgen abend können Sie dann zu unserem Gruppentreffen kommen und entscheiden, ob wir Ihnen gefallen. Und umgekehrt natürlich auch.« Sie ging zur Tür.

Mir wurde etwas mulmig. Auf Gruppentreffen reagiere ich ausgesprochen allergisch. Ich hasse die endlosen Diskussionen, die sich ständig im Kreis drehen. Für mich müssen Entscheidungen auf Logik beruhen, auf einem klar abgewogenen Pro und Kontra. Sinn und Zweck eines Konsensverfahrens ist es ja bekanntlich, allen Beteiligten das Gefühl zu vermitteln, daß sie bei der Entscheidungsfindung mitgewirkt haben. Nach meiner Erfahrung ist allerdings das Ende vom Lied meist, daß alle sich schlecht behandelt fühlen. Beim Projekt Möwe würde das nicht anders sein.

Ich bemäntelte mein Mißbehagen mit einem freundlichen Lächeln und ließ mir von Judy das Haus zeigen. Schon in dem zweiten Raum, den wir betraten, war ich eigentlich am Ziel. An einer Wand standen Aktenschränke und auf einem der beiden Schreibtische ein IBM-kompatibler PC mit Festplatte und einem Laufwerk für 5 ¼-Zoll-Disketten. Am Keyboard saß ein Mann Anfang Dreißig, den Judy mir als Andy vorstellte.

Andy sah kurz auf, lächelte vage und fing dann wieder an zu tippen.

»Hier haben wir alle Unterlagen über die Patienten, die Organisationen, mit denen wir zusammenarbeiten, und unsere Mitarbeiter. Wir haben gerade angefangen, die Daten abzuspeichern, aber das dauert natürlich seine Zeit«, erläuterte Judy. Die Tür hatte nur ein einfaches Sicherheitsschloß.

Das zweite Büro im Erdgeschoß enthielt die Finanzunterlagen. Das Projekt finanzierte sich durch kommunale und staatliche Zuschüsse und durch Spenden und hatte drei fest angestellte Mitarbeiter: Judy für die Verwaltung, einen Psychiater und eine ausgebildete Krankenschwester. Es gab eine Zusammenarbeit mit einer Gemeinschaftspraxis in der Innenstadt. Hin und wieder sprang auch mal der eine oder andere Biomedizinstudent ein.

Im ersten Stock waren zwei Sprechzimmer, zwei Sitzungsräume und ein Aufenthaltsraum für die Drogis, die im Haus wohnten. Ganz oben quälten sich die Abhängigen in den ersten Phasen des Entzugs. Wenn sie das Schlimmste hinter sich hatten, kamen sie in ein Übergangsheim, das dem Projekt gehörte, bis sie einen Job und eine Wohnung – möglichst weit weg von den Versuchungen der Szene – gefunden hatten. Alles wirkte etwas dürftig, aber hell und sauber, und ich dachte mir, daß Moira es sehr viel schlechter hätte treffen können.

»Wir sind ein Haus der offenen Tür«, sagte Judy, während wir wieder nach unten gingen. »Anders läßt sich so ein Projekt gar nicht führen. Unsere Patienten kommen alle freiwillig – mehr, als wir aufnehmen können –, aber sie können jederzeit wieder weg. Wenn sie dann clean sind, ist es ein gutes Gefühl für sie, daß sie es aus eigener Kraft geschafft haben, und wir meinen, daß sie dann nicht so schnell wieder rückfällig werden.«

Ich fragte nicht nach der Erfolgsrate. Das hätte Judy nur deprimiert. An der Haustür schüttelte ich ihr die Hand und wollte wissen, wann ich am nächsten Abend kommen sollte.

»So gegen halb neun. Die Sitzung fängt um sieben an, aber wir müssen erst den ganzen vertraulichen Kram aufarbeiten. Klingeln Sie dann bitte, um sechs schließen wir ab.«

»Nach dem Prinzip der offenen Tür…«, sagte ich ironisch.

Judy lächelte etwas gequält. »Nicht, um unsere Leute auszusperren, sondern um unerwünschten Besuch draußen zu halten. Bis morgen also.«

Ich kam mir ziemlich schäbig vor, weil ich bei dieser netten Frau vergebliche Hoffnungen auf eine neue Mitarbeiterin geweckt hatte. Vielleicht konnte ich ja Jett zu einer ordentlichen Spende animieren, nachdem ich ihn wieder mit seiner Moira zusammengeführt hatte. Immerhin hatte er vor Zeugen erklärt, daß er gern alles hergeben würde, was er besaß, um sie zurückzubekommen.

Auf der Rückfahrt nach Manchester diktierte ich einen Bericht, den Shelley gleich tippen und an Jett faxen sollte, damit er merkte, daß ich sein Geld nicht nur fürs Däumchendrehen kassierte. Am ASDA-Supermarkt bog ich ab, um meine Vorräte aufzufüllen. Während ich meinen Wagen durch die Gänge rollte, bemühte ich mich nach Kräften, nur das Notwendigste mitzunehmen, aber wie üblich war es an der Delikatessentheke mit meiner Standhaftigkeit vorbei. Dann rief ich in Colcutt Manor an, um die Fax-Nummer zu erfragen und kurz mit Jett zu sprechen. Das war mein erster Fehler.

»Bedaure, Jett ist zur Zeit unabkömmlich«, säuselte Gloria.

»Ich warne Sie, Gloria. Heute bin ich nicht in Stimmung für Ihre Späßchen. Bitte verbinden Sie mich.«

»Er ist wirklich unabkömmlich«, kam es jetzt ziemlich muffig. »Sie sind im Studio. Aber er hat Ihnen etwas hinterlassen«, setzte sie widerstrebend hinzu.

»Und darf ich auch erfahren, was er mir hinterlassen hat, oder wollen Sie ein Quiz mit mir veranstalten?«

»Jett läßt Ihnen sagen, daß er einen Zwischenbericht von Ihnen haben will.«

»Der liegt schon vor mir. Ich lasse ihn von unserer Sekretärin schreiben. Morgen früh haben Sie ihn.«

»Er möchte Sie aber persönlich sprechen«, trumpfte sie auf.

Ich seufzte. »Gut, in einer Stunde bin ich da.« Wütend marschierte ich zu meinem Einkaufswagen, der zu allem Überfluß noch eierte. Zum Glück waren keine feixenden Gören in der Nähe, sonst hätte ich mir bestimmt eine Anklage wegen tätlicher Beleidigung eingehandelt.

Ich hatte nicht die geringste Lust, nach Colcutt Manor zu kutschieren, und dachte dabei auch mit Sorge an die Packung Schokoladensplit-Eiscreme in meinem Kofferraum. Aber wenn ich nicht mitspielte, konnte Gloria mich ohne weiteres abschießen, was sie bestimmt auch mit großem Genuß tun würde. Außerdem berechneten wir Jett ein so horrendes Honorar, daß ich ihm ein persönliches Gespräch nicht abschlagen mochte. Vielleicht konnte ich ja mein Eis dort in der Tiefkühltruhe zwischenlagern.

Zumindest brauchte ich diesmal am Tor keine langen Verhandlungen zu führen, sondern wurde sofort eingelassen. Zu meiner Überraschung war die Einfahrt vollgestellt mit Wagen, von denen unsereiner im allgemeinen nicht mal den Preis kennt – Mercedes-Limousinen der Luxusklasse, BMWs, zwei, drei Porsches. Es sah aus wie ein Aufmarsch von Billy Smarts Leihwagen. Da Jett vor einer Stunde angeblich noch hart gearbeitet hatte, mußte er ein ganz besonderes Talent für Spontanpartys haben. Als ich die Tür aufmachte, dröhnten mir die Queens in die Ohren.

Ich sah mich um und überlegte, wo ich mit der Suche nach Jett anfangen sollte. Die Musik schien von allen Seiten zu kommen, aber von links hörte ich auch Stimmen. Ich hatte mich gerade in Richtung Ballsaal in Marsch gesetzt, als Tamar mich fast über den Haufen rannte. Sie kam aus der Toilettentür unter einer Treppe.

»Unsere Lady Sherlock Holmes«, kicherte sie beschwipst. »Wollen Sie nach der Alarmanlage sehen? Da haben Sie sich aber den falschen Abend ausgesucht.«

Ich rang mir ein müdes Lächeln ab. »Ja? Warum denn, Tamar?«

»Weil hier eine große Fete abgeht. Endlich ist wieder ein Stück im Kasten, mit dem alle zufrieden sind. Wurde auch Zeit, daß Jett mal von seinen Schnarchnummern runterkommt.« Sie hickste. »Pardon, hätte ich vor Personal wohl nicht sagen dürfen. Was machen Sie überhaupt hier?« Sie wirbelte herum, so daß ihr Paillettenjäckchen blitzte, und blinzelte mich verschwiemelt an.

»Jett wollte mich sprechen.«

»Wegen der Alarmanlage? Heute abend noch?« Und dann schlug der Argwohn voll durch. »Sie wollen gar keine neue Alarmanlage einbauen, stimmt's?«

Ich zuckte die Achseln. Von mir würde sie nichts erfahren, nicht nur, weil ich Jett Vertraulichkeit zugesichert hatte, sondern weil sie dann vermutlich ihre erste Wut an mir ausgelassen hätte. »Diese verdammte Nutte«, stieß sie hervor, warf die kunstvoll gelockte Mähne zurück und stürmte durch die Halle. Neugierig ging ich ihr nach. Sie riß die Tür zu Glorias Büro auf. Gloria saß mit Bergen von Rechnungen am Computer und machte offenbar die Buchführung. Sie warf Tamar einen flüchtigen Blick zu und tippte dann gelassen weiter.

»Du hast mir gesagt, daß sie wegen der Alarmanlage hier ist«, sagte Tamar vorwurfsvoll. Fleckige Röte stieg an ihrem Hals hoch und verbreitete sich bis über ihre Wangen.

»Auch wenn du mich anständig fragst, statt hier herumzuzetern wie ein verzogenes Kind, wirst du von mir nichts anderes erfahren«, erklärte Gloria in gouvernantenhaftem Ton und strich sich mit der Hand über das blonde Haar, das straff zurückgekämmt war und im Licht der Schreibtischlampe wie aufgemalt wirkte.

»Sie soll nach Moira suchen, stimmt's?«

»Frag doch Jett. Er wird dir sagen, was er für nötig hält.« Ich wünschte fast, Tamar hätte sich über sie hergemacht, das wäre ein schöner Abschluß des Tages gewesen – nicht nur für mich.

Tamar aber, durch den heftigen Adrenalinstoß offenbar jäh ernüchtert, drängte sich an mir vorbei und stöckelte in einem für ihre Achtzentimeterabsätze schier unglaublichen Tempo durch die Halle. Ich lächelte Gloria unbestimmt zu und folgte ihr. Die Schau war es wert.

An der Schwelle des früheren Regency-Ballsaals holte ich Tamar ein. Die Stuckgirlanden waren noch da, aber der ganze Raum war in Schwarz und Gold ausgemalt. Den Denkmalschutz hätte der Schlag getroffen. Statt der Regency-Stutzer saßen zwei Dutzend alternde Rockstars herum, die sich mit diversen knackigen Bräuten amüsierten.

Jett lehnte, einen Arm freundschaftlich um Kevin gelegt, an dem vergoldeten Kaminsims und stierte ins Leere. Er hatte offenbar schon schwer geladen, eine reife Leistung, wenn er vor knapp einer Stunde erst aus dem Studio gekommen war. Tamars Auftritt wirkte wie eine kalte Dusche.

»Warum hast du mir nicht gesagt, daß sie nach Moira suchen soll?« zeterte sie.

Jett wandte sich ab und starrte die Wand an. Tamar griff nach seinem Arm und wiederholte ihre Frage. Kevin trat rasch hinter sie, packte ihre Arme oberhalb der Ellbogen und schleppte sie ab. Sie war so verblüfft, daß sie schon halb draußen waren, bis sie ihre Stimme wiederfand. Ihr Geschrei erregte ungefähr so viel Aufsehen wie ein Handtaschenraub in der Moss-Side. Für die anderen Gäste war das nur ein kleiner Spaß am Rande.

Ich ging zu Jett. »Du wolltest einen Zwischenbericht von mir haben. Es geht vorwärts. Ich weiß, wo sie bis vor ein paar Monaten war. Wenn alles gutgeht, habe ich bis morgen abend ihre derzeitige Adresse.«

Er drehte sich um, und seine Alkoholfahne traf mich voll. »Geht's ihr gut?« lallte er.

Schonend beibringen kann man so was nicht. Ich mußte schon das Kind beim Namen nennen. »Vielleicht. Sie ist anschaffen gegangen, Jett, und hat gedrückt. Aber dann hat sie freiwillig einen Entzug gemacht. Wie gesagt, morgen weiß ich mehr, du bekommst den ausführlichen Bericht per Fax.« Für die Einzelheiten war er im Augenblick sowieso nicht mehr aufnahmefähig.

Er nickte und brabbelte etwas, was wie »Danke!« klang. Ich kam mir ziemlich fehl am Platz vor, als ich quer durch den Ballsaal zum Ausgang marschierte. Auf der Treppe hockte Tamar mit tränenverschmiertem Make-up. »Bitte holen Sie sie nicht wieder her«, flehte sie. »Damit machen Sie bloß alles kaputt.«

Ich hockte mich neben sie. »Wie kommen Sie denn darauf?«

»Das verstehen Sie ja doch nicht.« Sie richtete sich auf und fuhr sich mit großer Geste durchs Haar. »Leute wie Sie haben für so was überhaupt kein Verständnis. Erst richten sie ein komplettes Chaos an, und dann lassen sie die anderen im Dreck sitzen und hauen ab. Aber eins will ich Ihnen sagen: Keiner will Moira haben. Nicht mal Jett, wenn er ehrlich sich selbst gegenüber ist. Ihm geht's nicht um Liebe oder um sein dämliches Album. Sondern bloß darum, die Hauptrolle in dem Drama vom verlorenen Sohn zu spielen. Er braucht Moira für sein Selbstwertgefühl. Was hat er schon davon, wenn er's mit mir treibt? Ich bin ja keine Seele, die gerettet werden muß. Ich brauch ihn nicht für mein Karma. Moira wäre für ihn buchstäblich ein Geschenk des Himmels.«

Sie hätte vielleicht noch mehr rausgelassen, aber da erschien Kevin oben an der Treppe. »Reiß dich gefälligst zusammen, Tamar. Mir geht die Sache ebenso gegen den Strich wie dir. Aber wenn du dich nett um ihn kümmerst, fällt er vielleicht nicht zum zweitenmal auf sie rein...«

Er warf mir im Herunterkommen einen bösen Blick zu. »War nett, daß Sie da waren«, sagte er ironisch. »Haben Sie Moira schon gefunden?«

Ich schüttelte den Kopf.

»Lassen Sie sich ruhig Zeit. Lieber zahle ich ein halbes Jahr Ihre horrenden Honorare, als diese Person hier im Haus zu haben.« Das war deutlich. Demnach war Moiras Rückkehr für Kevin ein echter Alptraum.

Seufzend ging Tamar nach oben. Ich folgte Kevin in die Halle, wo Gloria gerade ihr Büro abschloß und den Ballsaal ansteuerte, wahrscheinlich in der lobenswerten Absicht, dem großen Boß eine Schulter zum Ausweinen zu bieten. Denn Tamar war heute abend garantiert nicht mehr bereit, den sensiblen Künstler zu trösten.

10

Ich legte die Kassette in Shelleys Eingangskorb und fuhr nach Hause, fest entschlossen, endlich auch mal was für mich zu tun. Ich hatte Glück. Richard war zu einer Probe der *Transpirierenden Teppiche* gegangen. Als er zum erstenmal was von transpirierenden Teppichen erzählt hatte, war ich total geplättet, weil ich mir – naiv, wie ich manchmal bin – eingebildet hatte, Richard hätte plötzlich sein Interesse für Heimtextilien entdeckt.

Nachdem ich mich des längeren in der Badewanne geaalt hatte, setzte ich mich vor den Computer. Ehe ich Bill kannte, hatte ich Computerspielefreaks immer für intellektuell eher zwergwüchsig gehalten. Die Rollenspiele aber, mit denen er mich bekanntmachte, kann man mit den üblichen elektronischen Schieß- und Vernichtungsorgien kaum in einem Atem nennen. Hier kommt es darauf an, als Spieler aktiv mitzumachen, Standorte zu erkunden und konkrete Aufgaben zu lösen. Für ein richtig gutes Spiel braucht man bis zu zwei Monaten. Der nächste Schritt auf diesem Wege waren für mich Strategie-Simulationen, und von da ab war der Fernseher abgemeldet. Ich habe nicht den Eindruck, daß er mich sehr vermißt.

Ich holte mir Leisure Suit Larry von Sierra auf den Schirm und war eine Stunde lang der Mann mit dem weißen Polyesteranzug, der ebenso hartnäckig wie vergeblich die Liebe an den unmöglichsten Orten sucht – vom Boudoir einer Hure bis zum Schmuddelcharme einer Bedürfnisanstalt. Ich habe dieses Spiel schon fünf- oder sechsmal gespielt, aber wenn ich mal wirklich abschalten und mir nicht an neuen Herausforderungen die Zähne ausbeißen will, komme ich immer wieder darauf zurück. Als ich mich hinlegte, war ich total relaxed, so daß ich nicht mal besonders gnatzig war, als der Wecker früh um sechs eine neue Runde in der Jagd auf die Smarts einläutete. Am Spätnachmittag war ich aus Glasgow zurück. Billy und Gary Smart hockten in Chinatown, um nach den Mühen des Tages ausgiebig zu tafeln, und ich holte mir eine Pizza Calabrese mit Zwiebeln und einer Extraportion Käse und marschierte ins Büro. Shelley quittierte den sich rasch ausbreitenden Pizzaduft mit einem etwas säuerlichen Blick, so daß ich mich schleunigst in mein Kabuff verzog und versuchte, meinen Bericht zu tippen, ohne daß der Mozzarella mir die Tasten verklebte.

Die Fahrt nach Bradford, untermalt mit Tina-Turner-Songs, war nach der stressigen Autobahnjagd des Vormittags die reinste Entspannung. Aber ich durfte nicht leichtsinnig werden. Noch hatte ich ein hartes Stück Arbeit vor mir. Ich blieb bis halb acht im Wagen sitzen, dann klingelte ich beim Projekt Möwe.

Nach ein paar Minuten polterten Schritte die Treppe hinunter. Andy machte auf und sah mich etwas erstaunt an. »Judy hat gesagt, ich soll heute zu eurer Gruppensitzung kommen«, erläuterte ich. »Es ist noch ein bißchen früh, aber weil ich sowieso gerade in der Gegend war, wollte ich fragen, ob ich hier warten kann, statt allein im Pub herumzusitzen.«

Er zuckte die Schultern. »Nichts dagegen. Sie können sich in Judys Büro setzen.« Ich holte einen Roman von Marge Piercy aus der Tasche und versuchte so zu tun, als hätte ich schon alles um mich her vergessen.

»Machen Sie sich einen Kaffee, wenn Sie wollen.« Er deutete auf ein Tablett, auf dem alles bereitstand. »Einer von uns kommt Sie holen, wenn wir soweit sind. Eine Dreiviertelstunde kann's gut und gern noch dauern.«

»Danke«, sagte ich zerstreut. Dann wartete ich, bis die Schritte oben verklungen warten, zählte bis hundert, legte mein Buch weg und schlich zur Tür. Ich horchte. Irgendwo hörte man Stimmen, aber sie waren so weit weg, daß man keine Worte unterscheiden konnte.

Ich machte die Tür ein Stück weiter auf. Hätte mich jetzt jemand gesehen, hätte ich immer noch sagen können, daß ich das Klo suchte. Aber die Luft war rein. Leise ging ich bis zu dem Zimmer, in dem das Projekt Möwe seine Unterlagen aufbewahrte.

Meine Hände waren so glitschig von Schweiß, daß ich sie an der Hose abwischen mußte, ehe ich mich an die Arbeit machte. Ich holte eine abgelaufene Kreditkarte aus der Tasche. Dank meines Einbrecherfreundes Dennis bin ich nicht schlecht im Schlösserknacken, aber bei einem einfachen Sicherheitsschloß kommt man mit dem uralten Kreditkartentrick schneller ans Ziel und hinterläßt als Amateur weniger Spuren. Mit einer Hand drehte ich den Türknauf, mit der anderen schob ich die Karte zwischen Tür und Türsturz. Nichts rührte sich. Ich merkte, wie mir der Schweiß über den Rücken rann. Ich zog die Karte wieder heraus, holte dreimal tief Luft, horchte mit einem Ohr nach oben und versuchte es noch einmal.

Diesmal sprang die Falle zurück. Ich trat rasch ein, riegelte hinter mir ab und blieb einen Augenblick leise keuchend an die Tür gelehnt stehen. Dann zwang ich mich, wieder zu einer normalen Atmung zurückzufinden, und machte erst mal Bestandsaufnahme. Was ich suchte, mußte in einem der Aktenschränke sein, und zwar in der Schublade »Patienten. O–R.« Der Aktenschrank war abgeschlossen.

Zum Glück stammte offensichtlich auch die Einrichtung des Projekts Möwe aus milden Spenden. Bei den neuen Modellen kommt man ums Schlösserknacken nicht herum. Für diese alten Kästen aber brauchte ich den Dietrichsatz nicht zu bemühen, den mir Dennis besorgt hatte. Ich rückte den Schrank ein Stück von der Wand weg und kippte ihn nach hinten. Dann hockte ich mich hin, tastete an der Unterseite nach der Schließstange und schob sie nach oben. Das Klicken, mit dem sie die abgeschlossenen Schubläden freigab, war Musik in meinen Ohren. Vorsichtig ließ ich den Schrank wieder herunter und schob ihn an seinen Platz zurück. Das Manöver hatte mich fast fünf Minuten gekostet. Ich zog den Aktendeckel »Moira Pollock« heraus. Der geringe Umfang ließ nichts Gutes ahnen. Ich schlug die Akte auf. Sie enthielt nur ein Blatt: »Moira Pollock. Daten abgespeichert 16. Februar.«

Das hatte mir gerade noch gefehlt. Ich schaltete den Computer ein. Erwartungsgemäß verlangte er ein Paßwort. Mit »Möwe« kam ich nicht weiter. Ich versuchte es mit »Andrew«. Man glaubt ja nicht, wie viele Leute blöd genug sind, ihre eigenen Namen als Paßwort zu verwenden. Andy war offenbar eine rühmliche Ausnahme. Beim nächstenmal mußte es klappen. Die meisten geschützten Programme lassen – wie auch kopiergeschützte Spiele – nur drei Versuche zu, dann stürzen sie ab. Ich starrte krampfhaft auf den Bildschirm und zermarterte mir das Hirn. Dann kam mir eine Idee.

Ich drückte beide Daumen, schickte ein Stoßgebet zu den Göttern des New Age gen Himmel und tippte: JONATHAN. Das Menü erschien auf dem Schirm. »Danke, Richard Bach«, sagte ich leise.

Nachdem ich im Programm war, hatte ich Moiras Daten sehr schnell gefunden. Um sie an Ort und Stelle durchzuarbeiten, war die Zeit zu knapp, aber ich hatte in weiser Voraussicht leere Floppy Disks mitgebracht. Ich machte sicherheitshalber zwei Kopien, steckte die Floppys ein und schaltete den Computer aus. Zehn nach acht. Höchste Zeit.

An der Tür blieb ich stehen und lauschte. Alles war ruhig. Mit einem Seufzer der Erleichterung trat ich in die Halle und zog die Tür hinter mir zu. Das Klicken des Schlosses kam mir vor wie ein Donnerschlag. Ich setzte mich in Trab und hörte nicht auf zu rennen, bis ich an meinem Wagen war.

Daß ich die Leute vom Projekt Möwe vergeblich auf ihre neue

ehrenamtliche Helferin warten ließ, war nicht schön von mir, aber ich war doch heilfroh, daß mir die Gruppensitzung erspart geblieben war. Auch brauchte Moira jetzt, da sie sich auf eigene Füße gestellt hatte, unter Umständen meine Hilfe nötiger.

Als ich heimkam, wollte Richard gerade wieder los. Er begrüßte mich mit seinem berühmten Lächeln, bei dem ich immer ganz schwach werde, sprang mit einem eleganten Satz über den niedrigen Zaun, der unsere Vorgärten trennt, und nahm mich fest und tröstlich in die Arme. Erst jetzt merkte ich, wie angespannt ich nach meinem illegalen Ausflug noch gewesen war.

»Hey, Brannigan, fast hätte ich eine Vermißtenanzeige aufgegeben. Komm, wirf dich in Schale, wir machen uns einen schönen Abend.«

Das hörte sich gut an. Zu Hause habe ich lange nicht so viel Software zur Verfügung wie im Büro. Wahrscheinlich würde ich hier die geklaute Diskette sowieso nicht lesen können. Andererseits hatte ich heute, am Freitag abend, wirklich keine Lust mehr, mich noch mal ins Büro zu setzen. Irgendwo braucht der Mensch auch ein bißchen Freizeit.

Ich duschte, zog meine Schlabberhosen aus beigefarbener Seide an – Schnäppchen des Jahres, zehn Pfund im Secondhandshop –, dazu das beigefarbene Top und eine Leinenjacke, und eine halbe Stunde später klemmte ich mich auf den Beifahrersitz von Richards pinkfarbenem Käferkabrio. Ich hatte den Eindruck, daß es sich dort heute besonders unbequem saß. Das besserte sich erst, als ich Unmengen zerknülltes Papier unter meinem Po vorgeholt und auf die Rückbank geworfen hatte.

»Dein Wagen ist eine einzige rollende Umweltverschmutzung«, beschwerte ich mich und schob Cola-Light-Dosen, alte Zeitungen und Zigarettenschachteln beiseite, um Fußraum zu gewinnen. »Wenn du ihn mit offenem Verdeck stehenläßt, verwechselt ihn bestimmt mal jemand mit einem Müllcontainer. Eines Morgens kommst du raus und findest eine Matratze und einen Haufen Maurerschutt drin«, sagte ich nur halb im Spaß.

Zum Glück für meine Trommelfelle war Richard diesmal nicht dienstlich unterwegs. Wir machten einen großen Bogen um alle Lokale mit Live-Musik, tanzten in einer intimen Bar die Nacht durch und landeten schließlich noch beim Chinesen. Es war fast drei, als wir ins Bett krochen und nur noch eins wollten. Und damit meine ich keinen Sex.

11

Gegen Mittag weckten mich die elektronischen Piepser eines Computerspiels. Richard saß nackt vor dem Bildschirm und spielte Tetris, ein Spiel, das simpel klingt, es aber nicht ist. Ziel der Übung ist es, aus Steinen verschiedener Farben und Formen eine Mauer zu bauen. Hört sich schnarchlangweilig an, ist aber unter den Computerspielen zum größten Renner aller Zeiten geworden. Richard ist – wie fünfzig Prozent der cleveren Börsenboys aus der City – süchtig danach. Im Gegensatz zu den Finanzfreaks aber hat er jenseits von Tetris mit Computern nichts am Hut.

Es gelang mir schließlich, ihn vom Bildschirm wegzulocken – allerdings nicht durch den Einsatz meines Superbodys, sondern indem ich sagte, ich würde ihn zum Mittagessen einladen. Bereitwillig trollte er sich zum Duschen, Rasieren und Umziehen ins Nebenhaus. Daß es so eine Art Arbeitsessen werden sollte, hatte ich ihm wohlweislich noch nicht verraten. Vor zwei Wochen war ich einem von Billy Smarts Kunden zu einem Pub am Rand von Manchester gefolgt, und dort wollte ich mich heute mal genauer umsehen. Weil aber eine Frau allein dort auffällt und alle möglichen abgefuckten Typen anlockt, mußte Richard mit.

Wir nahmen meinen Wagen. Bis Worsley sind es ungefähr zwanzig Minuten. Das Pub ist ein großer Kasten aus den fünfziger Jahren mit Bowlingplatz und einem Biergarten am Kanal. Der Blick auf den Parkplatz war aufschlußreich. Sämtliche Wagen trugen die bei Angebern so beliebten Zusätze wie GTI, XR3i, Turbo. Ich kam mir mit meinem popligen SR geradezu vor wie ein Bürger zweiter Klasse. In den Innenräumen setzte sich das fort. Alles war frisch renoviert, und zwar nach der bei Brauereien heutzutage so beliebten »Spaß-Pub«-Masche mit viel rosa Neonlicht und Chrom. Man kam sich vor wie in einer Billigausgabe der New Yorker Bars aus den Teenie-Filmen der letzten Jahre und erwartete fast, hinter der Theke Tom Cruise stehen und mit Flaschen schmeißen zu sehen.

Leider hörte da die Ähnlichkeit auf. Der Barkeeper sah eher aus wie ein Halbschwergewichtler im Ruhestand. Während Richard bestellte, sah ich mich um. Es war erstaunlich viel Betrieb. »Jede Menge Traceys«, stellte Richard fest.

Ich mußte ihm recht geben. Die Frauen schienen alle miteinander von begnadeter Doofheit zu sein, die Männer mimten – für mich nicht ganz überzeugend – die superschlauen Durchblicker. Nach meinen Erfahrungen gibt's bei jeder Pinte einen Pferdefuß. Entweder stimmt die Einrichtung nicht, oder das Essen ist mies, oder Bedienung und Gäste gehen einem auf den Geist. Die Hoffnung, irgendwo mal den Idealzustand zu finden, ist wohl ebenso illusorisch wie die Erwartung, eines Tages heimzukommen und Richard beim Großreinemachen zu erleben.

Richard – ich hatte ihn unterwegs instruiert – gab mir meinen Orangensaft mit Soda und führte mich an einen Tisch, wo ich meinen Mann gut im Blick hatte. Er trug einen knallgrünen Sergio-Tacchini-Jogginganzug und war von einer Meute eifriger junger Leute umgeben. Vor ihm auf dem Tisch lag ein halbes Dutzend Uhren, ich konnte die falschen Rolex' und Guccis genau erkennen. In Minutenschnelle hatte er alle an den Mann – oder die Frau – gebracht. Für jede nahm er fünfzig Pfund, gefeilscht wurde nicht. Als echt schien er sie aber nicht auszugeben, sonst hätte er die Sache viel diskreter und geheimnisvoller aufgezogen.

Jetzt holte Billys Kontaktmann noch mal sechs Uhren aus der Tasche. Vier wurde er ebenso schnell los wie vorhin die anderen, die letzten beiden ließ er wieder in seiner Jacke verschwinden. Dann holte er unter dem Tisch drei Zellophantüten mit Trilobal-Jogginganzügen hervor.

»Manchmal ist dieser Job echt Mist«, sagte ich leise zu Richard.

»Was hören da meine entzündeten Ohren? Muß ich daraus schließen, daß deine Kontakte zur Verbrecherwelt dich nicht hundertprozentig befriedigen?«

»Komm, hör schon auf«, sagte ich ärgerlich.

»Trilobalanzüge sind mega-in, das brauche ich dir nicht zu erzählen. Wenn ich nicht im Dienst wäre, würde ich sie diesem Typ aus den Händen reißen. Schau dir die Farben an.« Der im Glitzerlook und der Pfauenblaue hatten es mir besonders angetan.

Richard stand auf. »Gut, daß ich nicht im Dienst bin.« Er ging schon auf den Nachbartisch zu.

»Richard, wehe...!« stieß ich entsetzt hervor. Ein paar Leute drehten sich nach uns um.

Er zuckte die Schultern. »Und wenn ich dir die Klamotten schenke? Du brauchst ja nicht zu wissen, daß es Kopien sind...«

»Ich weiß es nun leider mal«, zischelte ich. »Setz dich schleunigst wieder hin. Willst du meine Tarnung platzen lassen?«

Richard schmollte wie ein kleiner Junge. »Aber wenn du dir doch so was wünschst...«

»Ich wünsche mir auch eine Cartier-Uhr, und weil ich mir eine echte nicht leisten kann, hätte ich Dennis vielleicht auch eine falsche abgekauft. Aber jetzt, wo wir diesen Auftrag haben, geht das eben nicht mehr. Nicht böse sein, Richard. Ich weiß, daß du mir eine Freude machen wolltest. Hol du dir doch so einen Anzug, wenn du willst.«

Richard schüttelte den Kopf. »Du mit deiner verquasten Moralauffassung...«

»Komm, jetzt hör aber auf. Wer hat mir denn vor zwei Monaten einen langen Vortrag darüber gehalten, wie unmoralisch es ist, meine Alben für Freunde zu überspielen, weil ich damit darbende Rockstars wie Jett um ihr täglich Brot bringe?«

Er grinste. »Okay, Brannigan, du hast gewonnen. Wie lange müssen wir hier eigentlich noch hocken?«

Ich sah noch einmal zum nächsten Tisch hinüber. Meine Zielperson war aufgestanden und ging zur Tür. Die übrige Ware hatte er wohl draußen im Wagen. »Ich bin fertig«, sagte ich. »Ich will nur noch sehen, was er im Kofferraum hat.«

Auch zum Wagen folgte ihm eine größere Gruppe von Interessenten. Der Kofferraum war vollgestopft mit Trilobalanzügen in allen Regenbogenfarben. Uhren sah ich nicht. Trotzdem hatte sich der Trip gelohnt. Vielleicht konnten wir, wenn wir den Uhrenauftrag erfolgreich über die Bühne gebracht hatten, Sergio Tacchini für uns interessieren. Daß gefälschte Designerklamotten ein gutes Geschäft sind, wußte ich natürlich, aber daß auch da die Smarts mit drinhingen, war mir neu.

»Bei den Gigs verkaufen sie jede Menge von dem Zeug«, sagte Richard zu meiner Überraschung. »Freut mich, daß es sich für dich gelohnt hat. Immer gern zu Diensten, Mrs. Sam Spade aus Chorlton-on-Medlock.«

In Wirklichkeit heißt unser Viertel Ardwick, und das ist eine Adresse, die bei Versicherungsgesellschaften nicht gut angeschrieben ist, aber Richard ist voll auf die Sprüche der Maklerfirma abgefahren, das Haus, das sie ihm verkauft haben, liege in einer ganz exklusiven Gegend. »Ardwick«, verbesserte ich zerstreut, aber das überhörte er geflissentlich. Was ich für den Nachmittag geplant hätte, wollte er wissen. »Da muß ich leider arbeiten. Abends wahrscheinlich auch. Warum?«

»Ach, nur so«, sagte er – etwas zu harmlos für meinen Geschmack.

»Wenn du's nicht ausspuckst, räum ich dein Arbeitszimmer auf«, drohte ich.

»O nein, nur das nicht. Nur... ich könnte eventuell noch eine Karte für das Match im Old Trafford kriegen. Wenn du Zeit gehabt hättest, wär ich natürlich lieber mit dir ins Kino gegangen.«

Das war für Richard ein großes Opfer. Echte Liebe nennt sich so was. Ich hielt vor einer Ampel und gab ihm spontan einen Kuß.

»Kannst du mich in dem Pub gegenüber vom Stadion absetzen? Da habe ich mich mit den anderen verabredet für den Fall, daß ich's schaffe...«

Der Junge ist und bleibt ein Schlitzohr.

Gespannt vertiefte ich mich in Moiras Unterlagen. Schon unter dem Stichwort »Einweisung« stieß ich auf eine interessante Eintragung: »Eingeliefert von unbekanntem Schwarzen, der fünfhundert Pfund spendete und sagte, es handele sich um eine frühere Mitarbeiterin, die dringend Hilfe brauche.« Demnach verbarg sich unter Sticks harter Schale ein weicher Kern. Jetzt war mir auch klar, warum er für seinen Tip fünfhundert Pfund hatte haben wollen.

Moira hatte offenbar erkannt, daß sie nur noch diese eine Chance hatte, clean zu werden und ihr Leben zu ändern. Sie war deshalb eine Bilderbuchpatientin gewesen. Freiwillig hatte sie sich für den schwersten Weg entschieden, den Entzug mit einer minimalen Erhaltungsdosis Methadon. Nachdem sie den Cold Turkey hinter sich hatte, war sie sehr kooperativ gewesen, hatte bereitwillig in der Gruppentherapie mitgemacht und sich im persönlichen Gespräch voll eingebracht. Nach vier Wochen war sie ausgezogen, hatte aber ihre Therapietermine pünktlich eingehalten.

Der Knüller kam ganz zum Schluß. Sie war nicht in das von dem Projekt betriebene Übergangsheim gezogen, sondern zu Maggie Rossiter, die als Sozialarbeiterin bei der Stadt angestellt war und ehrenamtlich im Projekt Möwe mitarbeitete.

Laut Dr. Briggs, dem Psychiater des Projekts, war es während Moiras Entzug zu einer sehr engen Freundschaft zwischen ihr und Maggie gekommen. Nach ihrer Entlassung hatten sie sich zusammengetan und lebten jetzt als Paar. Nach Meinung des Arztes war durch diese Beziehung sichergestellt, daß Moira auch in Zukunft clean bleiben würde.

Da wird sich Jett aber freuen, dachte ich, während ich mir Maggie Rossiters Adresse notierte. Daß viele Prostituierte mehr auf Frauen stehen, ist bekannt. Verdenken kann ich's ihnen nicht. Wenn ich Männer nur als Freier oder Luden kennengelernt hätte, würde ich mich wahrscheinlich ebenso entscheiden. Aber wenn sich's um die Frau handelt, die man für seine Seelenfreundin gehalten hat, ist das schon ein Hammer.

Es kostete mich Überwindung, in Colcutt Manor anzurufen, aber Jett hatte das Recht, alles zu erfahren. Gloria meldete voller Genugtuung, Jett sei nicht im Haus. Nein, sie wisse nicht, wo er zu erreichen sei. Ja, heute abend sei er wieder da. Ich war fast ein bißchen erleichtert. Wenn er wußte, daß ich Moiras Adresse hatte, würde er mitkommen wollen, und das konnte unter Umständen mit einem ekelhaften Knatsch enden. Mir kam es darauf an, Emotionen möglichst unten zu halten. Ich tippte meinen Bericht und faxte ihn an Gloria mit der Bitte, ihn Jett sofort nach seiner Rückkehr zuzustellen.

Dann kopierte ich Moiras Daten auf die Diskette mit Jetts Informationen und schaltete den Computer ab. Die ungewohnte Ruhe erschlug mich fast. Ich war allein – nicht nur im Büro, sondern im ganzen Haus, weil in den anderen Büros vernünftige Leute sitzen, für die eine Arbeitswoche von Montag bis Freitag entschieden lang genug ist. Ich schloß hinter mir ab und ging nach unten. Zum Glück schaffte ich es bis zur Oxford Road, ehe die Theaterbesucher aus dem Palace Theatre quollen. Den Wagen hatte ich zu Hause stehenlassen, denn am Samstagnachmittag in der Nähe des Büros einen Parkplatz zu finden, ist wegen der Theaterbesucher und Einkaufsbummler sowieso hoffnungslos. Außerdem hielt ich es für gesundheitsfördernd, mal wieder zu Fuß zu gehen. Aber ich hatte meine Rechnung ohne den Regen gemacht.

Bis ich wieder zu Hause war, hatte ich keinen trockenen Faden mehr am Leib. Wenn Richard keinen überdachten Tribünenplatz ergattert hatte, war es ihm genauso ergangen. Ich duschte kurz, um mich aufzuwärmen, dann überlegte ich vor meinem Kleiderschrank, mit welchem Outfit ich bei Maggie Rossiter aufkreuzen sollte.

Ich entschied mich für meine Lieblingslevi's und einen wollweißen Lambswoolpulli mit Kapuzenkragen, eine unverfängliche Kluft, gegen die man eigentlich auch dann nichts haben konnte, wenn man lesbisch und in der Sozialarbeit tätig war. Dann packte ich mir den Teller voll leckerer Häppchen von der Delikatessentheke und spülte sie mit einem kleinen Wodka-Grapefruit herunter. Besonders eilig hatte ich es nicht. Ich hatte mir vorgenommen, zwischen halb sieben und sieben in Bradford zu sein, dann erwischte ich mit einigem Glück die beiden Frauen noch, ehe sie aus dem Haus gingen.

Aber ich hatte mich verrechnet. Ich fand Maggies Haus, ein hübsches Backsteinreihenhaus in einer ruhigen Straße, nur eine Meile von der Autobahn entfernt, ohne größere Schwierigkeiten. Als ich den Wagen abstellte, sah ich zu meinem Mißvergnügen, daß in keinem der Fenster Licht brannte. Ich ging über den Plattenweg zur Haustür und klopfte. Keine Reaktion.

Als ich gerade unverrichteter Dinge wieder abziehen wollte, merkte ich, daß mir eine gescheckte Katze schnurrend um die Beine strich. Ich hockte mich hin und streichelte sie. »Du kannst mir wohl auch nicht sagen, wo die beiden stecken, was?« sagte ich zu ihr.

»Arbeiter- und Kaufmannsklub Darsett«, ließ sich eine tiefe

männliche Stimme hinter mir vernehmen. Mich hätte es vor Schreck fast umgehauen.

Am Gartentor stand ein dunkler, breitschultriger Typ, der einen Karton mit Lebensmitteln balancierte. »Entschuldigen Sie, aber…?« sagte ich fragend.

»Entschuldigen müßte ich mich eigentlich. Hab ich Sie erschreckt?« Er zwinkerte mir lächelnd zu. Solchen Augen verzeiht man manches. »Wenn Sie zu Maggie und Moira wollen – die sind, wie gesagt, im Arbeiter- und Kaufmannsklub Darsett.«

»Danke. Dann komme ich ein andermal wieder.«

»Sind Sie eine Bekannte von den beiden?«

»Die Bekannte von Bekannten. Ich kenne Maggie vom Projekt Möwe her.«

»Ich bin Gavin. Aus dem Nachbarhaus. Wir haben heute abend Besuch, sonst wären wir mitgegangen. Aber jetzt ergibt sich ja sicher öfter mal die Gelegenheit, Moira singen zu hören.«

Es gab mir einen regelrechten Ruck. Moira? Singen? Die unerwartete Redseligkeit des netten Nachbarn mußte ich nutzen. »Ich wußte gar nicht, daß heute der große Tag ist«, sagte ich aufs Geratewohl.

»Doch. Der erste große Auftritt… Es wird bestimmt ein Riesenerfolg. Kann ja gar nicht anders sein, nachdem sie so fleißig geübt haben. Als Nachbar hab ich ja einiges davon mitgekriegt…«

Ich lächelte höflich und bedankte mich für seine Hilfe. »Ich komme dann ein andermal«, wiederholte ich und setzte mich ziemlich geknickt wieder in meinen Wagen. Bis Darsett waren es gute zwanzig Meilen. Ergeben rollte ich wieder in Richtung Autobahn.

12

Ich stellte meine Kutsche zwischen alten Cortinas und Datsuns ab und ging auf den Betonklotz zu, der aus den sechziger Jahren stammte und den Charme einer Fabrikhalle verströmte. Der Eingang war grell beleuchtet.

Nach drei Minuten im Arbeiter- und Kaufmannsklub Darsett

wußte ich, daß ich freiwillig meinen Samstagabend dort nicht mal mit doppeltem Überstundenzuschlag zugebracht hätte. Als Frau hat man hier entschieden die schlechteren Karten. Aus unerfindlichen Gründen sind wir als Klubmitglieder nicht zugelassen, und wenn man ohne Begleitung trotzdem rein will, schafft das Probleme. Dem Türsteher mit den für Bergleute typischen haarfeinen bläulichen Narben im Gesicht konnte ich mit meiner Story, ich wäre Agentin und wollte mir Moiras Auftritt ansehen, nicht imponieren. Nicht mal unsere clevere Visitenkarte, auf der nur »Mortensen & Brannigan« steht (die Branche bleibt offen), half mir weiter. Erst der von dem Türsteher herbeizitierte Klubsekretär ließ mich gnädig passieren. Alkoholische Getränke aber, erklärte er, würde man mir hier auf gar keinen Fall verkaufen.

Das war ein ziemlicher Schlag für mich, denn einen Abend im Arbeiter- und Kaufmannsklub Darsett kann man eigentlich nur durchstehen, wenn man sich zielstrebig vollaufen läßt. An der grell beleuchteten und verräucherten Bar zu meiner Linken herrschte heilloses Gedrängel und ein Lärm wie bei einem Volksaufstand. Eine Doppeltür führte in den eigentlichen Saal. Auch hier fielen mir vor allem das grelle Licht und der blaue Dunst der Zigaretten auf. Zwei Drittel der kleinen runden Tische waren schon besetzt – mit Paaren oder Gruppen schwatzender Männer und Frauen. Ihre Fröhlichkeit war so ansteckend, daß ich mir mit meiner gönnerhaft-herablassenden Haltung ziemlich mies vorkam.

Am hinteren Ende des Saals war eine kleine Bühne. Ein Trio aus Heimorgel, Schlagzeug und Baß spielte lustlos *The Girl from Ipanema*. Kein Mensch hörte zu. Ich sah mich suchend nach einer weiteren Frau ohne Begleitung um. Beim zweiten Durchgang entdeckte ich Maggie.

Sie stand im Schatten an der Wand und fiel durch ihre Kleidung auf. Im Gegensatz zu den anderen Frauen, die sich alle mächtig aufgedonnert und in knallige Klamotten geworfen hatten, trug Maggie Jeans, eine Baumwollbluse und Turnschuhe und war kaum geschminkt. Sie war etwa so groß wie ich, hatte schulterlanges lockiges Haar mit einzelnen grauen Strähnen und etwa zehn Pfund Übergewicht, dabei wirkte sie aber nicht wabbelig, sondern kräftig und durchtrainiert.

Ich überlegte, ob ich sie ansprechen sollte, entschied mich aber dagegen. Wahrscheinlich würde sie sich gar nicht anhören, was ich zu sagen hatte, sondern sich sofort für Moira in die Bresche werfen. Und jetzt war es für eine Kontaktaufnahme sowieso zu spät. Der Mann an der Orgel beendete das Stan-Getz-Stück mit einem rauschenden Akkord und spielte einen Tusch. Ein vierschrötiger Mann schwang sich auf die Bühne und heizte mit ein paar gewagten Witzchen die Stimmung an. Dann verkündete er: »Meine Damen und Herren, ich bitte um Beifall für den Star des heutigen Abends, eine junge Dame, von der wir noch viel hören werden. Einen donnernden Applaus für Moira Moore.«

Ein zweiter Tusch, und er verschwand hinter den Kulissen. Die Band spielte die ersten Akkorde von *To Be with You Tonight*, und Moira betrat die Bühne. Während sie in den feststehenden Scheinwerferkegel trat, sah sie sich unruhig um, als suche sie nach einem Fluchtweg. Sie trug ein enges blaues Lurexkleid, das ihr noch nicht mal bis zum Knie reichte, und war erschreckend mager.

Die Band beendete die Einführung, und Moira trat dicht an das Mikro heran und fing an zu singen. Ich war sprachlos. Und das sollte die Frau sein, von der es immer hieß, sie habe sich freiwillig auf den Part der Texterin beschränkt, weil es mit ihrer Stimme nicht weit her war? Schön, ihrer Stimme fehlte Jetts samtiges Timbre, aber auf ihre Art sang Moira hinreißend. Leicht belegt, fast bluesig, tongenau und ohne etwas von der Nervosität zu verraten, die in ihrer Körpersprache zum Ausdruck kam. Selbst die ärgsten Krakeeler im Publikum hielten den Mund.

Jetts erstem Hit folgten mehrere Nummern im beliebten Schmuserock. Den Schluß dieses Blocks bildete *Who Will I Turn To*, und da hätte selbst die abgebrühte Brannigan fast angefangen zu flennen. Das Publikum klatschte wie besessen – eine Reaktion, die Moira offenbar nicht erwartet hatte. Als die Leute keine Ruhe gaben, sagte sie leise etwas zu ihrer Drei-Mann-Band, und dann sang sie *Private Dancer*, Tina Turners Hurenhymne. In ihrer Stimme schwang eine aggressive Bitterkeit, die sich nur durch eigene Erfahrung erklären ließ. Die Zuhörer hätten sie am liebsten gar nicht mehr weggelassen, aber Moira wirkte jetzt sehr erschöpft und verschwand erleichtert hinter den Kulissen.

Auch mich hatte sie in ihren Bann geschlagen, und als ich zu der Stelle hinsah, wo Maggie gestanden hatte, merkte ich, daß ich vor lauter Begeisterung meinen Auftrag aus den Augen verloren hatte. Maggie war weg.

Rasch ging ich durch eine kleine Tür auf der Bühnenseite und stand in einem schmalen Gang. Links waren die Toiletten, rechts führten Stufen zur Bühne. Um die Ecke gab es drei weitere Türen. Hinter der ersten und zweiten rührte sich nichts, als ich klopfte, der dritte Versuch verlief erfolgreicher. Vorsichtig wurde die Tür ein Stück geöffnet, und in dem Türspalt erschien Maggies Gesicht. Aus der Nähe erkannte ich, daß sie eine gut aussehende Frau mit fein geschnittenen Zügen war. Lachfältchen umgaben die blauen Augen. Ich schätzte sie auf Mitte Dreißig. »Kann ich etwas für Sie tun?« fragte sie freundlich.

Ich lächelte. »Sie müssen Maggie sein. Ich möchte Moira sprechen.«

Sie runzelte die Stirn. »Kennen wir uns?« Und ohne eine Antwort abzuwarten, fuhr sie fort: »Sie ist ziemlich erledigt. Wollen Sie ein Autogramm?«

Ich schüttelte den Kopf. »Nein. Ich muß sie sprechen. In einer privaten Angelegenheit.«

»Wer ist denn da?« fragte jemand.

»Niemand, den wir kennen«, sagte Maggie und wandte sich wieder mir zu. »So kurz nach dem Auftritt ist es ziemlich ungünstig. Sie braucht Ruhe.«

»Es dauert nicht lange. Tut mir leid, aber ich rühre mich nicht von der Stelle, bis ich mit Moira gesprochen habe«, erklärte ich kategorisch. Natürlich hätte Maggie dafür sorgen können, daß ich vor die Tür gesetzt wurde, dazu aber hätte sie Moira allein lassen müssen. So was wie Haustelefone gab es in den Stargarderoben des Arbeiter- und Kaufmannsklubs Darsett bestimmt nicht.

Jetzt war auch Moira zur Tür gekommen und musterte mich feindselig. »Was ist hier eigentlich los?« Jetzt hätte ich triumphieren müssen, weil ich endlich am Ziel war, aber ihr Ärger verdarb mir die Freude an meinem Sieg. »Sind Sie taub oder was? Ich bin fix und fertig und kann mit keinem reden.«

»Es tut mir wirklich leid, wenn ich ungelegen komme, aber ich muß Sie dringend sprechen. Ich habe lange genug gebraucht, um Sie zu finden, und es geht um eine wichtige Sache. Hören Sie sich wenigstens an, was ich zu sagen habe.« Ich lächelte versöhnlich. Maggie, die sich wie ein Wachposten vor Moira aufgebaut hatte, machte ein finsteres Gesicht.

Moira zog seufzend den weißen Bademantel fester. »Also meinetwegen, kommen Sie herein. Aber wehe, Sie stehlen mir meine Zeit.«

Ich wartete, bis Maggie widerstrebend die Tür freigemacht hatte, dann betrat ich die winzige Garderobe. Moira setzte sich vor einen der beiden Spiegel und schminkte sich weiter ab. Maggie lehnte mit verschränkten Armen an der Wand.

Ich griff mir einen Stuhl und setzte mich neben Moira. »Ob ich Ihnen die Zeit stehle, müssen Sie nachher selber entscheiden, Moira. Mein Name ist Kate Brannigan, ich bin Privatdetektivin.« Moira warf mir einen erschrockenen Blick zu, dann zwang sie sich, wieder in den Spiegel zu sehen.

»Ja und?« fragte sie herausfordernd.

»Jett hat mich beauftragt, nach Ihnen zu suchen.« Gespannt beobachtete ich ihre Reaktion. Ihre Hand zitterte, und sie legte rasch den Wattebausch auf die Resopalplatte vor dem Spiegel.

»Was reden Sie da für einen Unsinn?« sagte sie leise.

»Er möchte wieder mit Ihnen arbeiten. Er bereut das, was vor Jahren geschehen ist, zutiefst.« Bewußt klammerte ich in Maggies Gegenwart alle emotionalen Argumente aus.

Moira zuckte die Schultern. »Ich habe wirklich keinen Schimmer, was das alles soll.«

»Am besten gehen Sie jetzt«, schaltete Maggie sich ein.

Ich tat, als hätte ich den Einwurf nicht gehört. »Jett braucht Sie, Moira. Er sagt, daß es mit seiner Arbeit ständig bergab geht, seit Sie nicht mehr bei ihm sind. Ich kenne und liebe Jetts Musik und muß ihm recht geben. Sie haben das bestimmt auch schon gemerkt. Zunächst will er sich nur mit Ihnen aussprechen und darüber reden, ob Sie nicht wieder zusammen Musik machen können. Mehr nicht. Ohne jede Vorbedingung.«

Moira lachte rauh. »Wie rührend... Und was sagt Kevin dazu? Wenn Sie nach mir gesucht haben, wissen Sie ja, wie mein Leben in den letzten Jahren verlaufen ist. Für unseren Mister Saubermann bin ich doch gestorben. Und Jetts Einstellung zu all dem ist ja auch bekannt.«

»Jett weiß Bescheid. Er weiß, daß Sie angeschafft haben und daß Sie abhängig waren, aber das stört ihn nicht. Sonst hätte er mich schon längst gebremst.«

Moira fuhr sich mit der Hand durch die kurzen Locken. »Kann ich mir nicht vorstellen. Die Uhr läßt sich nun mal nicht so einfach zurückdrehen.«

»Na also, jetzt haben Sie's gehört«, sagte Maggie. »Ziehen Sie Leine, ehe Sie noch mehr Unheil anrichten können.«

»Wenn Moira es möchte, gehe ich wieder. Ich habe Jett gleich gesagt, daß er unter Umständen sein Geld für nichts und wieder nichts ausgeben wird. Daß Sie vielleicht gar keinen Wert darauf legen, gefunden zu werden, Moira. Aber damit wird er sich nicht zufriedengeben. Und der nächste Privatdetektiv, den er schickt, ist vielleicht ein anderes Kaliber als ich.«

»Wollen Sie uns etwa drohen?« fuhr Maggie auf.

»Ich will Ihnen nicht drohen, ich rede nur Klartext. Jett will Sie sprechen. Um jeden Preis. Selbst wenn Sie heute nacht noch untertauchen – ganz spurlos werden Sie das nicht schaffen. Irgend jemand wird sich auf Ihre Fährte setzen, so wie ich es getan habe. Und beim nächstenmal könnte es Jett selbst sein, der bei Ihnen anklopft. Wäre es nicht günstiger, selbst die Bedingungen zu stellen, statt sich von ihm überrumpeln zu lassen?«

Moira schlug die Hände vors Gesicht. »Er weiß also Bescheid«, flüsterte sie.

»Er weiß alles. Nur nicht, daß Sie singen.« Und das wird ihm kaum schlaflose Nächte bereiten, dachte ich.

Moira hob den Kopf und sah mit großen Augen in den Spiegel. »Ich weiß nicht...«, sagte sie zögernd und zündete sich eine übel riechende Gauloise an.

Maggie war mit zwei Schritten bei ihr und legte ihr schützend einen Arm um die Schulter. »Du brauchst ihn nicht mehr«, sagte sie. »Wo hat er denn gesteckt, als du wirklich parterre warst? Warum hat er dich nicht gleich zurückgeholt? Er ist ein Egoist durch und durch. Jetzt, wo seine Karriere kippt, bist du plötzlich wieder gut genug für ihn.«

»Es gibt demnach eine Art Verjährungsfrist für schlechtes Gewissen, ja? Nur weil Jett nicht sofort gehandelt hat, muß er ein Egoist sein...«

Maggie sah mich böse an, aber Moira drückte ihrer Freundin lächelnd die Hand. »Nein, Maggie, so ist er nicht. Im Grunde ist er in Ordnung. Daß er mich damals sofort zurückholen würde, hab ich gar nicht erwartet, dazu hatte ich ihn zu sehr genervt.«

»Wollen Sie sich nicht wenigstens anhören, was er zu sagen hat?« fragte ich.

Moira nahm einen tiefen Zug aus ihrer Zigarette. Maggie sah aus, als hielte sie die Luft an, um zu beten. Moira stieß den Rauch aus den Nasenlöchern, dann nickte sie mir zu. »Okay. Wann?«

»So bald wie möglich. Er sitzt zu Hause und arbeitet an seinem neuen Album. Glauben Sie mir, er braucht Sie sehr.«

Moiras Lächeln ließ ihr Gesicht aufleuchten, so daß sie zehn Jahre jünger wirkte. »Kann ich mir vorstellen. Wie wär's mit heute abend? Dann hab ich es hinter mir.«

»Aber es ist nach zehn«, protestierte Maggie. »Du kannst doch nicht jetzt noch zu ihm fahren.«

»Wenn Jett sich nicht total gewandelt hat, Maggie, hockt er bis früh um drei oder vier herum, guckt Videos oder hört Musik. Dafür steht er morgens auch nicht mit den Hühnern auf wie andere Leute.«

Maggie wurde rot. »Ich finde trotzdem, du solltest bis morgen warten. Du bist müde und brauchst Ruhe nach deinem Auftritt.«

In diesem Moment tat sie mir fast ein bißchen leid, denn sie hatte noch viel zu lernen. Nach meinen Erfahrungen sind Künstler nach ihrem Auftritt regelmäßig so high, daß sie die halbe Nacht brauchen, um ein bißchen zur Ruhe zu kommen. Deshalb fahren ja so viele gleichzeitig auf Aufputsch- und Beruhigungsmittel ab.

Moira sprach aus, was ich gedacht hatte. »Nein, Maggie. Im Augenblick bin ich total high. Dieser Beifall! Heute abend könnte ich ihm von gleich zu gleich gegenübertreten. Wenn ich eine Nacht darüber schlafe, mach ich wahrscheinlich einen Rückzieher oder laß mir die Sache von dir ausreden.«

Moira stand auf und faßte Maggie um die Taille. »Geben Sie uns zehn Minuten Zeit, Kate. Wir treffen uns auf dem Parkplatz, an dem roten 2 CV. Ich muß noch mal nach Hause, in diesen Sachen möchte ich nicht bei Jett aufkreuzen.« Sie deutete auf das blaue Lurexkleid und auf den Jogginganzug, der über einem Stuhl lag. »Sie können hinter uns herfahren und mich dann hinbringen, wenn Ihnen das recht ist.«

»Sehr recht.« Es ist ein unheimlich gutes Gefühl zu wissen, daß man es wieder mal geschafft hat. Nicht nur Moira war in diesem Moment total high.

Eine Stunde später rollten wir Richtung Manchester. »Mir ist, als hätte ich in den letzten Wochen mehr Zeit auf der Autobahn als in meinem Bett verbracht«, sagte ich, um das Schweigen zu brechen, das zwischen uns stand, nachdem Maggie uns von der Schwelle aus einen traurigen Abschiedsgruß zugewinkt hatte.

Moira lachte leise. »Tut mir leid, daß ich Ihnen so viele Scherereien gemacht habe.«

»Nein, nicht nur Ihretwegen. Ich habe gleichzeitig noch einen anderen Fall bearbeitet. Fälschungen von Markenartikeln. Nachgemachte Rolex-Uhren und dergleichen.«

Moira nickte. »Mit so was verdienen sich manche Leute ganz schön was nebenbei. Die hängen sich einfach an einen neuen Trend an, Batman oder die Turtles, kupfern die echten Jogginganzüge und T-Shirts ab und verscheuern sie in den Pubs und auf den Märkten. Der Typ, für den ich in Bradford anschaffen war, hat einen schwunghaften Handel mit falschen Markenparfüms getrieben, die sollten wir den Freiern für ihre Frauen aufhängen.«

Ich lachte. »Der Mann war auf der richtigen Rille.« Ich schob *Language of Life* von der Gruppe »Everything But the Girls« ein. In freundschaftlichem Schweigen hörten wir uns Tracy Thorns sinnliche Stimme an.

»Wie sind Sie mir eigentlich auf die Spur gekommen?« wollte Moira wissen, als ich auf die M 6 Richtung Süden abbog.

Als ich ihr erzählte, daß Stick vierhundert Pfund von ihr erwartete, sobald sie zu Geld gekommen war, mußte sie lachen. »Falls alles gut läuft, kriegt er sie vielleicht sogar. Wenn rauskäme, daß er mich zum Entzug gebracht hat, wäre ihm das furchtbar peinlich. Ausgerechnet er, der knallharte Macker...«

Ich hielt vor dem Tor von Colcutt Manor, kurbelte das Fenster herunter und drückte auf den Knopf der Gegensprechanlage. »Kate Brannigan«, sagte ich laut und deutlich. »Ich muß Jett sprechen. Keine Mätzchen bitte, Gloria.«

Das Tor ging auf. Im Licht meiner Scheinwerfer kam die prunkvolle Fassade in Sicht. Aus dem Augenwinkel sah ich Moiras fassungsloses Gesicht. »Verdammt, warum haben Sie mich darauf nicht vorbereitet, Kate?«

Am Fuß der Freitreppe hielt ich an. »Kann's losgehen?«

Moira holte tief Luft. »Wenn's denn sein muß...«

Ich ging voran und war auf der drittletzten Stufe angelangt, als die Haustür aufging und eine breite Lichtbahn nach draußen fiel, in der sich dunkel Jetts Gestalt abhob. Dann sah er, daß ich nicht allein war. »Moira«, sagte er fast ungläubig.

»Na, mein Alter?« sagte sie und blieb knapp einen Meter vor ihm stehen.

Jett zögerte nur Sekunden. Dann trat er vor und nahm Moira in die Arme. Sie legte ihren Kopf an seine Schulter.

Ich zog mich in die Dunkelheit zurück und bemühte mich, den Wagen so leise wie möglich anzulassen. In manchen Situationen sind Zeugen überflüssig. Außerdem mußte ich vor dem Schlafengehen noch eine lange Rechnung auf Band sprechen.

Zweiter Teil

13

Rücksichtslos riß mich das Läuten des Telefons aus dem Schlaf. »Kate? Hier Jett. Kannst du gleich kommen? Es ist dringend.« Und schon hatte er wieder aufgelegt. Ich sah auf die Uhr: Zwei Minuten nach halb zwei. *Monday, happy Monday...* Ich sprang aus dem Bett, zog mich mechanisch an und war schon auf halbem Weg zum Wagen, ehe mir aufging, daß Jetts Auftrag ja schon seit sechs Wochen abgeschlossen war. Was sollte dann dieser Anruf?

Das Tor stand offen, und Jett erwartete mich an der Haustür. Ich sah auf den ersten Blick, daß er total zu war. Als ich wissen wollte, was los war, drückte er mir einen Schlüssel in die Hand und sagte nur: »Im Probenraum!«

Es war meine erste Leiche. Die Privatdetektive in den Krimis stolpern jeden zweiten Tag über einen Toten, aber Manchester ist schließlich nicht Chicago. Am liebsten wäre ich schleunigst zu meinem Wagen geflüchtet.

Ersatzweise versuchte ich, gegen meine Übelkeit anzugehen, indem ich tief Luft holte. Das war mein zweiter Fehler. Daß frisches Blut so penetrant riechen kann, hatte ich nicht gewußt. Aber ich erinnerte mich jetzt an den denkwürdigen Tag, als ein halbes Pfund Leber in meiner Tasche mein Scheckbuch total durchweicht hatte. Auch das war nicht sehr erfreulich gewesen.

Ich versuchte mich cool und profimäßig zu benehmen, zu vergessen, daß ich die Tote dort auf dem glänzenden Parkettboden kannte, und so zu tun, als hätte ich nichts Realeres vor mir als ein Horrorvideo.

Moiras Leiche lag knapp einen Meter hinter der Tür des Probenraums. Arme und Beine waren in unnatürlichem Winkel abgeknickt. Das Haar am Hinterkopf war dunkel von Blut, und um den Kopf herum war das Blut zu einer großen Lache geronnen. Daneben ein Tenorsaxophon. Der goldglänzende, nach oben gebogene

Trichter blutverschmiert. Ich ließ die Finger davon. Meine Erfahrungen mit Mordwaffen stammen sämtlich aus *Cluedo*, aber daß man sie nicht anfassen darf, wußte sogar ich.

Vorsichtig trat ich an die Tote heran. Das Gesicht zeigte einen fast erstaunten Ausdruck. Die Hände waren leer, die Handflächen nach oben offen. Ich hockte mich hin, griff nach ihrem Handgelenk und kam mir reichlich albern vor, weil mir nichts Besseres einfiel. Ein Puls war nicht zu spüren, die Haut war noch nicht kalt, aber auch nicht mehr normal warm wie bei einem lebendigen Menschen. Ich richtete mich auf und sah auf die Uhr. Vor vierzig Minuten hatte Jett mich geweckt. Wo zum Teufel blieb die Polizei?

Mit einem Seufzer verließ ich das Zimmer und schloß hinter mir ab. Jett kauerte im Blauen Salon in einer Sofaecke. Ich setzte mich neben ihn und legte ihm eine Hand auf die Schulter. Durch das dünne Seidenhemd fühlte ich seine klamme Haut.

In seinen Augen stand Angst. Ich merkte, daß er nicht eigentlich betrunken, sondern im Schock war.

»Sie ist tot, nicht?« flüsterte er heiser.

»Doch. Es tut mir sehr leid, Jett.«

Er nickte und konnte nicht mehr aufhören, es war wie ein Tic. »Ich hätte sie nie herholen dürfen«, sagte er halblaut.

»Was ist passiert, Jett?« fragte ich so behutsam wie möglich. Sogar für mich lag der Fall ziemlich klar, aber ich wollte es von ihm selbst hören.

»Ich weiß es nicht.« Er kiekste wie ein Teenager im Stimmbruch. »Wir wollten an einem neuen Song arbeiten, und als ich reinkam, lag sie da.« Er räusperte sich und schniefte. »Da bin ich wieder rausgegangen, hab abgeschlossen und dich angerufen.«

»Hast du ihren Puls gefühlt?«

»Das war nicht nötig. Die Seele hatte sie verlassen, das sah man sofort.«

Solche Sprüche hatten mir gerade noch gefehlt. »Warum ist die Polizei noch nicht da?« fragte ich. Vielleicht war sie noch am Leben gewesen, als er seine New-Age-Diagnose gestellt hatte, aber das sagte ich nicht laut.

»Ich habe sie nicht verständigt. Ich habe gleich dich angerufen. Weil du dich doch sicher in solchen Sachen auskennst.«

Das darf nicht wahr sein, dachte ich. Jett hatte im eigenen Haus die Leiche seiner früheren Geliebten gefunden und nicht die Polizei verständigt? Eine bessere Möglichkeit, den Verdacht auf sich zu lenken, hätte ihm kaum einfallen können.

»Das mußt du sofort nachholen, Jett. Du hättest erst die Polizei anrufen sollen und dann mich.«

Er schüttelte störrisch den Kopf. »Ich möchte, daß du die Sache in die Hand nimmst. Zu dir habe ich Vertrauen.«

»Mord läßt sich nicht vertuschen, Jett. Die Polizei muß her, da hilft alles nichts. Wenn du es nicht über dich bringst, rufe ich sie an.«

Er zuckte die Schultern. »Meinetwegen. Aber ich möchte, daß du den Fall übernimmst.«

»Darüber reden wir gleich noch.« Ich stand auf. Es gab ein Telefon im Blauen Salon. Aber ich wollte erst mal in Ruhe meine Gedanken ordnen und ging zum Telefonieren in Glorias Büro. Ich hatte die Hand schon auf der Klinke, als ich Neil die Treppe herunterkommen sah. »Kate«, stieß er überrascht hervor. »Was machst du denn hier?«

»Jett wollte was mit mir besprechen«, sagte ich ziemlich lahm.

»Na, dann sehen wir uns vielleicht nachher noch.« Er winkte mir flüchtig zu und verschwand in dem anderen Flügel des Hauses. Nächtliche Besprechungen waren hier offenbar nichts Ungewöhnliches.

Ich machte die Tür hinter mir zu und wählte den Polizeinotruf. »Ich möchte einen Mord melden«, sagte ich und spürte erschrocken ein Kichern in meiner Kehle aufsteigen. Ich stand wohl doch stärker unter Schock, als ich gedacht hatte.

Der Copper am anderen Ende der Leitung fand das nicht komisch. »Wollen Sie mich auf die Rolle nehmen?«

Ich riß mich zusammen. »Entschuldigen Sie bitte. In Colcutt Manor ist eine Frau ermordet worden.«

»Wann?« Die Stimme klang hart und unnachgiebig.

»Das wissen wir nicht genau. Die Leiche ist eben erst gefunden worden.« Ich gab ihm weitere Einzelheiten durch und hatte den Eindruck, daß er eine kleine Ewigkeit brauchte, bis er alles mitgekriegt hatte. Als ich in den Blauen Salon zurückkam, hatte Jett sich offenbar nicht vom Fleck gerührt. Er hatte die Arme um den Körper gelegt und wiegte sich sacht hin und her. Ein starker süßer Tee wäre jetzt gut für ihn gewesen, aber den Weg in die Küche und zurück hätte ich allenfalls mit einem Knäuel Bindfaden oder einem Kompaß gefunden. Statt dessen setzte ich mich neben ihn und legte ihm einen Arm um die Schulter. »Wir müssen jetzt genau verabreden, wie wir es mit unserer Aussage halten wollen, Jett«, sagte ich eindringlich, »sonst machen die Cops dir die Hölle heiß. Hör zu. Ich bin auf dem Heimweg hier vorbeigekommen und habe auf einen Drink bei dir hereingeschaut. Wir haben knapp eine Stunde zusammengesessen und gequatscht, dann bist du in den Probenraum gegangen, um Moira zu holen, und da hast du die Leiche gefunden. Ich war schon hier. Alles klar?« Ich konnte nur hoffen, daß der Pathologe ihm mit der Todeszeit nicht sein Alibi kaputtmachen würde.

»Ich habe der Polizei nichts zu sagen«, erklärte er.

»Wenn du nicht die Nacht in einer Zelle zubringen willst, mußt du dich an diese Aussage halten, Jett. Für die Cops bist du der Hauptverdächtige, besonders, wenn wir rauslassen, wie es wirklich war. Versprich mir, daß du dich an meine Fassung hältst.« Ich betete ihm noch einmal vor, was er sagen sollte, und ließ es mir wiederholen.

Von weitem hörte man den Summer der Gegensprechanlage am Tor. Da Jett sich nicht rührte, rappelte ich mich auf und ging in die Halle, aber Gloria war mir zuvorgekommen. Sie trug einen Kimono aus schwerer roter Seide, der passenderweise mit schwarzen und goldenen Drachen bestickt war. Entweder hatte sie Ohren wie ein Luchs, oder sie war, als der Torsummer ertönte, schon auf dem Weg nach unten gewesen. Sie wollte mit dem üblichen Verhör anfangen, aber ich unterbrach sie. »Lassen Sie die Leute herein. Jett weiß Bescheid.«

Sie betätigte den Toröffner, dann fauchte sie mich an: »Polizei mitten in der Nacht? Das wird ja immer schöner... Wahrscheinlich ist Moira mal wieder auf dem Trip. Hätten Sie die bloß nicht angeschleppt! Dann hätten wir jetzt alle unsere Ruhe.«

Wäre ich nicht sowieso schon sauer gewesen, hätte ich vielleicht nicht so heftig reagiert. »Ich kann Sie beruhigen: Moira wird nicht mehr auf den Trip gehen. Sie ist nämlich tot.«

Ich ließ Gloria stehen und ging zur Haustür. Von dem rotierenden Blaulicht ihres Streifenwagens in geisterhaft fahle Helle getaucht, standen zwei uniformierte Polizeibeamte vor mir. »Miss Brannigan?« fragte der Ältere höflich.

»Ja. Bitte kommen Sie herein. Ist die Kriminalpolizei verständigt?«

»Jawohl, Miss.« Sie betraten die Halle und sahen sich mit unverhohlener Neugierde um. Mord im Rockstar-Palast – davon würden sie noch Monate zehren können. »Wenn Sie uns zeigen würden, wo...«

»Sie warten am besten hier, Gloria«, sagte ich ziemlich gönnerhaft, »und lassen nachher die Herren von der Kriminalpolizei herein.«

Als ich mich umdrehte, um zum Probenraum zu gehen, rief eine aufgebrachte Männerstimme durchs Treppenhaus: »Was zum Teufel geht hier eigentlich vor? Und was haben Sie hier zu suchen, Kate?« Kevin lehnte sich über das vergoldete Treppengeländer. Er war vollständig angezogen und wie aus dem Ei gepellt. Nachts zu schlafen war auf Colcutt Manor offenbar unüblich. Dann sah er die Cops und blieb wie angewurzelt stehen. »Scheiße. Was machen die denn hier?«

»Moira ist ermordet worden«, platzte ich heraus.

Kevin machte einen Schritt, kam ins Stolpern und wäre fast die Treppe heruntergekollert. Er konnte sich gerade noch am Treppengeländer festkrallen. »Was? Gloria, was soll der Unsinn?«

»Keine Ahnung, Kevin. Ich bin auch gerade erst heruntergekommen, und...«

»Ich habe die Tote gesehen«, unterbrach ich die beiden. »Kümmert euch um Jett, er ist im Blauen Salon.«

Kevin schüttelte benommen den Kopf wie jemand, der an einen bösen Traum glauben möchte, und ging auf die Haustür zu. Gloria machte einen Schritt in seine Richtung und blieb dann unentschlossen stehen. Die beiden Polizisten flüsterten miteinander, dann sagte der jüngere zu Kevin: »Ich muß Sie bitten, das Haus nicht zu verlassen, Sir!«

Kevin warf sich in die Brust. »Das habe ich auch gar nicht vor, mein Junge. Ich muß mich nämlich um einen Künstler kümmern.

Ich gehöre ins Haus. Im Gegensatz zu dieser Dame da.« Er deutete auf mich.

Der ältere Polizist brannte sichtlich darauf, zum Tatort zu kommen, ehe die Kriminalpolizei eintraf, die ihn und seinesgleichen ohnehin wie den letzten Dreck behandelte. Wenn er noch nicht mal die Hausbewohner hatte in Schach halten können, würden sie ihn für einen ausgemachten Trottel halten. Ohne sich von Kevins dramatischem Getue beeindrucken zu lassen, sagte er: »Wenn Sie mir zeigen würden, wo's langgeht, Miss...«

Ich ging mit bis zur Tür des Probenraums – keine zehn Pferde hätten mich noch einmal über die Schwelle gebracht – und drückte ihm den Schlüssel in die Hand. »Ich habe ihr den Puls gefühlt«, erklärte ich.

»Haben Sie sonst noch was angefaßt, Miss?«

»Nein.« Ich lehnte mich an die Wand, und er schloß auf. Am liebsten wäre ich jetzt nach Hause gefahren, hätte mich ins Bett gelegt und mir die Decke über den Kopf gezogen. Müde setzte ich mich wieder in Bewegung. In der Halle schob der junge Polizist Wache. Sein Funkgerät prasselte und zischte wie ein brutzelndes Ei in der Pfanne. Ich setzte mich auf die unterste Treppenstufe und überlegte, warum ich eigentlich so viel riskierte, um Jett zu decken. Er war schließlich kein Freund von mir, sondern nur ein Klient. Zwar hatte er seine Rechnung lobenswert prompt bezahlt, was so selten ist wie ein richtiger Sozialist auf einem Parteitag der Labour Party, aber das war keine hinreichende Erklärung für mein weltfremdes Verhalten.

Schon wieder summte es am Tor, und Gloria kam diensteifrig aus dem Salon, um zwei Kriminalbeamte in Zivil, einen Sergeant in Uniform und einen Inspector einzulassen. Fix waren sie ja, das mußte man ihnen lassen. Sie wechselten rasch ein paar Worte mit dem Kollegen an der Tür, dann ging der Inspector in den Salon, der Sergeant wandte sich an Gloria und mich und zückte sein Notizbuch. »Wer ist noch im Haus?«

Ich zuckte die Schultern, und Gloria grinste selbstzufrieden, weil sie mir endlich einmal über war. Daß sie diese erfreuliche Tatsache einem Mord zu verdanken hatte, störte sie nicht weiter. »Jett ist mit seinem Manager Mr. Kleinman im Salon«, schnurrte sie die Liste herunter. »Mr. Webster, Jetts offizieller Biograph, dürfte entweder in seinem Büro sein oder im Bett liegen. Miss Spenser, Jetts Gefährtin, ist oben auf ihrem Zimmer.«

»Danke.« Der Polizist versuchte tapfer, mit diesem Tempo Schritt zu halten. »Und Sie beide sind...?«

»Ich bin Gloria Seward, Jetts Assistentin und Privatsekretärin. Und das ist Kate Brannigan.« So, wie sie es sagte, mußte der Sergeant mich für eine unbedeutende kleine Angestellte halten. Mir konnte das nur recht sein. Wenn sie erst meinen Beruf kannten, war es nur eine Frage der Zeit, bis sie mich vor die Tür setzten.

Der Sergeant, ein Enddreißiger mit hartem Blick, hörte auf zu schreiben. »Und das wären dann alle?«

Gloria ging für sich die Liste noch einmal durch, dann legte sie mit einer erschrockenen, merkwürdig altjüngferlichen Geste eine Hand vor den Mund. »Ich hab Micky vergessen«, jammerte sie. »Tut mir wahnsinnig leid. Micky Hampton ist Jetts Toningenieur. Wahrscheinlich ist er im Studio. Unten im Keller.«

»Macht nichts. In so einer Situation kann man nicht an alles denken. Es war bestimmt ein schlimmer Schock für Sie. Wir müssen schnellstens alle Hausbewohner verhören. Ich belästige Sie nicht gern, aber wenn eine von Ihnen die ganze Mannschaft zusammenrufen könnte...«

»Ich gehe schon«, sagte ich rasch. »Inzwischen kann Gloria sich um Jett kümmern.«

Sie warf mir einen giftigen Blick zu. Aber schließlich hatte sie sich ja selbst als Jetts rechte Hand in den Vordergrund gespielt. Der Sergeant nickte, und ich ließ mir von Gloria den Weg zu den einzelnen Räumen erklären. Daß Jett mich vorläufig nicht weglassen würde, war mir klar. Dann konnte ich auch gleich die Gelegenheit nutzen, um die Reaktion der Hausbewohner auf die Todesnachricht zu registrieren.

14

Meine erste Anlaufstelle war Tamar. Aus naheliegenden Gründen interessierte mich ihre Reaktion auf Moiras Tod am meisten. Was sich in den sechs Wochen, seit Moira auftragsgemäß von mir auf Colcutt Manor abgeliefert worden war, dort abgespielt hatte, wußte ich nicht, aber die Tote im Probenraum sprach eine recht deutliche Sprache. Nicht alle Hausbewohner waren über ihre Rückkehr so beglückt gewesen wie Jett. Und offenbar hatte ein Mitglied seiner Hofhaltung zu einem sehr extremen Mittel gegriffen, den Status quo ante wieder herzustellen. (Ich liebe Juristenjargon, in manchen Fällen trifft er wirklich den Nagel auf den Kopf.) Und selbst wenn aus Jett und Moira kein Paar mehr geworden war, war es für Tamar sicherlich nicht leicht gewesen, mit Jetts sogenannter Seelenfreundin unter einem Dach zu leben.

Ich klopfte an die getäfelte Tür und trat ein, ohne eine Antwort abzuwarten. Damit hatte ich zumindest in einem Punkt Gewißheit gewonnen: Jett zog es offenbar vor, allein zu schlafen. Dies war eindeutig Tamars Reich.

Die einzige Lichtquelle war ein flimmernder Fernsehschirm, aber soviel konnte ich doch erkennen, daß das Zimmer ganz in Weiß und Gold gehalten war und etliche ziemlich scheußliche Stilleben von toten Fasanen und allem möglichen Obst an der Wand hingen. Die Möbel waren auf Rokoko gequält, sogar der Fernseher steckte in einem schnörkelig vergoldeten Kasten. Hätte man mir dieses Zimmer zugewiesen, wäre ich zum Schlafen wahrscheinlich in die Badewanne gestiegen.

Tamar lag in einem seidenen Hausanzug auf dem Doppelbett, hatte sich Kopfhörer übergestülpt und starrte fasziniert auf das Video von *9½ Wochen*, das über den Bildschirm flimmerte. Interessiert verfolgte sie, wie Kim Basinger und Mickey Rourke zur Sache kamen. Als ich ihr die Sicht auf die Mattscheibe nahm, schnellte sie hoch, nahm die Kopfhörer ab und knipste die Nachttischlampe an.

»Was fällt Ihnen ein, ungefragt in mein Schlafzimmer zu kommen?«

»Tut mir leid, daß ich Sie so überfalle«, schwindelte ich.

»Was wollen Sie?«

Irgendwie war ich der Dame wohl unsympathisch. Vielleicht sollte ich mal mein Deo wechseln. »Ich habe eine schlechte Nachricht für Sie«, sagte ich.

Sie strich sich ärgerlich die Lockenmähne aus dem Gesicht. Dann schwang sie seufzend die Beine über den Bettrand und stand auf. »Okay. Hab schon kapiert. Diesmal wird's also ernst.« Sie ging quer durchs Zimmer zum Kleiderschrank und öffnete ihn mit dramatischer Geste. »Aber ich hab's sowieso satt, ständig das brave kleine Mädchen zu spielen. Es ist mir einfach zu dumm, meine Joints auf dem Klo zu rauchen.« Sie klapperte geräuschvoll mit den Kleiderbügeln.

Dann fuhr sie unvermittelt zu mir herum. »Worauf warten Sie denn noch? Macht Ihnen wohl mächtig Spaß, die Schau! Das ist mal wieder typisch für Jett: Schickt andere vor, um sich nicht selber die Hände schmutzig zu machen.«

Mißverständnisse können sehr aufschlußreich sein. »Ich habe den Eindruck, daß wir aneinander vorbeireden, Tamar. Nicht Jett hat mich hergeschickt. Die Polizei bittet Sie, nach unten zu kommen.«

»Die Polizei?« Ihre Verblüffung schien echt zu sein.

»Wie gesagt – ich habe eine schlechte Nachricht. Moira ist tot.«

Es war, als hätte ich den Bildlauf auf Stop gestellt. Tamar erstarrte, ihr Gesicht wurde zur Maske. Dann lächelte sie boshaft. »Gleich fang ich an zu weinen«, sagte sie ironisch. »Dann hat sie doch nicht von dem Stoff lassen können.«

Tamar war vielleicht sogar eine echte Blondine, aber das sprichwörtliche Dummchen schien sie mir nicht zu sein. Wenn sie was zu verbergen hatte, bemäntelte sie es sehr geschickt.

»Falsch«, sagte ich. »Moira ist ermordet worden. Im Probenraum.«

Das ging ihr nun doch unter die Haut. »Ich... wie soll ich das...«

»Mehr weiß ich auch nicht. Ich kam her, um etwas mit Jett zu besprechen, und als er Moira dazuholen wollte, fand er sie tot im Probenraum. Wir haben dann sofort die Polizei verständigt. Die

Beamten warten im Blauen Salon.« Trauerberater würden mir wohl kaum Punkte geben, aber nach diesem Lächeln war Tamar bei mir ein für allemal unten durch.

Ich ging zur Tür. »Moment noch«, rief sie. Ich wandte mich um. »Wissen Sie, wer es war?«

Ich schüttelte den Kopf. »Die Ermittlungen liegen in den Händen der Polizei. Und die will mit Ihnen sprechen. Jetzt gleich.«

Als ich die elegant geschwungene Treppe wieder hinunterging, war ich so halb und halb darauf gefaßt, eine Filmmusik aus den vierziger Jahren einsetzen zu hören, aber es erklang nur die Kakophonie aus dem Funkgerät der Polizei. Ich war kaum in der Halle, da summte es wieder am Tor, und der Polizist an der Haustür betätigte den Öffner. Ich ging einige weitere Stufen hinunter bis zu einer schweren Stahltür, über der ein rotes Licht leuchtete. Von meinen Computerspielen her weiß ich, was passieren kann, wenn man solche Warnsignale mißachtet, aber ich dachte mir, daß die Gefahr, von einem Androiden plattgemacht zu werden, hier relativ gering war. Doch der Mensch kann sich irren.

Ich stand in einem großen Aufnahmestudio, dessen Wände und Decke mit Akustikplatten ausgelegt waren. Überall standen Keyboards, Schlagzeuge und Mikros herum. Am hinteren Ende des Raums war eine Glaswand, hinter der ein Mann mit einer Zigarette im Mundwinkel an diversen Steuerpulten herumarbeitete. Ich spürte das Dröhnen der Bässe, das aus den hohen Lautsprecherboxen drang, in Brust und Bauch. Ich winkte ihm zu, die Musik verstummte jäh, und eine Stimme brüllte: »Machen Sie, daß Sie rauskommen, verdammt noch mal. Sind Sie blind?«

»Entschuldigen Sie die Störung, aber es ist dringend. Sie müssen nach oben kommen.« Inzwischen tat es mir schon leid, daß ich diesen heiklen Auftrag nicht doch Gloria überlassen hatte.

»Ich hab zu arbeiten, das müßte doch eigentlich auch der Dümmste merken. Verpiß dich, Mädchen!« Wütend drückte er seine Zigarette aus und zündete sich sofort die nächste an.

»Ganz wie Sie wollen. Dann machen Sie sich auf einen Besuch der Cops gefaßt. Die haben es gar nicht gern, wenn kleine Jungs ihnen bei einer Mordermittlung Knüppel zwischen die Beine werfen, nur weil sie nicht von ihrem teuren Spielzeug lassen wollen.« Ich drehte mich auf dem Absatz um und ging, sehr zufrieden mit meiner kindischen Retourkutsche, zur Tür, was ich zwei Schritte später schon bereute. Ich hatte die Chance verschenkt, seine Reaktion zu beobachten. Rasch drehte ich mich wieder um. Der Mann war aufgestanden.

Micky Hamptons Ähnlichkeit mit einem Schimpansen war umwerfend. Die langen Arme, das vorspringende Kinn, die flache Nase – all das erinnerte nachdrücklich an unsere angeblichen Vorfahren. Das blond gesträhnte Haar war gut geschnitten, konnte aber die Prinz-Charles-Segelohren nicht ganz verbergen. Als Statist in dem Film *Planet der Affen* wäre er eine Idealbesetzung gewesen. Die Leute von der Maske hätten nicht viel Arbeit mit ihm gehabt.

»Moment mal«, sagte er. »Das müssen Sie mir schon näher erklären. Darf ich mal fragen, wer Sie sind?«

»Kate Brannigan.«

In den überraschend intelligenten braunen Augen blitzte es auf. »Die Frau, die Moira angeschleppt hat... Und was reden Sie da von Mord?«

»Moira ist umgebracht worden, und die Polizei will mit allen sprechen, die heute nacht im Haus waren.«

Mickys Augenbrauen schnellten in die Höhe. »Das ist in meinem Fall pure Zeitverschwendung. Hier könnte eine Bombe einschlagen, ohne daß ich es merke. Ich habe in vielen Topstudios gearbeitet, aber eine bessere Schalldämmung als hier hab ich noch nie erlebt.«

Wirklich rührend, wie nah ihm die Nachricht von Moiras Tod ging. Ich schluckte meinen Groll herunter, so gut es ging, und sagte: »Trotzdem bittet die Polizei alle Hausbewohner, in den Blauen Salon zu kommen.« Damit zog ich ab.

In der Halle herrschte inzwischen ein Betrieb wie auf einem Polizeirevier. Die Spurensicherung war mit Kameras und Gerätekoffern angerückt. Fünf, sechs uniformierte Constables standen bereit, um die unmittelbare Umgebung des Hauses und den Park nach Spuren von Eindringlingen abzusuchen und sämtliche Ausgänge zu besetzen. Auf mich achtete niemand. Möglichst unauffällig schob ich mich an allen vorbei. Neil hatte sein Büro im Erdgeschoß, gleich neben dem Speisesaal.

Ich klopfte. »Hereinspaziert«, rief er. »Mein Geschäft ist rund um die Uhr geöffnet.« Ich machte die Tür hinter mir zu und lehnte mich dagegen. Durch die schwere Holztäfelung drang kein Laut von außen in das Zimmer, das bemerkenswerte Ähnlichkeit mit Richards Bude hatte. Ob Journalisten schon als unordentliche Menschen geboren werden? Oder glauben sie, ihrem Image ein komplettes Chaos um sich herum schuldig zu sein? Neil saß, umgeben von Papierbergen, vor einem Computer. Neben ihm stand ein kleiner Kassettenrecorder. Er strahlte mich an. »Kate! Wie nett, daß Sie sich die Zeit nehmen, bei einem bescheidenen Schreiberling vorbeizuschauen. Ist mit Jett alles geklärt?«

»Das ist kein Höflichkeitsbesuch, Neil«, sagte ich. »Ich bin gebeten worden, Sie zu holen.«

Die verhangenen Augen schlossen sich halb, der Gesichtsausdruck wurde wachsam. »Zu holen? Wer will mich denn sprechen?«

»Die Polizei.«

Seine Kiefermuskeln verspannten sich. »Worum geht's denn, Kate?« fragte er leicht lauernd.

»Moira ist tot.«

Seine Augen weiteten sich. »Das darf ja nicht wahr sein. Moira? Tot? Wie denn? Was ist passiert? Ein Unfall?« Die Fragen sprudelten nur so, bei aller persönlichen Erschütterung konnte er den Journalisten nicht verleugnen.

»Nein, kein Unfall. Bitte gehen Sie gleich in den Blauen Salon, Neil, dort erfahren Sie Einzelheiten.«

»Soll das heißen, daß es hier passiert ist?«

»Ja. Wo denn sonst?«

»Ich weiß nicht. Sie hatte etwas davon gesagt, daß sie im Dorf mit jemandem verabredet war. Mein Gott, der arme Jett! Er muß in einem schrecklichen Zustand sein.« Wenigstens einer dachte auch mal an den Boß. Neil sprang auf und ging an mir vorbei zur Tür. »Im Blauen Salon?«

»Ganz recht.« Ich ging hinter ihm her. In der Halle vertrat mir ein Kriminalbeamter in Zivil den Weg. »Kate Brannigan?«

»Ja.«

»Sie haben uns nichts davon gesagt, daß Sie Privatdetektivin sind.«

»Danach hat mich ja auch niemand gefragt«, entfuhr es mir. Ich weiß auch nicht, warum ich diesen Drang habe, den Bullen ständig mit Unverschämtheiten zu kommen.

»Der Inspektor will Sie sprechen.« Er brachte mich in ein kleineres Zimmer neben dem Blauen Salon, das holzgetäfelt und mit Ledersesseln vollgestellt war. So hatte ich mir immer das Ambiente in einem Herrenklub vorgestellt. Ein kleiner Schreibtisch war von der Wand abgerückt worden, dahinter saß ein schlanker, dunkelhaariger Mann Mitte Dreißig, dessen Augen hinter den getönten Brillengläsern nicht zu erkennen waren. Er war vermutlich der letzte Engländer, der zu einem dunkelblauen Anzug ein hellblaues Hemd mit weißem Kragen und weißen Manschetten trug. Der gestreifte Schlips war sorgfältig gebunden. Er sah nicht aus, als hätte man ihn mitten in der Nacht aus dem Bett geholt, wirkte andererseits aber auch nicht so zerknittert, als hätte er die ganze Zeit Dienst geschoben.

»Inspector Cliff Jackson«, stellte er sich vor. »Und Sie sind also unsere clevere Privatdetektivin.«

»Guten Morgen, Inspector«, erwiderte ich formvollendet. »Ich bin Kate Brannigan von Mortensen & Brannigan.«

»Wer Sie sind, ist mir bekannt, Miss Brannigan«, konterte er gereizt. Die kratzige Stimme hatte einen unverkennbaren Lancashire-Akzent. »Was mich interessiert, ist die Frage, warum Sie es für nötig hielten, sich an unsere Zeugen heranzumachen.«

»Ich habe mich nicht an Ihre Zeugen herangemacht«, schoß ich zurück. »Als ich die Hausbewohner zusammengeholt habe, geschah das auf Anweisung Ihres Sergeants.«

»Sie wissen ganz genau, daß er Sie nicht an die Leute rangelassen hätte, wenn er gewußt hätte, womit Sie Ihre Brötchen verdienen.«

»Ich bin zu Auskünften jederzeit gern bereit. Man braucht mich nur zu fragen. Daß einer Ihrer Leute nicht gespurt hat, ist schließlich nicht meine Schuld. Es liegt nicht in meiner Absicht, mich mit Ihnen anzulegen, das dürfen Sie mir glauben.«

»Der erste vernünftige Satz, den ich von Ihnen höre«, knurrte er und machte sich eine Notiz, dann schob er die Brille auf die Stirn und rieb sich mit überraschend gepflegten Fingern den Nasenrücken. »Was wollten Sie heute abend hier?« fragte er.

»Ich habe Jett besucht. Wir hatten vor einiger Zeit einen Auftrag für Jett erledigt, und er hatte gesagt, ich solle doch irgendwann mal vorbeikommen, wenn ich in der Nähe sei. Das hat sich nun heute gerade so ergeben.« Sogar ich fand, daß diese Ausrede ziemlich lahm klang. Aber vielleicht – hoffentlich! – dachte er, daß ich auf Rockstars stehe.

»Sie sind also mitten in der Nacht zufällig hier vorbeigekommen«, stellte er mit einiger Ironie fest und ließ die Brille wieder auf die Nase gleiten. »Machen Sie so was oft?«

»Natürlich nicht. Aber ich weiß, daß Jett immer sehr lange auf ist. Außerdem war es ja auch noch nicht gar so spät, als ich herkam. Allenfalls kurz nach Mitternacht.«

Hoffentlich hatte Jett sich gemerkt, was ich ihm eingetrichtert hatte. Meine Aussage befriedigte Jackson offenbar ganz und gar nicht, aber er ließ es zunächst dabei bewenden. Zwischen den einzelnen Sätzen hatte ich reichlich Zeit zum Nachdenken, denn der Beamte, der mich zu Jackson gebracht hatte, hielt alles brav fürs Protokoll fest.

Es folgten alle möglichen Fragen nach den einzelnen Hausbewohnern und ihrem Tun und Treiben, auf die ich ihm die Antworten schuldig blieb. Frustriert gab er es schließlich auf und wollte wissen: »Was war das für ein Auftrag, den Ihre Firma für Jett erledigt hat?«

Es wäre mir sehr viel lieber gewesen, wenn ich mich in dieser Sache zuerst mit Bill hätte besprechen können. Ich holte tief Luft. »So leid es mir tut – aber darüber können wir nur mit Einwilligung unseres Klienten Auskunft geben. Mortensen & Brannigan behandeln alle ihnen anvertrauten Fakten streng vertraulich.«

Jackson schob zum zweiten Mal die Brille hoch und massierte seinen Nasenrücken. Vielleicht hatte er was mit der Stirnhöhle. Er konnte mir in diesem Moment fast ein bißchen leid tun. Wenn die Polizei nicht ganz großes Glück hatte, würde er in den nächsten Tagen nicht viel zum Schlafen kommen.

»Sie halten eine für die Ermittlungen unter Umständen sehr wichtige Information zurück«, stellte er seufzend fest.

Ich wartete gespannt: Irgendwann mußte der Mann doch mal aufhören, in Klischees zu sprechen. Aber nein, da ging es schon weiter.

»Ihnen brauche ich nicht zu sagen, daß es strafbar ist, die Arbeit der Polizei zu behindern. Ich habe, ehrlich gesagt, Besseres zu tun, als Ihnen einen Prozeß an den Hals zu hängen, Miss Brannigan, aber wenn Sie so weitermachen, wird die Versuchung groß...«

»Und ich habe Besseres zu tun, als mir Ärger mit Ihnen einzuhandeln, Inspector, aber ich kann Ihnen keine andere Antwort geben.« Mein Selbstbewußtsein war weitgehend Fassade. Eine Nacht in der Zelle wäre nicht nur unbequem, sondern auch schlecht fürs Geschäft.

Jackson stand auf. »Schaffen Sie mir die Person aus den Augen, Sergeant Bradley. Aber lassen Sie sie erst noch ihre Aussage unterschreiben.« Er ging schnell aus dem Zimmer.

Der Sergeant gab mir das Protokoll, das ich rasch überflog. Ich staune immer wieder darüber, daß alles, was man bei der Polizei mündlich aussagt, schriftlich in schauderhaft gestelztem Behördenstil daherkommt. Aber zumindest hatte Sergeant Bradley meine Aussage im großen und ganzen korrekt erfaßt, so daß ich guten Gewissens unterschreiben konnte.

Er brachte mich zurück in die Halle, wo Jackson in ein ernsthaftes Gespräch mit dem uniformierten Sergeant vertieft war. Als er mich sah, zog er ein finsteres Gesicht. »Miss Brannigan möchte jetzt gehen, Sergeant. Schicken Sie einen unserer Männer mit, damit sie rausfindet.« Dann wandte er sich an mich. »Ich wünsche nicht, daß Sie außerhalb dieses Hauses über den Fall sprechen. Und damit meine ich nicht nur die Presse. Sie werden sich Dritten gegenüber nicht über die Mordwaffe oder die Zeitfaktoren äußern, ist das klar?« Ich nickte. »Wir melden uns, wenn wir Sie wieder brauchen. Das ist ein Fall für Profis. Halten Sie sich da raus.«

Von mir aus gern, dachte ich, als ich die Auffahrt hinunterfuhr. Irgendwie hatte ich allerdings das Gefühl, daß ich meine Rechnung ohne Jett gemacht hatte.

Es war kurz nach drei, als sich das elektronisch gesteuerte Tor lautlos öffnete und ich auf den kleinen Landweg einbog. Dem Streifenwagen, der mir nachgefahren war, winkte ich zum Abschied noch einmal zu. Als ich mich dem Dorf näherte, nahm ich den Fuß vom Gas und kramte im Handschuhfach nach einer anderen Kassette. Für diese Situation war Tina Turner denn doch etwas zu aufregend. Hinter einer Kurve stand plötzlich eine Gestalt in meinem Scheinwerferkegel, die kurz erstarrte und dann in der Dunkelheit am Straßenrand verschwand.

Ich bremste, sprang aus dem Wagen und lief die wenigen Meter bis zu der Stelle zurück, an der die Schwärze sie verschluckt hatte. Weit und breit war kein Mensch mehr zu sehen. In der Stille der Nacht hörte man nur das leise Tuckern meines Motors. Hatte ich nur geträumt? Wohl kaum. Ich hatte Maggie Rossiter nur einmal gesehen, hätte aber Moiras Geliebte überall wiedererkannt.

15

Wenn die Leute hören, welchen Beruf ich habe, fragen sie mich unweigerlich, ob er gefährlich ist. Meist sind sie richtig enttäuscht, wenn ich gestehe, daß das Härteste in meinem Job der Schlafmangel ist. Ich werde stinksauer, wenn ich lange kein Bett mehr gesehen habe. Nach dem Zoff mit Jackson hatte ich lächerliche vier Stunden geschlafen, als das Telefon schon wieder läutete.

»Ja?« krächzte ich.

»Morgenstund ist ungesund«, sagte Shelley. »Bill möchte dich sprechen. Kommst du her, oder soll ich durchstellen?«

»Beides.« Bill nimmt es bei seinen Mitarbeitern nicht so genau mit den Bürostunden und kennt mich gut genug, um zu wissen, daß es gute Gründe geben muß, wenn ich um neun noch nicht an meinem Schreibtisch sitze. Wenn er mich von Shelley aus dem Bett holen ließ, mußte was Wichtiges anliegen.

»Morgen, Kate!« dröhnte er. »Was hast du denn jetzt wieder angestellt?«

»Woher weißt du es?« fragte ich resigniert, kletterte aus dem Bett und wankte in die Küche.

»Das von Moira haben sie heute früh im Radio gebracht, inzwischen hat sich Jett schon mit diversen hysterischen Verlautbarungen auf unserem Anrufbeantworter verewigt, und ein gewisser Inspector Cliff Jackson will mich unbedingt persönlich sprechen.«

»Was wollte denn Jett?«

»Daß du bei ihm Händchen hältst. Lautes Gejammer, daß du ihn im Stich gelassen hast, wo er dich doch so nötig braucht. Am besten kommst du gleich mal vorbei und informierst mich ausführlich, dann können wir überprüfen, ob wir die Sache überhaupt weiterverfolgen wollen.« Wenn Bill es so formuliert, ist es praktisch ein dienstlicher Befehl.

Zwanzig Minuten später erstattete ich ihm Bericht. Als ich von meiner Aussage erzählte, rutschte er unbehaglich auf seinem Bürosessel herum. »Eine deiner besten Ideen war das nicht gerade, Kate.«

»Ich weiß. Aber jede andere Darstellung hätte den Verdacht sofort auf Jett gelenkt.«

»Und woraus schließt du, daß er es nicht war?«

»Aus seinem Zustand. So kann sich kein Mann verstellen, der eben seine sogenannte Seelenfreundin umgebracht hat. Hätte ich die Wahrheit gesagt, hätte Jett keine Chance mehr gehabt, unseren Anrufbeantworter zu blockieren, sondern säße jetzt in einem Verhörraum der Polizei.« Ich merkte selbst, daß meine Argumente auf recht wackligen Füßen standen, aber vom Gefühl her war ich mir sicher, daß Jett keinen Mord begangen hatte, und ließ deshalb nicht mit mir handeln.

»Du weißt, daß ich viel auf deine Instinkte gebe, Kate. Bei den Cops wirst du damit allerdings auf wenig Gegenliebe stoßen, und deshalb ist es am besten, wenn sie die Wahrheit gar nicht erst erfahren. Mit anderen Worten: Du mußt am Ball bleiben.« Er kaute, wie immer, wenn ihm nicht ganz wohl in seiner Haut war, nervös an seinem Bart herum.

»Offenbar entspricht das auch Jetts Wünschen«, sagte ich vorsichtig.

»Mag sein. Meinen allerdings nicht«, gab Bill ziemlich knurrig zurück. »Wir bearbeiten keine Mordfälle, Kate, sondern Wirtschaftsverbrechen, und deshalb haben wir gar nicht das Zeug dazu, der Polizei in so einer Sache Konkurrenz zu machen. Außerdem paßt es mir gar nicht, daß du an vorderster Front stehst, wenn ein Mörder frei herumläuft.«

»Ich kann schon auf mich aufpassen«, erklärte ich etwas patzig.

»Das ist mir bekannt. Mir tun ja auch eher deine Gegenspieler leid«, grinste er matt. »Aber jetzt mal im Ernst: Es wäre mir lieber gewesen, wenn du uns nicht in diesen Schlamassel reingeritten hättest, aber nun müssen wir eben sehen, wie wir mit Anstand wieder rauskommen. Und jetzt brauche ich einen genauen Überblick.«

Ich gab ihm einen kurzen Abriß der Ereignisse, wobei ich nur meine Blitzbegegnung mit Maggie unterschlug. Warum eigentlich? Vielleicht, weil ich Angst hatte, er könnte sich auf sie als naheliegendste Verdächtige einschießen? Dabei ist Bill eigentlich ein ziemlich emanzipierter Typ.

»Jackson wollte wissen, worum es bei diesem Auftrag ging, den wir für Jett erledigt haben«, schloß ich. »Ich habe mich hinter der unserem Klienten zugesagten Vertraulichkeit versteckt.«

»Sehr gut. Mit Jackson werde ich reden. Jetzt hörst du am besten Jetts Anrufe ab und fährst dann gleich wieder nach Colcutt.«

Kurz nach elf stand ich vor dem elektronisch gesicherten Tor. Am Straßenrand lauerten fünf oder sechs Wagen. Ich erkannte mehrere Reporter überregionaler Blätter. Für die Morgenausgaben war die Meldung von dem Mord an Moira zu spät gekommen, dafür waren sie jetzt offenbar entschlossen, möglichst viel rauszuholen. Als ich an den jungen Constable heranfuhr, der in dem kalten Nieselregen vor sich hin fröstelte, gingen überall die Wagentüren auf, und die Meute stürzte sich auf mich. Zum Glück hatte Jett der Polizei Bescheid gesagt und mir auch den Code für das Tor gegeben. Ich war schon halb durch, als der erste Reporter heran war. Ich gab Gas, und er kriegte gerade noch den aufgewirbelten Dreck von meinen Reifen mit.

Ein ebenfalls bibbernder Copper ließ mich ins Haus, und der Constable, der vor der Tür des Probenraums Wache schob, wies mich widerwillig in die Küche. Jett saß, einen Becher Tee vor sich, zusammengesunken an einem alten Bauerntisch. Er sah kaum auf, als ich zum Herd ging. Ich setzte den Kessel auf und griff nach seinem Becher. Er war eiskalt. Ich brühte frischen Tee.

»Du hättest nicht weggehen dürfen«, sagte er zur Begrüßung. »Ich brauche dich doch.«

»Was sollte ich denn machen«, sagte ich geduldig und kam mir vor, als hätte ich Davy, Richards fünfjährigen Sohn, vor mir. »Die

Cops haben mich in hohem Bogen rausgeworfen, als sie rausgekriegt hatten, wer ich bin.«

Jett hob den Becher an die Lippen, trank aber nicht, sondern setzte ihn gleich wieder ab. Seine Haut wirkte seltsam stumpf. Die Augen waren rot geädert, aber nicht verweint. »Du hast sie gern gehabt, nicht?« fragte er.

»Moira? Ich kannte sie ja kaum, aber sie war mir sympathisch, weil sie so couragiert und humorvoll war.«

Er nickte. »Deshalb möchte ich, daß du herausfindest, wer sie umgebracht hat. Jemand in diesem Haus, ein Mensch, dem ich vertraut habe, hat sie auf dem Gewissen.«

Wie in einem Serienkrimi aus dem Fernsehen, dachte ich und sagte so behutsam wie möglich: »Ich finde, das solltest du der Polizei überlassen, Jett. Die haben das nötige Personal und alle technischen Möglichkeiten für eine Mordermittlung. Im Gegensatz zu mir.«

Er wärmte sich die Hände an seinem Becher. »Das verstehst du nicht, Kate. Dieser Fall läßt sich nicht durch Fingerabdrücke und Alibis lösen, sondern nur durch Einfühlungsvermögen. Die Cops haben Moira nicht gekannt, sie haben keinen Draht zum Showgeschäft und sprechen nicht unsere Sprache. Nicht mal Kevin, unser Saubermann, kommt so richtig mit ihnen klar. Bei dir ist das was anderes. Durch Richard kennst du dich in der Szene aus, du kannst mit den Leuten reden. Bei dir lassen sie was raus.« Es war eine lange Rede für einen Mann, der so fix und fertig war wie Jett. Er lehnte sich zurück und machte die Augen zu.

»Ich weiß nicht, Jett. Ich hab noch nie in einem Mordfall ermittelt.«

Irritiert öffnete er die Augen wieder und sah mich stirnrunzelnd an. »Hör zu, Kate. Für die Cops bin ich nur ein dreckiger Nigger, wenn auch einer mit sehr viel Geld. Und Moira war für sie eine Nutte. Eine, die anschaffen ging, weil sie Stoff brauchte. Am liebsten würden sie mir den Mord anhängen. Ich bin in der Moss-Side aufgewachsen, ich weiß, wie die Bullen denken, und traue ihnen nicht über den Weg. Und umgekehrt ist es genauso. Nur du kannst noch verhindern, daß ich im Knast lande.«

Ich nahm seine Hand. »Okay. Ich will sehen, was sich tun läßt.«

»Das genügt mir, Kate.« Eine einzelne Träne rollte über seine Wange, und er wischte sie ungeduldig weg wie eine freche Fliege.

»Was hat sich denn noch getan, nachdem ich weggefahren bin?« fragte ich.

»Sie haben uns alle bis früh um vier festgehalten und uns nicht eine Minute allein gelassen. Einer von den jungen Cops war immer dabei. Dieser Jackson hat mir verboten zu erzählen, wie ich sie gefunden habe. Dabei wollten sie das natürlich alle wissen.«

»Sie hoffen offenbar, daß sie dem Killer eine Falle stellen können«, erläuterte ich. »Daß jemand mehr weiß, als er von Rechts wegen wissen könnte.« Erstaunlich, daß die Polizei immer noch mit diesem Trick arbeitete, nachdem sie drei Jahre lang beim Yorkshire Ripper auf das falsche Pferd gesetzt hatte. Damals ging es um ein gefälschtes Tonband mit Einzelheiten, die angeblich nur der Killer gekannt haben konnte.

»Wie spät ist es?« fragte Jett unvermittelt.

Ich sah auf die Uhr. »Fünf vor zwölf.«

Jett stand auf und goß seinen Tee herunter. »Ich habe gesagt, sie sollen alle um zwölf im Blauen Salon sein. Ich wußte, daß du kommen würdest. Daß du spüren würdest, wie sehr ich dich brauche.«

Ich dachte mir, daß er mein Kommen eher dem Anrufbeantworter als meinen hellseherischen Fähigkeiten verdankte, sagte es aber nicht laut. »Ich muß mit dir noch über die letzten sechs Wochen sprechen, Jett.«

»Du wirst mit uns allen über die letzten sechs Wochen sprechen müssen. Jetzt möchte ich nur vor versammelter Mannschaft sagen, daß alle dich unterstützen sollen. Den Cops können sie erzählen, was sie wollen, aber wer von meinem Geld lebt, hat sich gefälligst nach meinen Wünschen zu richten.«

Erstaunlich, wie schnell aus dem Häufchen Elend am Küchentisch wieder der große Boß geworden war. Wenn seine Stimmung so rasch umschlagen konnte, waren vielleicht doch gewisse Zweifel an seiner Unschuld angebracht...

Punkt zwölf machte Jett die Tür zum Salon auf. Bis auf Neil waren sie alle da. Ich sah zahlreiche verschlafene, aber keine verweinten Gesichter.

Als ich in Jetts Kielwasser den Blauen Salon betrat, polterte Kevin los: »Herrgott, Jett, ich hab dir doch gesagt, du sollst sie da raushalten. Zusätzliche Schnüffler können wir nicht gebrauchen. Reichen dir die Cops noch nicht, die hier herumwimmeln?«

»Recht hat er, Jett«, bestätigte Gloria. »Bei deiner Trauerarbeit kann sie dir bestimmt nicht helfen.«

Jett ließ sich auf einen der zierlichen Sessel fallen, der wunderbarerweise den Aufprall überlebte. »Ich kann keine Trauerarbeit leisten, solange ich weiß, daß Moiras Mörder unerkannt unter meinem Dach lebt, sich mein Essen schmecken läßt und meinen Wein trinkt. Kate ist hier, um festzustellen, wer von euch es war. Wenn einer aussteigen will, kann er gehen. Auf der Stelle. Von allen anderen aber erwarte ich, daß sie Kate hundertprozentig unterstützen. Sie wird mir täglich berichten. Wenn ihr jemand Knüppel zwischen die Beine wirft, werde ich es erfahren. Alles klar?«

Kevin verdrehte die Augen, was ich durchaus verstehen konnte. Melodramatisches Getue geht mir auch gegen den Strich. Aber Tamar spielte sofort mit. Sie ging quer durch den Raum auf Jett zu und fiel ihm um den Hals. »Aber natürlich, Schatz. Ich tue alles, was du willst.« Mir wurde speiübel.

Jetzt stieß auch Neil zu uns. »Tut mir leid, daß ich so spät komme, Jett. Ich hab den überregionalen Blättern noch eine Presseerklärung gegeben.«

»Ist doch was Schönes, wenn man sich seine eigene Journaille halten kann«, höhnte Micky.

»Einer muß sich schließlich um die Presse kümmern«, sagte Neil friedfertig. »Vorzugsweise einer, der im Bedarfsfall ein oder zwei zusammenhängende Sätze formulieren kann.«

»Sag mal, wie hast du denn das eben gemeint?« fragte Micky drohend.

»Kommt, hört auf, euch zu streiten«, mahnte Tamar. »Habt ihr denn überhaupt keine Achtung vor dem Tod?« Ich war ganz baff, aber die anderen schienen sich an ihrem scheinheiligen Gerede nicht zu stören. Micky brabbelte etwas, was wie eine Entschuldigung klang, trat ans Fenster und starrte in den Regen hinaus.

»Sie gehören also jetzt zum Team?« fragte Neil mich halblaut. Als ich nickte, lächelte er wie ein Verschwörer. »Beruhigend, daß ich nicht als einziger aus Moiras Tod Profit schlage.«

Ich war knapp eine Stunde im Haus, und schon hatte ich die ganze Bande herzlich satt. Bei manchen Jobs geht es eben nach dem Motto: »Wer sich mit Hunden hinlegt, wacht mit Flöhen auf.«

Es wurde Zeit, ein paar Fragen zu stellen. Aber da hatte ich die Rechnung ohne Inspector Jackson und seine Getreuen gemacht. Jackson fühlte sich hier sichtlich schon wie zu Hause. Er hatte sogar Zeit gefunden, sich für diesen Auftritt umzuziehen. Neuer Anzug, neues Hemd – nur die Krawatte hatte er nicht gewechselt. Vielleicht war sie so was wie ein Freimaurerabzeichen. Ihm folgte ein älterer Gentleman, der neben Jackson Aufstellung nahm und tönte: »Guten Morgen, meine Damen und Herren. Mein Name ist Superintendent Ron Arbuthnot, ich bin mit der Leitung der Ermittlungen betraut worden. Mir ist bekannt, daß einige von Ihnen bereits eine Aussage bei meinen Mitarbeitern gemacht haben, aber wir werden im Lauf des Tages weitere Gespräche mit Ihnen führen müssen. Bitte halten Sie sich zur Verfügung.«

Nach dieser majestätischen Verlautbarung schob Arbuthnot seinen rundlichen Körper an Jackson vorbei und entschwand.

Sobald er draußen war, nahm Jackson mich am Arm und zog mich zur Tür. »Sind Sie lebensmüde, Brannigan?« zischelte er. »Ich habe Sie schon einmal rausgeworfen. Gehen Ihre Geschäfte so schlecht, daß Sie Ihren Aufträgen nachlaufen müssen?«

»Pfoten weg«, zischelte ich zurück. »Man hat mich hergebeten.«

Widerstrebend ließ er mich los und wollte mich durch die Tür schieben. Ich rührte mich nicht von der Stelle. »Die Lady ist eine gute Bekannte von mir, Inspector«, rief Jett zu uns herüber. »Ich lege großen Wert darauf, daß sie hierbleibt.«

Jackson lächelte katzenfreundlich. »Das wird leider nicht gehen, Mr. Franklin. Wir haben einige Fragen an Miss Brannigan, und danach müssen wir noch einmal mit Ihnen sprechen. Am besten kommt sie morgen noch mal vorbei.«

Jett warf Jackson einen giftigen Blick zu. Vielleicht, weil der versuchte, mich auszubooten. Vielleicht aber auch nur, weil der Inspector seinen richtigen Namen benutzt hatte. Das konnte ich ihm sogar nachfühlen. Nur ein Stockkonservativer kann sich darüber freuen, Winston Gladstone Franklin zu heißen.

»Ist schon in Ordnung, Jett«, beruhigte ich ihn. »Wir sehen uns dann morgen vormittag.« Jetts Hofstaat lief mir nicht weg, und ich hatte heute noch Dringendes zu erledigen. Wenn ich wartete, bis Maggie Rossiter ihre Gefühle wieder unter Kontrolle hatte, bekam ich womöglich nichts mehr aus ihr heraus.

16

Um halb eins war ich im *Wappen von Colcutt*, dem einzigen Pub des Dorfes. Jackson hatte mich nochmals eingehend befragt, was ich auf Colcutt Manor gewollt und was unsere Firma seinerzeit im Auftrag von Jett hatte ermitteln sollen. Offenbar hatte er die Hoffnung noch nicht aufgegeben, mir irgendwelche Geständnisse zu entlocken, denn bei Bill war er bestimmt nicht weitergekommen.

Das Pub hatte ich angesteuert, weil ich hoffte, den einen oder anderen guten Tip aufzuschnappen. Den Salon hielten die Herren von der Boulevardpresse besetzt, um die ich einen großen Bogen machte. Die Theke war reporterfreie Zone, wenn auch weniger gemütlich.

Der Bedienung, die aus dem Salon gehetzt kam, als ich klingelte, und sich dabei eine blondierte Strähne aus dem geröteten Gesicht strich, schien der Presserummel ebenso auf den Geist zu gehen wie mir. Sie war um die Vierzig und offenbar von diesem ungewohnten Betrieb um die Mittagszeit restlos überfordert.

»Viel zu tun heute, wie?« sagte ich mitfühlend, während sie mir ein St. Clement's einschenkte.

»Das können Sie laut sagen. Eis?« Ich nickte. »Soviel los ist sonst nur am zweiten Weihnachtsfeiertag.«

»Eine schlimme Geschichte da oben im Haus«, bemerkte ich. Sie lehnte sich an die Theke und schien heilfroh zu sein, daß sie dem Trubel im Salon für eine Weile entronnen war.

»Ja, die Ärmste«, nickte sie. »Gestern abend war sie noch mit einer Freundin da, ich seh sie noch vor mir, die beiden, wie sie in einer Ecke im Salon gesessen haben. Und ein paar Stunden später wird sie in ihrem eigenen Haus umgebracht. Ich sag's ja immer, heutzutage ist man nirgends mehr sicher, da kann man noch so vorsichtig sein. Das Haus da oben ist ja wie Fort Knox, hab ich zu meinem Geoff gesagt. Und dann passiert so was. Da kommt man doch wirklich ins Grübeln.«

Moira war also gestern hier gewesen? Interessant... Vorsichtshalber wollte ich nicht gleich nachhaken, sondern sagte: »Manchmal denke ich, daß vielleicht gerade übertriebene Sicherheitsvorkehrungen bestimmte Typen anlocken.«

»Hier im Dorf hat's mit so was nie Ärger gegeben, ehe dieser Rockstar da oben eingezogen ist.«

»Kommen die Leute von Colcutt Manor denn oft her?« fragte ich beiläufig.

»Eigentlich nicht. Nur ein Journalist, der angeblich ein Buch über Jett schreiben soll, ist Stammgast bei uns. Wann er dann noch Zeit zum Schreiben findet, ist mir ein Rätsel. Nicht, daß ich was dagegen hätte, im Winter ist es hier immer sehr ruhig. Manchmal frag ich mich, wieso wir überhaupt am Tage aufmachen. Mit dem, was wir mittags einnehmen, können wir knapp die Stromkosten decken.«

»Ein hübsches Pub«, sagte ich. »Sind Sie schon lange hier?«

»Fünf Jahre. Mein Mann war Bergwerksingenieur, aber wir hatten es satt, ständig in der Fremde herumzuziehen, deshalb haben wir dann das *Wappen von Colcutt* gekauft. Es ist ein Haufen Arbeit, weil wir ja auch noch Zimmer vermieten, aber man möchte eben nicht sein ganzes Leben im Ausland verbringen.«

Im Salon wurde nach der Bedienung geklingelt. Um sicherzugehen, daß sie noch mal wiederkam, fragte ich: »Kann ich hier auch was essen?«

»Mittags gibt es nur belegte Brote.«

Ich bestellte ein Roastbeef-Sandwich. Als sie zurückkam, sagte ich: »Es war bestimmt ein Schock für Sie, als Sie von dem Mord gehört haben.«

»Na ja, wissen Sie, Moira Pollock gehörte ja nicht direkt zu meinen Stammgästen. Sie kam ganz selten mal, zusammen mit der Clique. Und dann natürlich jetzt, wo ihre Freundin hier gewohnt hat. Ich hab sie eigentlich nur daran erkannt, daß sie schwarz war. Nicht, daß ich rassistisch wäre«, fügte sie rasch hinzu. »Nur haben wir hier eben nicht viele Farbige.«

Ich nickte und mußte an den Inspector einer nahegelegenen Kleinstadt in Cheshire denken, der unterschiedslos alle Schwarzen abgriff, die er auf der Straße sah. »Keiner von denen wohnt am Ort«, verteidigte er sich, »deshalb haben sie, wenn sie bei uns rumlaufen, bestimmt nichts Gutes im Sinn.«

»Moiras Freundin muß es schrecklich mitgenommen haben«, sagte ich vorsichtig und biß in mein Sandwich. Schon deswegen hatte sich der Besuch im *Wappen von Colcutt* gelohnt. Das Brot war frisch und knusprig, das Fleisch zart, dünn geschnitten und reichlich, mit einem schönen Klecks Meerrettich drauf, den ich fast in die falsche Kehle gekriegt hätte, als die Wirtin sagte: »Vielleicht weiß sie's noch gar nicht. Als ich heute nach unten kam, lag auf dem Dielentisch ein Umschlag mit dem Geld für das Zimmer. Ich wußte, daß sie heute abreisen wollte, aber doch nicht so früh ...« Das hörte sich an, als sei sie richtig enttäuscht, eine spannende Schau verpaßt zu haben.

»Da ist sie demnach noch in der Nacht losgefahren? Merkwürdig«, sagte ich und hoffte, daß man mir die Genugtuung nicht anmerkte, der Polizei ausnahmsweise mal eine Nasenlänge voraus zu sein.

»Na ja, also nicht direkt in der Nacht. Es muß so gegen halb sieben gewesen sein. Unser Schlafzimmer geht nach hinten raus, ich hab den Wagen gehört und bin aufgestanden, weil ich gedacht hab, am Ende verdrückt sie sich, ohne zu zahlen. Das mit dem Mord hab ich da noch nicht gewußt.« Zu meiner Erleichterung schien sie an Maggies Verhalten nichts Verdächtiges zu finden. Zumindest eine Zeugin würde ich mir demnach früher als die Polizei vorknöpfen können.

»Vielleicht hat jemand sie angerufen?« vermutete ich.

»Das wüßte ich«, versicherte die Wirtin. »Nein, wahrscheinlich ist sie zeitig aufgewacht und hat sich gedacht, daß sie sich ebensogut gleich auf den Weg machen kann. Ehrlich gesagt hat's mich ja ein bißchen gewundert, daß sie nicht oben im Haus gewohnt hat. Freunde von denen steigen normalerweise nicht bei uns ab.«

Ich hätte etliche Gründe nennen können, warum Maggie Rossiter keinen Wert darauf gelegt hatte, bei Jett zu Gast zu sein, hielt aber wohlweislich den Mund. Ich aß mein Sandwich auf, wir wechselten noch ein paar Worte über das Wetter, dann machte ich mich auf den Weg nach Leeds.

Es nieselte noch immer, als ich vor Maggies Reihenhaus hielt. Die Pennines hatten nicht, wie sonst, als Wetterscheide gewirkt. In Regenschwaden eingehüllt wirkte das Haus trübselig und ablehnend, zumal kein Licht brannte. Allerdings hätte ich, wenn meine Freundin tot im Leichenschauhaus läge, wohl auch keine Festbeleuchtung eingeschaltet.

Ich mußte lange warten, bis Maggie aufmachte. Als sie mich sah, wollte sie die Tür gleich wieder zuschlagen, aber ich schob rasch meine Schulter in den Spalt.

»Was wollen Sie denn hier?« fragte sie mit matter, brüchiger Stimme.

»Wir müssen miteinander reden, Maggie«, sagte ich. »Ich weiß, daß Ihnen nicht danach zumute ist. Dafür habe ich auch Verständnis. Aber vielleicht kann ich Ihnen helfen.«

»Helfen? Können Sie Tote wieder auferwecken?« fragte sie bitter. Die rotgeränderten Augen wurden naß. Vor so viel Leid konnte ich mich meines Erfolgs nicht recht freuen.

»Ich versuche festzustellen, wer Moira umgebracht hat«, sagte ich.

»Wozu? Davon wird sie auch nicht wieder lebendig.« Ungeduldig wischte sich Maggie mit der freien Hand die Tränen aus den Augen. Es war ihr sichtlich peinlich, daß ich sie in all ihrer menschlichen Schwäche sah.

»Nein, natürlich nicht. Aber wenn Sie genau wissen, was geschehen ist, haben Sie damit schon den ersten Schritt zur Trauerarbeit getan. Bitte lassen Sie mich herein, Maggie.«

Mit gebeugten Schultern gab sie die Tür frei. Von der Straße aus kam man direkt ins Wohnzimmer. Ich setzte mich schnell auf ein Sofa, ehe sie es sich anders überlegen konnte. Maggie schlug die Haustür zu und ging in die Küche. Ich hörte Wasser in den Kessel laufen und sah mich um. Das Zimmer war ziemlich groß und erstreckte sich fast über das ganze Erdgeschoß. In einer der Nischen rechts und links vom Kamin standen Bücher – von Science-fiction bis zu Fachbüchern über Soziologie –, in der anderen ein kleiner

Fernseher und eine Stereoanlage mit Kassetten, CDs und LPs, im Erker ein kleiner Eßtisch aus hellem Kiefernholz mit vier Stühlen. Der einzige Wandschmuck war ein Großdruck von Klimts »Judith«. Ein durchaus behagliches Heim, offenbar nach Maggies Geschmack eingerichtet.

Auf einem Tablett brachte sie eine Kanne Tee, zwei Becher, eine Flasche Milch und Zucker in einem Schälchen. »Ich habe so schrecklichen Durst, ich könnte dauernd trinken«, sagte sie zerstreut, während sie einschenkte. Ihr Haar war zerwühlt, Sweartshirt und Jeans zerknittert. Der Gasofen stand auf der höchsten Stufe und verbreitete eine fast unerträgliche Hitze. Trotzdem fröstelte Maggie, als sie den Becher an die Lippen hob.

»Es tut mir sehr leid.« Ich mußte einfach irgendwas sagen, und wenn es noch so platt klang. »Ich hab sie kaum gekannt, aber ich mochte sie.«

Maggie ging zum Fenster und starrte in den Regen hinaus, der lautlos auf die grauen Dächer fiel. »Eins möchte ich von Anfang an klarstellen, Kate. Über meine Gefühle werden Sie nichts erfahren. Darüber spreche ich nur mit Freunden. Ich bin gern bereit, Ihnen an Fakten alles zu erzählen, was ich weiß. Meine Empfindungen tun dabei nichts zur Sache.«

»Auch gut«, sagte ich und schluckte die Zurechtweisung. Erst Jetts theatralisches Gehabe, jetzt das... es war alles ein bißchen viel auf einmal, fand ich.

Sie setzte sich so weit wie möglich von mir entfernt auf ein zweites Sofa. »Vermutlich hat Jett gesagt, Sie sollen rauskriegen, ob ich es war«, sagte sie herausfordernd.

»Ich arbeite für Jett, aber er hat niemanden beschuldigt. Ich glaube, er ist so geschockt, daß er noch gar nicht groß zum Nachdenken gekommen ist. Er hat sie nämlich gefunden.«

»Das wußte ich nicht.« Sie seufzte. »Sie hätten sich nie auf die Suche nach ihr machen dürfen. Hätte Jett die Vergangenheit ruhen lassen, wäre sie jetzt noch hier.«

Dagegen ließ sich nichts sagen. Und es war sinnlos, mich wegen meiner Rolle in diesem Drama rechtfertigen zu wollen. »Am besten fangen wir ganz von vorn an«, sagte ich. »Wie ging es weiter, nachdem ich sie bei Jett abgeliefert hatte?«

Maggie seufzte wieder, holte eine Blechdose aus der Tasche und rollte sich mit zitternden Fingern eine Zigarette. »Am nächsten Morgen rief sie an. Sie hatte sich mit Jett ausgesprochen und ihre Bedingungen gestellt. Sie war bereit, die Songs für sein neues Album mit ihm zu erarbeiten, und wenn das klappte, über eine weitere Zusammenarbeit nachzudenken. Aber das war alles. Eine Rückkehr zu der früheren Beziehung sei ausgeschlossen, sagte sie. Sie verlangte ein eigenes Zimmer, die Zahlung aller ausstehenden Tantiemen und einen neuen Vertrag mit Gewinnbeteiligung.«

»Klingt realistisch«, sagte ich. »Es traf ja keinen Armen.«

»Jett sei hin und weg gewesen, erzählte Moira. Das Finanzielle mußte sie mit Kevin besprechen, aber er war mit allem einverstanden. Sie lachte, als sie es mir erzählte. Er sei total auf dieses New-Age-Gelaber von Seelenfreundschaften und dergleichen abgefahren. Als sie ihm klipp und klar erklärte, daß sie an eine reine Arbeitsbeziehung ohne Sex dachte, zog er sich auf irgendwelchen hochgestochenen Blödsinn von geistiger Liebe und so zurück. Es war sehr komisch, wie sie es erzählte.« Die Erinnerungen überwältigten Maggie plötzlich, und sie sah rasch weg.

»Hat sie etwas davon gesagt, wie die anderen auf ihre Rückkehr reagiert haben?«

Maggie zündete sich ihre Zigarette an und tat einen tiefen Zug. »Bei diesem Anruf noch nicht, aber später hat sie ausführlich davon erzählt. Nur Neil schien sich echt zu freuen. Er erhoffte sich von ihr viele Informationen aus den Anfängen der Arbeit mit Jett.

Gloria versuchte immer dazwischenzufunken, erzählte Moira, weil sie sich als der eigentliche ruhende Pol in Jetts Leben betrachtete. Im Grunde konnte die Frau einem leid tun.

Für Tamar war Moira natürlich ein rotes Tuch. Sie hatte seit ein paar Monaten eine eher lose Beziehung mit Jett, die sie durch Moira bedroht sah. Moira konnte sie nicht ausstehen, deshalb hat sie, wenn Tamar dabei war, immer hemmungslos mit Jett geflirtet. Nur zum Spaß natürlich. Ich vertraue...« Sie schluckte. »Ich vertraute ihr hundertprozentig.«

»Und wie hat Kevin sich verhalten?«

»Hell begeistert war er wohl nicht. Kein Wunder, sagte Moira. Sich von Geld trennen zu müssen, auch wenn es nicht sein eigenes ist, tut ihm echt weh. Wenn der dir seine Scheiße als Vorgartendünger überläßt, will er hinterher die Rosen dafür haben, so hat sie es ausgedrückt. Und bei den Tantiemen ging es um eine beträchtliche Summe.«

»Und hat sie das Geld bekommen?« fragte ich, obwohl ich die Antwort schon im voraus wußte.

»Nein. Kevin hatte es längerfristig festgelegt.«

Moira war also, wie ich schon vermutet hatte, gestorben, ehe jemand auch nur einen Penny für sie hatte ausgeben müssen. Wer weiß, ob sich jetzt überhaupt noch Ordnung in ihre Angelegenheiten bringen ließ. »Wissen Sie zufällig, ob sie ein Testament gemacht hat?«

Maggie lächelte ironisch. »Hat Jett Sie beauftragt, mir diese Frage zu stellen? Ja, wir haben beide vor zwei Monaten unser Testament gemacht und uns darin gegenseitig als Alleinerben eingesetzt.«

»Und warum gerade vor zwei Monaten?«

»Weil da eine meiner Bekannten bei einem Verkehrsunfall ums Leben gekommen ist und kein Testament vorhanden war. Das Haus lief auf ihren Namen, und die Familie hat noch vor der Beerdigung ihre Freundin vor die Tür gesetzt. Gleichgeschlechtliche Paare haben keine Rechte, wir müssen selber sehen, wo wir bleiben. Damals wußte Moira ja noch nicht, daß sie etwas zu vererben hatte«, sagte Maggie bitter.

Nach ihrem Tod sah die Sache anders aus. Mit diesem Punkt würde ich mich noch näher beschäftigen müssen. Ich wechselte das Thema. »Micky muß sich doch aber gefreut haben, daß sie alle wieder zusammenarbeiten konnten wie in alten Zeiten.«

»Sollte man denken. Aber Moira hat erzählt, daß er sie ständig angemotzt hat. Er mochte sich wohl den Ruhm für das Album, mit dem Jett sein großes Comeback feiern wollte, nicht streitig machen lassen.«

»Dann wundert es mich eigentlich, daß sie es da oben überhaupt ausgehalten hat«, sagte ich.

»Das hat mich auch gewundert. Aber die Arbeit mit Jett reizte sie. Texten ist ihre besondere Stärke, und diesmal hat sie auch bei manchen Songs Backup gesungen. Wenn bei mir der Rubel erst rollt, hat sie gesagt, hängst du deinen Job an den Nagel, und wir setzen uns in einem netten Ort zur Ruhe, wo immer die Sonne scheint.« In Maggies Gesicht arbeitete es. Sie zog ein durchweichtes Taschentuch heraus und schnaubte sich die Nase. »Sie hat an unsere gemeinsame Zukunft gedacht, sonst wäre sie vielleicht gar nicht geblieben.«

»Waren Sie in den letzten Wochen oft mit Moira zusammen?« wollte ich wissen.

»Nein, nicht oft. Hier ist sie gar nicht mehr hergekommen. Zweimal haben wir das Wochenende in einem Hotel in Manchester verbracht. Jett war mit Tamar nach Paris geflogen. Er hatte Moira Geld gegeben und gesagt, sie sollte sich mit mir ein paar schöne Stunden machen.« In ihren Augen leuchtete es kurz auf, doch der Glanz verlosch gleich wieder. »Es waren wirklich schöne Stunden«, sagte sie leise.

»Warum waren Sie diese Woche in Colcutt?« fragte ich.

Sie sah mich verblüfft an. »Wie kommen Sie darauf?«

»Ich habe Sie gesehen. Im Morgengrauen hat Sie ein Auto fast über den Haufen gefahren, stimmt's? Das war ich. Die Wirtin im *Wappen von Colcutt* hat mir erzählt, daß Sie bei ihr gewohnt haben. Und da Sie Moira in letzter Zeit so selten gesehen hatten...« Ich ließ den Satz in der Luft hängen. Maggie war nicht dumm. Sie mußte wissen, daß es nur eine Frage der Zeit war, bis die Polizei bei ihr vor der Tür stand.

»Jetzt kapiere ich erst, wieso Sie hier sitzen. Sie wollen mir die Sache anhängen.«

Ich schüttelte den Kopf. »Ich will niemandem etwas anhängen. Ich bin auf der Suche nach Moiras Mörder.«

»Dann rate ich Ihnen dringend, ganz schnell wieder nach Colcutt Manor zu fahren. Dort hatte es jemand auf Moira abgesehen. Deshalb war ich hingefahren, ich wollte sie wieder nach Hause holen.«

Ich horchte auf. »Wie soll ich das verstehen?«

»Irgend jemand wollte ihr ans Leben. Sie haben es schon einmal versucht.«

17

Ich holte tief Luft. »Wie soll ich das verstehen?«

»Was wissen Sie über Heroinabhängigkeit?« fragte Maggie zurück.

»Was man als Laie so hört. Gehen Sie mal von einem Wissensstand Null aus.«

»Okay. Der Entzug ist die Hölle. Aber wenn ein Abhängiger es geschafft hat, redet er sich häufig ein, daß ein kleiner Schuß ihm nicht schaden könnte. Wie ein Raucher, der sich den blauen Dunst seit drei Jahren abgewöhnt hat und auf einer Party plötzlich Lust auf eine Zigarette kriegt. Nur kann das bei Heroinabhängigen sehr viel schneller zur Katastrophe führen als bei Rauchern. Irgend jemand in Colcutt Manor hat Stoff in Moiras Zimmer geschmuggelt. Alle paar Tage fand sie dort eine Spritze und genug Stoff für einen ausgiebigen Kick vor.«

Maggies Stimme war vor Zorn tief und rauh geworden.

»So was Niederträchtiges«, flüsterte ich.

»Verstehen Sie jetzt, warum mir so viel daran lag, sie da herauszuholen? Zuerst hat sie den Stoff einfach durchs Klo gespült und die Spritze in den Mülleimer geworfen. Früher oder später aber, hab ich mir gesagt, wird sie mal auf ihr Zimmer kommen und schlecht drauf sein, und wenn sie dann nicht mich als Rettungsanker hat, wird sie schwach werden. Für mich war das eine grauenhafte Vorstellung.«

Ich schluckte. Die nächste Frage war heikel. »Und warum sind Sie mitten in der Nacht abgereist?«

Maggie rollte sich die nächste Zigarette und überlegte. Ich hatte den Eindruck, daß sie das Gespräch mit mir als Generalprobe für das weit härtere Verhör betrachtete, das sie bei der Polizei erwartete. »Wir hatten abends im Pub was getrunken. In zwei Wochen, hatte Moira gesagt, sei sie mit ihrer Arbeit auf Colcutt Manor fertig, und dann wollten wir zusammen Urlaub machen. Sie hat mir fest versprochen, so lange durchzuhalten. Ich dürfe sie nicht zwingen, sich zwischen mir und ihrer Arbeit zu entscheiden. Und ich in meiner Dummheit habe nachgegeben.

Danach sind wir auf mein Zimmer gegangen und haben uns geliebt. Gegen elf ging sie, sie wollte noch mit Jett arbeiten. Ich konnte nicht schlafen. Es hört sich dumm an, ich weiß – aber ich hatte das Gefühl, daß etwas Schlimmes passieren würde. Schließlich bin ich aufgestanden, um ein bißchen durch die frische Luft zu gehen, und da hab ich oben am Haus die Polizeifahrzeuge gesehen. Mir wurde ganz schön mulmig, aber was immer da passiert war – wenn ich jetzt plötzlich vor der Tür stand und nach Moira fragte, störte ich nur. Also machte ich kehrt, ging zurück zum Pub – und wäre um ein Haar von Ihnen überfahren worden.« Maggie zündete sich ihre Zigarette an und fuhr sich mit der Hand durch das grau gesträhnte Haar.

»Vom Pub aus habe ich versucht, oben im Haus anzurufen, aber da war andauernd besetzt. Und weil ich ja doch nichts weiter tun konnte, bin ich heimgefahren. Moira wußte, daß ich sowieso heute wieder nach Hause wollte, und würde sich bestimmt sobald wie möglich bei mir melden. Und dann hab ich um halb zehn im Radio gehört, daß sie tot ist.« Jetzt ließen sich die Tränen nicht mehr zurückhalten, in Strömen liefen sie ihr übers Gesicht. Ihre Schultern zuckten.

Ich stand auf und legte behutsam einen Arm um sie, aber sie schüttelte mich ab und rollte sich zu einer Kugel zusammen. Ziemlich hilflos zog ich mich auf mein Sofa zurück und wartete geduldig, bis sie sich wieder etwas beruhigt hatte. Inzwischen ließ ich mir durch den Kopf gehen, was ich von ihr erfahren hatte. Es klang recht fadenscheinig. So wie Maggie benimmt man sich eigentlich nur, wenn man etwas zu verbergen hat. Andererseits wußte ich auch nicht, wieso sie Moira hätte umbringen sollen. Vorausgesetzt, sie hatte ihre Beziehung wahrheitsgemäß geschildert.

Nach ein paar Minuten fand Maggie irgendwie die Kraft, ihre Tränen zu trocknen und mich anzusehen. Sie räusperte sich. »Ich habe sie nicht umgebracht. Den Typ, der versuchte, sie mit Heroin kaputtzumachen, hätte ich mit Wonne abgemurkst. Aber doch nicht Moira ...«

Das klang überzeugend. Aber vielleicht war sie nur eine gute Schauspielerin? »Ich glaube Ihnen«, sagte ich und überzeugte mich damit beinah selber. »Hat Ihnen Moira sonst noch etwas erzählt – und sei es noch so nebensächlich –, was in dieser Sache von Bedeutung sein könnte?«

Maggie stand auf, schenkte sich Tee nach und runzelte nachdenklich die Stirn. »Da war eine Sache...«

»Ja?« fragte ich gespannt.

»Wahrscheinlich hat es überhaupt nichts zu bedeuten, aber gestern abend im Pub hat sie mich nach einem ihrer Bekannten aus Bradford gefragt, nach einem gewissen Freddy. Ich sollte mich mal umhören, was er jetzt so macht. Ob er irgendwelche Kontakte zu Jett hat«, sagte Maggie stockend.

»Hat sie auch gesagt, warum sie das wissen wollte?«

Maggie zuckte die Schultern. »Im Grunde war mir die Sache nicht so wichtig, deshalb habe ich nur mit halbem Ohr zugehört. Wenn ich mich recht erinnere, hat sie diesen Freddy dabei beobachtet, wie er mit einem der Bewohner von Colcutt Manor sprach. Mit jemandem, der eigentlich gar keine Veranlassung hatte, sich auf kleine Gauner wie Fat Freddy einzulassen.«

Das sah mir ganz danach aus, als wollte mich Maggie auf eine falsche Fährte locken. Hätte ich vor der Notwendigkeit gestanden, einen Verdacht von mir abzulenken, hätte ich mir wahrscheinlich eine ähnlich unbeweisbare Geschichte einfallen lassen.

»Hat sie Ihnen denn verraten, wen sie mit diesem Freddy gesehen hat?« hakte ich nach.

»Nein. Ehe sie mich einweihte, wollte sie erst wissen, was dahintersteckt.«

Daß Maggie so uninteressiert an allem war, was nicht direkt etwas mit ihrer Beziehung zu tun hatte, fand ich reichlich frustrierend. War sie denn überhaupt nicht neugierig? Hätte ich Richard gegenüber solche Andeutungen gemacht, hätte er nicht lockergelassen, bis ich ihm alles haarklein erzählt hatte. Trotzdem machte ich noch einen Versuch. »Was wissen Sie denn über diesen Fat Freddy?«

»Er ist ein Typ, der sich immer ein bißchen am Rande der Legalität bewegt. Moira kannte ihn von Bradford her, damals war er im An- und Verkaufsgeschäft und hat wohl nicht so genau hingesehen, woher das Zeug kam, mit dem er handelte. Gesehen habe ich ihn nur einmal. Moira hat zwei Trilobalanzüge bei ihm gekauft.«

»Wissen Sie, wo er wohnt?«

Maggie schnitt ein Gesicht. »Keine Ahnung. Meinen Sie wirklich, das könnte Ihnen weiterhelfen?«

»Ich glaube schon.«

»Okay. Ich versuche rauszukriegen, was er jetzt treibt, und melde mich bei Ihnen. Das wäre sicher in Moiras Sinn.«

Ich versuchte mir nicht anmerken zu lassen, wie erstaunt ich über ihre unerwartete Hilfsbereitschaft war, holte eine Visitenkarte aus meiner Brieftasche und schrieb meine Privatnummer auf die Rückseite. »Wenn Ihnen noch was einfällt oder wenn Sie etwas über Fat Freddy erfahren, rufen Sie mich bitte an. Zu jeder Tages- oder Nachtzeit.« Ich stand auf. »Schönen Dank, daß Sie mir geholfen haben.«

»Das Schlimmste habe ich noch vor mir. Und damit meine ich nicht die Polizei.« Maggies Gesicht war zu einer Maske erstarrt. »Wenn du schwul oder lesbisch bist, gönnt man dir nicht einmal die Trauer um den Partner.«

»Es tut mir leid«, sagte ich hilflos.

»Ach, lassen Sie mich doch in Ruhe mit Ihrer scheißliberalen Mitleidsmasche«, fuhr Maggie mich an. »Lassen Sie mich in Ruhe, mehr verlange ich ja gar nicht.«

Diesen Gefallen tat ich ihr gern.

Den Rest des Nachmittags verbrachte ich im Büro. Meine Notizen hatte ich auf der Rückfahrt von Leeds diktiert, mehr konnte ich im Augenblick nicht tun. Es gibt in jeder Ermittlung Phasen des Stillstands, und damit tue ich mich immer schwer. Nach Colcutt Manor zurückfahren mochte ich nicht, dort drohte nur eine weitere Konfrontation mit Jackson, ich würde mit meinem nächsten Besuch bis morgen warten, wenn die Polizei nicht mehr so präsent war und die Bewohner den ersten Schock überwunden hatten.

Zähneknirschend setzte ich mich an den Papierkram, der im Fall Smart zusammengekommen war, seit unser Klient die Akte der Polizei übergeben hatte. Ich hielt weitere Details meiner Observation fest, um der Polizei Munition für ihre Razzia zu liefern. Als ich die entsprechende Woche in meinem Kalender durchging, stieß ich auch auf die Notizen über den Fall Moira Pollock. Schweren Herzens mußte ich Maggie zustimmen: Es war im Grunde ein Jammer, daß ich sie gefunden hatte. Bill hatte schon recht: Vermißtenfälle bringen einem mehr Scherereien ein, als sie wert sind.

Bevor ich ging, nahm ich mir noch zwei Raymond-Chandler- und einen Dashiell-Hammett-Krimi aus Bills Regal. Irgendwo mußte ich mich ja schlau machen, und bei Waterstone, unserer renommiertesten Buchhandlung, hätten sie wahrscheinlich dumm geguckt, wenn ich einen Leitfaden zur Lösung von Mordfällen verlangt hätte.

Kurz nach sechs war ich zu Hause und sah mit etwas gemischten Gefühlen Richards Wagen vor der Tür stehen. Es fiel mir schwer, ihm zu gestehen, daß ich ihm etwas verheimlicht hatte, aber wenn ich während der Mordermittlung nicht ausziehen wollte, blieb mir gar nichts weiter übrig, als die Karten auf den Tisch zu legen. Bei den vielen Anrufen und Nachrichten auf dem Telefonbeantworter, die mit dem Fall zusammenhingen, hätte er sowieso sehr schnell Lunte gerochen.

Nach meinem Grundsatz, Unangenehmes möglichst rasch über die Bühne zu bringen, machte ich mir einen Drink und ging damit in den Wintergarten. Schon von weitem rockte mir die Musik aus Jetts erstem Album entgegen. Richards Wohnzimmer war leer; ich folgte dem Sound ins Arbeitszimmer. Er starrte so konzentriert auf den Schirm, daß er mich nicht kommen hörte.

Über seine Schulter las ich: »Moira bekam ihre zweite große Chance vor sechs Wochen, als sie Jetts Luxusvilla betrat. Welten liegen zwischen diesem Prunkbau und der armseligen Straße, in der sie zusammen anfingen.« Es ist schon schlimm, wie fahrlässig sogar normalerweise solide Journalisten heutzutage mit den Fakten umgehen.

Diskret tippte ich ihn an, und er lächelte zerstreut. »Hi, Brannigan.«

Ich beugte mich vor und gab ihm einen Kuß. »Schwer am Schuften?«

»Noch zehn Minuten. Hast du das von Moira Pollock gehört?« Ich nickte. »Das gibt eine Story für die *Sunday Tribune* – mit Herz und Schmerz, Farbe und Tempo. Komme gleich.«

Zehn Minuten später betrat er den Wintergarten, wo ich zusah, wie der Regen an den Scheiben herunterlief. Richard ließ sich in einen Korbsessel fallen und knackte eine Dose Bier.

»Ich muß dir was gestehen«, setzte ich an.

Richard hob die Augenbrauen. Sein Lächeln war noch genauso aufregend wie beim erstenmal. »Laß mich mal raten. Du hast zwei Tage hintereinander dieselben Klamotten angehabt. Du hast heute früh vergessen, im Wohnzimmer zu saugen. Du hast einen Joghurt gegessen, der schon zwei Tage über das Verfallsdatum raus war.«

Über diese Art von Humor kann ich beim besten Willen nicht lachen. »Es ist was Ernstes«, sagte ich.

»Warte mal, was gibt's denn da noch? Du hast den Dreckrand in der Badewanne nicht weggemacht...«

Manchmal fände ich es entschieden schöner, mit einem erwachsenen Mann zusammenzuleben.

Ich holte tief Luft. »Moira Pollock ist nicht zufällig wieder bei Jett aufgetaucht.« Anders hätte ich ihn einfach nicht dazu gebracht, richtig zuzuhören.

»Woher weißt du das?« Mit einem Schlag war er ernst geworden. Ich hatte seinen journalistischen Nerv getroffen.

»Weil ich sie hingefahren habe.«

Sein Unterkiefer klappte nach unten. »Wie bitte?«

»Ich konnte es dir damals nicht sagen, Jett hatte mich zu strengstem Stillschweigen verdonnert – und damit wohl in erster Linie an dich gedacht. Ich hatte den Auftrag, Moira für ihn zu suchen. Und jetzt hat er mich gebeten, Moiras Mörder aufzuspüren.«

Richard glotzte mich mit offenem Mund an. Er sah aus wie ein volltrunkener Schauspieler, der seinen Text vergessen hat. Nach einer Weile machte er den Mund wieder zu und schluckte. »Du willst mich durch den Kakao ziehen...«

»Nein, Richard, ehrlich...«

Er beäugte mich mißtrauisch. »Und warum erzählst du mir das jetzt? Warum hältst du dich plötzlich nicht mehr an die Vertraulichkeit?«

»Weil ich in einem Mordfall ermittle und nach jedem Strohhalm greifen muß.«

»Wer's glaubt, wird selig«, knurrte er. Aber dann siegte die journalistische Neugier. »Du, eigentlich ist das doch super. Da kannst du mir ja jede Menge Insidertips geben.«

Ich schüttelte leicht genervt den Kopf. »So läuft das nicht, Richard. Ein Beraterhonorar für dich wäre vielleicht sogar drin, aber die Katze aus dem Sack lassen wir nur für unseren Klienten. Außerdem ist das alles inzwischen sowieso schon ein alter Hut. Schließlich sitzt dein lieber Freund Neil Webster in Colcutt Manor direkt an der Quelle und erzählt den Leuten gern alles, was sie hören wollen.«

Er verbarg seine Enttäuschung hinter einem tapferen Lächeln. »Zu schade, daß der Killer nicht statt Moira dieses Arschloch aufs Korn genommen hat. Okay, Brannigan, die Sache ist geritzt. Du kannst auf meine Hilfe rechnen. Am besten fängst du ganz von vorn an und erzählst mir, wie du Moira auf die Spur gekommen bist. Wenigstens diese Story könntest du mir eigentlich exklusiv geben.«

Ich lächelte zurück. Kann sein, daß ich irgendwann mal gegen Richards Charme immun werde. Vorläufig allerdings besteht da wohl keine Gefahr.

18

Als ich am nächsten Morgen nach Colcutt Manor kam, schob dort nur noch ein Polizist Posten, und für die Reporter war halb elf entschieden zu früh. Die Herren von der Presse schienen nach ihrer Spesensause noch süß und selig zu schlafen.

Auch die Bewohner von Colcutt Manor lagen offenbar noch in den Federn. Küche, Blauer Salon, Fernsehzimmer, Speisesaal, Billardraum und Neils Büro – überall gähnende Leere. Als ich wieder in der Halle stand, kam ich mir vor wie ein Kurator vom National Trust, der an einem regnerischen Mittwoch vergeblich auf Besucher wartet.

In diesem Moment kam Gloria aus ihrem Büro. Als sie meine hohen Hacken über die italienischen Fliesen klappern hörte, fuhr sie herum. »Ach, Sie sind's«, sagte sie, charmant wie immer, machte die Tür hinter sich zu und ging an mir vorbei, als wäre ich Luft. Oder Schlimmeres.

Unbeirrt folgte ich ihr bis zur Hintertür. Sie zog ein braunes Lederblouson an und musterte mich dabei feindselig. Ich revanchierte mich mit einem nicht minder bleihaltigen Blick. In östlichen Kulturen ist bekanntlich Weiß die Farbe der Trauer, aber eine Kultur, in der man seinem Kummer mit einem rotweißen Jogginganzug Ausdruck verleiht, ist mir nicht bekannt. Na ja, Walküren sehen das vielleicht anders.

»Ich kann mich nicht aufhalten«, sagte sie knapp, öffnete die Hintertür und ging auf die Stallungen zu.

»Ich kann mir vorstellen, daß Sie jetzt alle Hände voll zu tun haben. Allein an die Vorbereitungen für die Beerdigung...«

Immerhin hatte sie den Anstand, rot zu werden. Sie zappte mit dem schwarzen Kästchen am Schlüsselring das Garagentor an, das sich lautlos öffnete.

»Darum kümmert sich Moiras Mutter. Jett wäre diesem Streß nicht gewachsen.«

Während Mrs. Pollock die Belastung ohne weiteres zuzumuten ist, dachte ich, aber ich hielt den Mund. Das Klima hier war schon schlecht genug. »Wenn das so ist«, sagte ich und folgte ihr unbeirrt zu einem VW Golf, »haben Sie sicher ein paar Minuten Zeit, um mir ein paar Fragen zu beantworten.« Sie klemmte sich wortlos hinters Steuer und ließ den Motor an. Hätte ich nicht im letzten Augenblick einen Satz nach hinten gemacht, wäre sie mir glatt über die Zehen gefahren.

»Luder«, rief ich dem GTI nach, der aus der Garage donnerte und mir die Lungen mit Auspuffgasen füllte. Einen Augenblick zögerte ich noch, aber so was kann man mit mir einfach nicht machen. Ich lief zurück ins Haus und durch die Halle, sprang in meinen Nova und bretterte in einem Affentempo über die Auffahrt. Am Tor sah ich gerade noch Gloria nach rechts abbiegen.

Bis ich sie einholen konnte, war sie verschwunden. Ich gab Gas, raste wie eine Verrückte über die kurvenreichen kleinen Straßen und konnte nur beten, daß sie nicht auf einen der schmalen Wege eingebogen war, die immer wieder rechts und links abgingen. Ich war schon fast auf der Hauptstraße, als ich sie über ein Feld hinweg erspähte. Sie fuhr Richtung Wilmslow.

»Jetzt hab ich dich«, triumphierte ich und setzte mich auf ihre Spur. Wahrscheinlich kannte sie meinen Wagen nicht, aber sicherheitshalber hielt ich etwas Abstand.

Sie fuhr zielbewußt, geschickt von einer Spur auf die andere wechselnd. Kurz vor der Stadtmitte bog sie ohne Blinker nach links ab und zwang mich dazu, in einem haarsträubenden Manöver einem Reisebus auszuweichen, der einen durch seine schiere Größe das Fürchten lehren konnte. Ich fand mich in einer schmalen Straße mit Reihenhäusern wieder, die ich um einiges schneller als erlaubt herunterjagte, wobei ich an den Kreuzungen Gas wegnahm für den Fall, daß sie irgendwo abgebogen war. Ich war fast am Ende angekommen, da wendete sie und raste wieder zurück. Wäre ich nicht in letzter Minute ausgewichen, hätte sie mich gerammt. Offenbar hatte sie es darauf angelegt, mir zu zeigen, daß sie mich entdeckt hatte. Mit quietschenden Reifen – wieder tausend Meilen Lebensdauer weniger – riß ich das Steuer herum. An der Kreuzung sah ich gerade noch, wie sie weiter in Richtung Wilmslow fuhr. Während ich an der Ampel wartete, bog sie rechts in Sainsbury's Supermarkt ein. Ich fand einen Parkplatz am hinteren Eingang. Schon dachte ich, sie wäre mir durch die Lappen gegangen, aber dann sah ich sie am Parkscheinautomaten stehen und ging ihr nach.

Ich kam mir ziemlich blöd vor, als sie tatsächlich den Supermarkt betrat und sich einen Wagen nahm. Vielleicht, tröstete ich mich, hat sie dich entdeckt und versucht, dich auf eine falsche Fährte zu locken, aber als sie bis zu den Frühstücksflocken gekommen und ihr Wagen fast voll war, mußte ich mir eingestehen, daß ich wohl überreagiert hatte. Ich stellte mich neben sie, als sie nach einer Packung Müsli griff.

»Ich hatte Sie gebeten, mir ein paar Fragen zu beantworten«, sagte ich ganz freundlich. Sie zuckte heftig zusammen, und ich setzte hinzu: »So war es nämlich gestern mit Jett ausgemacht.«

Sie wußte offenbar nicht recht, was sie machen sollte. Einerseits hätte sie mich natürlich am liebsten in der Luft zerrissen, andererseits wußte sie genau, daß ich dann sofort zu Jett laufen und ihm erzählen würde, wie sie mich an der Nase herumgeführt hatte. Ihre Ehrfurcht vor dem großen Boß gab den Ausschlag. »Sie haben Zeit bis zur Kasse«, sagte sie bissig.

»Kann sein, daß ich länger brauche, aber ich werde mich beeilen«, versprach ich. »Wo waren Sie vorgestern zwischen elf und zwei?«

»Das habe ich doch alles schon der Polizei erzählt«, maulte sie und rollte ihren Wagen weiter.

»Um so besser. Dann brauchen Sie ja jetzt nicht mehr lange zu überlegen.«

Gloria kniff wütend die blauen Augen zusammen. Wenn Blicke töten könnten, hätten die Maishähnchen im Kühlregal in diesem Augenblick das Verfallsdatum erreicht. »Bis Viertel vor zwölf habe ich mir im Fernsehraum die *Late Show* von BBC 2 angesehen. Dann hab ich im Büro den Anrufbeantworter abgehört, und weil niemand eine Nachricht hinterlassen hatte, bin ich gleich auf mein Zimmer gegangen und habe mich hingelegt. Ich habe noch eine Weile gelesen, und dann ging der Summer vorn am Tor.«

»Sie waren erstaunlich schnell unten«, stellte ich fest.

»Mein Schlafzimmer ist gleich an der Treppe«, sagte sie ziemlich patzig.

»Haben Sie denn keinen Fernseher im Zimmer?«

»Doch, aber der hat kein Stereo, und ich wollte mir eine bestimmte Band anhören. Und damit Sie nicht eigens fragen müssen: Ich hab nur Kevin gesehen. Er hat sich im Fernsehzimmer mit mir die Band angehört, dann ist er gegangen. Und wenn das alles ist, darf ich jetzt wohl weitermachen.«

Ich schüttelte den Kopf. »Das ist noch lange nicht alles, Gloria. Warum hassen Sie Moira so sehr?«

»Ich habe sie nie gehaßt«, platzte Gloria heraus. Die Frau neben ihr, eine typische Waschmittelmutti aus der Fernsehreklame, fand das so spannend, daß sie hinter uns herlief, bis Gloria ihr einen giftigen Blick zuwarf und näselte: »Ich muß doch sehr bitten!«

Ein paar Schritte weiter sagte sie: »Es paßte mir nicht, was im Haus lief, seit sie da war. Vorher haben wir uns alle gut verstanden, aber jetzt gab es ständig Zoff und Sticheleien. Sie hat Jett echt genervt mit ihren ständigen Forderungen. Alles mußte nach ihrer Nase gehen.«

»Sie weinen Moira also keine Träne nach, was?«

Gloria knallte den Weichspüler in den Wagen. »Sie verdrehen einem das Wort im Munde. Ich will gar nicht leugnen, daß sie meiner Meinung nach nicht gut für Jett war. Aber wie sie gestorben ist, das ist mir schon unter die Haut gegangen. Ich weiß, daß Sie mich nicht leiden können, Miss Brannigan, aber deshalb brauchen Sie mir noch lange keinen Mord anzuhängen.«

In diesem Augenblick tat sie mir fast leid. Gloria war zu jung, um sich zur Sklavin eines launischen Rockstars zu machen. Sie hätte das Leben genießen sollen, statt sich mit Leuten herumzuärgern, von denen jeder dem anderen nicht das Schwarze unter den Fingernägeln gönnte. Eine qualifizierte Sekretärin zum Einkaufen in den Supermarkt zu schicken – wer macht denn so was? Außerdem wäre dafür eine Frau aus dem Dorf bedeutend billiger gekommen.

»Wie lange sind Sie schon bei Jett?« fragte ich, um sie wieder versöhnlicher zu stimmen.

»Drei Jahre und fünf Monate«, verkündete sie stolz. »Ich war bei seiner Plattenfirma angestellt, und als ich hörte, daß er eine Sekretärin sucht, habe ich mich beworben. Inzwischen hat sich mein Aufgabengebiet enorm erweitert. Heute betreue ich seinen ganzen Terminkalender.«

Bei dieser Vorstellung tat mir eher Jett leid. Rasch und in der Hoffnung, sie zu überrumpeln, wechselte ich das Thema. »Als ich Ihnen von Moiras Tod erzählte, waren Sie offenbar überzeugt davon, daß sie Drogen nahm. Wie kamen Sie darauf?«

Gloria wich meinem Blick aus. »Lag das nicht nahe? Wir wußten doch alle, daß sie mal abhängig gewesen war und bei der ersten besten Gelegenheit wieder an der Nadel hängen würde.«

»Und haben Sie ihr zu dieser ›ersten besten Gelegenheit‹ verholfen?« Ich beugte mich vor, um das Nußsortiment zu begutachten. Gloria war mir so nah, daß ich ihr frisches Zitrusparfüm riechen konnte.

»Nein«, stieß sie erschrocken hervor.

»Irgend jemand aus dem Haus hat aber genau das getan, Gloria.«

»Aber nicht ich«, beteuerte sie. »Das müssen Sie mir glauben. Wenn sie was genommen hat, dann freiwillig. Wieso sollte sie denn sonst meine Spritzen klauen?«

19

Sprachlos sah ich Gloria an. Halb gab sie meinen Blick triumphierend, halb trotzig zurück. »Was soll das heißen?« stammelte ich nach einer Weile.

»In den letzten vier Wochen hat mir irgendwer dauernd meine Spritzen geklaut.«

»Spritzen?« jaulte ich auf. So dramatisch ist es in der Delikatessenabteilung von Sainsbury's bestimmt noch nie zugegangen.

»Ich bin Diabetikerin und muß Insulin spritzen. Auf meinem Zimmer hab ich einen Vorrat an Einwegspritzen. Drei- oder viermal fehlten zwei. Ich passe da nämlich immer sehr auf, damit sie mir nicht plötzlich ausgehen.«

Ich holte tief Luft. »Und wie kommen Sie darauf, daß Moira sie hat mitgehen lassen?«

Sie zuckte die Achseln. Die Einkäufe waren vergessen. Wir waren bis zum Ende des Ganges gerollt, ließen aber das Getränkeangebot unbeachtet.

Gloria senkte die Stimme. »Wer außer Junkies interessiert sich schon für Injektionsspritzen? Und auch wenn die Rockszene einen schlechten Ruf hat – hier im Haus ist keiner abhängig. Jett ist strikt gegen Drogen jeder Art. Schön, gesnieft wird schon mal ein bißchen. Aber mit H lassen sie sich nicht ein. Was dabei rauskommt, sieht man ja an Moira.«

»Hatten Sie noch andere Gründe dafür, Moira zu verdächtigen?«

»Ehe sie im Haus war, sind mir noch nie Spritzen weggekommen. Und eines Tages hab ich sie dann vor meiner Tür erwischt, sie hatte die Hand schon auf dem Türknauf und wollte sich angeblich nur ein Buch ausleihen. Aber darauf bin ich natürlich nicht reingefallen.«

»Und hat sie sich ein Buch ausgeliehen?«

»Ja«, räumte Gloria widerwillig ein. »Die neue Judith Krantz.«

»Hat sie sich öfter Bücher bei Ihnen geliehen?«

Gloria zuckte die Schultern. »Ein- oder zweimal...«

»Und wußte sie, daß Sie zuckerkrank sind?«

»Das ist kein Geheimnis. Gesprochen haben wir allerdings nie darüber.«

Die nächste Frage war ebenso naheliegend wie heikel. »Wer kommt denn sonst noch so in Ihr Zimmer, Gloria? Gelegentlich oder auch regelmäßig, meine ich...«

»Ich verbitte mir diese Unterstellungen!« zeterte Gloria.

»Von Unterstellungen kann keine Rede sein. Ich habe eine klare Frage gestellt und bitte um eine ebenso klare Antwort.«

Gloria mied geflissentlich meinen Blick. »Zu mir kommt keiner. Außer der Putzfrau. Ja, und dann war eben ein- oder zweimal auch Moira da...«

Jetzt tat sie mir wieder leid. Von unerwiderter Liebe wird der Mensch nicht satt. »Daß Moira nicht an einer Überdosis gestorben ist, steht fest. Wer könnte ein Interesse daran gehabt haben, sie zu beseitigen?«

»Woher soll ich das wissen?« blaffte Gloria.

»Weil Sie die besten Möglichkeiten haben, Theorien zu entwickeln. Sie sind mittendrin, Sie besitzen Jetts Vertrauen. Es dürfte kaum etwas in Colcutt Manor geben, was Sie nicht mitbekommen.«

Wenn du etwas erreichen willst, kannst du den Leuten den Honig gar nicht dick genug ums Maul schmieren.

Auch Gloria zeigte Wirkung. »Also wenn Sie mich fragen – da fällt mir sofort Tamar ein«, sagte sie giftig. »Wenn Jett nicht so ein wirklich guter Mensch wäre, hätte er sie schon vor Wochen weggeschickt. Andauernd gab es Zoff zwischen den beiden, und als Moira dann aufkreuzte, war Tamar natürlich abgemeldet. Jett braucht eine Frau, die ihn versteht. Eine, die begreift, wie sehr ihn seine Arbeit in Anspruch nimmt. Tamar will einfach Spaß haben, für sie ist Jett nur Mittel zum Zweck. Als Moira wieder da war, hat er begriffen, daß Tamar nicht die Richtige für ihn ist, man hat richtig gemerkt, wie er sie beiseite geschoben hat. Aber jetzt ist Moira tot, und Tamar zappelt sich ab, um wieder in Gnade aufgenommen zu werden.«

Das war für Glorias Verhältnisse eine lange Rede, und wäre die Situation nicht so verdammt ernst gewesen, hätte ich mich bestimmt darüber amüsiert, wie heftig, aber vergeblich sie sich darum bemühte, das alles möglichst objektiv rüberzubringen. Ich nickte weise. »Ja, das leuchtet mir ein. Aber glauben Sie wirklich, Tamar hätte so eine Gewalttat fertiggebracht?«

»Die bringt alles fertig«, befand Gloria. »Als sie ihre Stellung im Haus bedroht sah, hat sie eben spontan zugeschlagen.«

»Wie steht es mit den anderen?« fragte ich. »Mit Kevin zum Beispiel. Oder mit Micky...«

»Kevin war auch nicht glücklich über Moiras Rückkehr. Er hatte Angst, die Presse könnte Einzelheiten über ihre Vergangenheit ausgraben und Jett damit Schwierigkeiten machen. Und sie hat ihn ständig mit Geldangelegenheiten genervt und anklingen lassen, daß er sich ihren Anteil unter den Nagel gerissen hätte. Absolut lächerlich natürlich. Hätte Kevin irgendwelche krummen Touren gemacht, hätte Jett das doch schon vor Jahren rausgekriegt und ihn gefeuert. Kevin brauchte Moiras absurde Beschuldigungen nicht zu fürchten. Weshalb hätte er sie also umbringen sollen? Gerade durch den Mord sind ja erst die Gerüchte hochgekocht, die er unter der Decke halten wollte.«

»Und Micky?«

»Was würden Sie sagen, wenn jemand, der seit Jahren nicht mehr im Geschäft ist, plötzlich daherkommt und Ihnen Vorschriften machen will? Moira war nämlich eine richtige Nervensäge. Sie hatte ihre eigenen Ideen, und wehe, die anderen richteten sich nicht danach. Micky hat mir echt leid getan. Sie hat Jett immer zugesetzt, daß er wegen des Albums ihre Partei ergreift, und weil er Angst hatte, sie könnte sonst wieder ihre Koffer packen, hat er gemacht, was sie wollte. Aber Micky hätte sie nie umgebracht. Sie hat ihn manchmal total verrückt gemacht, aber karrieremäßig konnte sie ihm nichts anhaben.« Gloria steuerte zielstrebig die Kasse an, offenbar fest entschlossen, nichts weiter rauszulassen.

»Noch eine letzte Frage.« Ich versperrte ihr den Weg, so daß sie ihren Einkaufswagen scharf abbremsen mußte. »Sie sagten vorhin, daß auf Colcutt Manor gesnieft wird. Wer nimmt dort Kokain?«

»Darüber spreche ich nicht«, sagte sie patzig und starrte auf das Kochbuchangebot neben uns.

»Lassen Sie die Ziererei, Gloria. Früher oder später erfahre ich es ja doch. Und wenn alle Stricke reißen, gehe ich zu Jett.« Allmählich hatte ich dieses Hin- und Hergezerre satt.

Gloria hätte mit ihren Blicken wohl am liebsten ein Häufchen Asche aus mir gemacht. Wer läßt sich schon gern erpressen? »Fragen Sie Micky«, sagte sie widerstrebend.

»Worauf Sie sich verlassen können. Ich danke Ihnen für dieses Gespräch, Gloria. Keine Bange, ich werde Jett erzählen, wie rührend Sie mich unterstützt haben.« Ich lächelte freundlich und ging. Ein Wunder, daß mich der Supermarktdetektiv nicht abgegriffen hatte. Zwei verrückte Frauen, die sich aufführen wie in einem Fernsehkrimi – wann gab's das schon mal in einem friedlichen Landstädtchen wie Wilmslow?

Auf dem Parkplatz mußte ich feststellen, daß mir ein übereifriger Parkwächter noch eine Sonderfreude gemacht hatte. Ich zog den Strafzettel ab, knüllte ihn zusammen und warf ihn in den Wagen. Richard hat mich wohl mit seinen Tendenzen zur Umweltverschmutzung schon angesteckt. Sehr motzig gestimmt, rollte ich in Richtung Colcutt.

Als ich an einer Ampel halten mußte, sah ich Kevin, der gerade aus der Bank kam. Ich wollte schon hupen, um mich bemerkbar zu machen, aber zum Glück waren meine Reflexe an diesem Vormittag nicht so ganz auf der Höhe, denn im gleichen Moment kam ein bulliger Typ in gefütterter Lederweste über einem marineblauen Polohemd auf ihn zu, der unter den knallengen Levi's ersichtlich die Boxershorts weggelassen hatte. Ich griff nach meinem Tonbandgerät und drückte die On-Taste. »Männliche Person, weiß, Mitte Vierzig, glattes, ziemlich gelichtetes graues Haar, anständig geschnitten. Breiter Mund, Hamsterbacken, Bierbauch.« Die Ampel sprang um, ich mußte weiter. Im Anfahren sah ich noch das protzige Blinken einer Rolex am Handgelenk von Kevins Kumpel und einen dicken braunen Briefumschlag, der auf der Vortreppe zur Bank den Besitzer wechselte. Kevin konnte alle möglichen Gründe haben, den Typ bar auszuzahlen, aber astrein waren sie bestimmt alle nicht.

Ich bog nach rechts in eine schmale Seitenstraße ab und fuhr zurück bis zur Ampel. An der Kreuzung bremste ich und sah mich rasch nach Kevins Kontaktmann um. Ich entdeckte ihn an der Ladenzeile gegenüber, als er Kurs auf den Parkplatz des Freizeitzentrums nahm. Ein ungeduldiger Fahrer hinter mir hupte, ich riskierte einen Schlenker nach links, bog dann ab in Richtung Freizeitpark, fuhr rückwärts in eine Seitenstraße und wartete. Ich war froh, daß ich meinem Gefühl gefolgt war und den Typ nicht die ganze Zeit im Auge behalten hatte. Wenig später schoß ein roter XJS an mir vorbei. Der Mann am Steuer war unverkennbar Kevins Kumpel. Ich wartete, bis er sich in den Verkehr Richtung Manchester eingefädelt hatte, dann setzte ich mich mit einigen Wagenlängen Abstand auf seine Spur.

Leute wie er, die am Steuer den großen Zampano spielen, weil sie in einem echten Jaguar sitzen (wenn auch in einem, der gut und gern seine vier Jahre alt war) statt in einem aufgemotzten Japsen, sind nicht leicht zu verfolgen. Ich sah ihn förmlich vor mir, wie er in der Weinbar große Reden schwang. Ganz ähnlicher Typ wie Kevin, dachte ich.

Er fuhr wie einer, der ernsthafte Sexprobleme hat – mit Lichthupe, gefährlichem Anschneiden und Überholen an den unmöglichsten Stellen. Interessanterweise brauchte ich, obgleich ich nicht anders fuhr als sonst, keine Angst zu haben, daß er mich abhängte. In Cheadle überfuhren wir die rote Ampel, und dann schoß er in Kamikazemanier quer über drei Spuren auf die Autobahnausfahrt zu. Ich gab ein Kraftwort von mir, von dem Vater meint, daß eine Frau es nie in den Mund nehmen dürfte, machte es ihm nach und betete, daß er nicht zu oft in den Rückspiegel sah.

Auf der Autobahn legte er dann richtig los. Entweder war er nicht von hier, oder er kümmerte sich einen feuchten Kehricht um die Videokameras, die alle paar Meter an der Autobahn angebracht sind und die Raser blitzen. Ich wurde zu einer Fahrweise gezwungen, bei der mir der kalte Angstschweiß ausbrach. Rücksichtslos drängten wir andere Verkehrsteilnehmer ab und lieferten uns Wettrennen mit dicken Lastern. Langweilig war die Fahrt keine Minute.

Als der Verkehr dichter wurde, ließ die Hektik etwas nach. Bis wir die M 62 erreicht hatten, war mein Angstschweiß getrocknet, und mein Atem ging wieder normal. Ich schob Sinead O'Connor ins Kassettendeck und machte mir so meine Gedanken über den Jaguarfahrer mit dem dicken Umschlag voller Scheine. Er sah nicht direkt so aus wie ein schwerer Junge oder ein Auftragskiller – eher wie jemand, dem man schon den einen oder anderen Kontakt zur Unterwelt zutraut. Bei Hartshead Moor stellte ich fest, daß ich dringend tanken mußte, und fing wieder an zu schwitzen. Wenn er nur bis Bradford wollte, war alles paletti. Bis Leeds würde ich es mit knapper Not schaffen. Falls mein Jaguar Wakefield oder Hull anpeilte, würde mich früher oder später der AA abschleppen müssen.

Glück muß der Mensch haben. Er setzte sich wieder, selbstmörderisch alle drei Spuren kreuzend, auf die Ausfahrt nach Bradford, und ich blieb auf der inneren Spur und ihm auf den Fersen. Durch den dichten Verkehr auf der Umgehungsstraße folgte ich ihm bis Brigley, und da ging er mir dann doch noch durch die Lappen. Er jagte bei Rot über eine Kreuzung, während ich brav an der Ampel hielt. Hilflos mußte ich mit ansehen, wie er eine halbe Meile vor mir rechts abbog. Als ich zur Ecke kam, war er natürlich längst über alle Berge. Mit einer Mordswut im Bauch steuerte ich die nächste Tankstelle an.

Ich hatte schon den Blinker gesetzt, um wieder in Richtung Autobahn zu fahren, als ich mich anders besann. Nicht klein beigeben, Brannigan. Da bist du quer über die Pennines gejagt und hast an einem Vormittag am Steuer mehr riskiert als sonst in einer Woche – und jetzt willst du einfach das Handtuch werfen? Zwei Tage in der Rock- und Rauschszene, und du leidest schon an der gleichen Gehirnerweichung wie die Typen, die sich darin tummeln.

Ich fuhr zurück zu der Ecke, an der ich ihn verloren hatte, und rollte im Schrittempo weiter. Ein paar Meter hinter der Hauptstraße begann ein Gewirr von Gassen und Durchgängen, idealer Tummelplatz für zwielichtige Existenzen. Reihenhäuschen, kleine Lagerhäuser, hier und da eine kleine Fabrik, frühere Tante-Emma-Läden, die jetzt Autoteile verkaufen, Garagen, in denen alles mögliche stehen mag, nur keine Autos. Dank der Smart-Brüder kannte ich mich hier inzwischen auch ohne Karte ziemlich gut aus, was mir auf der Suche nach dem roten Jaguar sehr zupaß kam.

Trotzdem hätte ich ihn um ein Haar verfehlt. Im Vorbeifahren nahm ich aus dem Augenwinkel etwas Rotes wahr und war an dem schmalen Durchgang schon vorbei, ehe mein Kopf die Tatsache registriert hatte. Ich hielt und ging langsam zurück. Der Jaguar stand vor dem rückwärtigen Eingang zu einem zweigeschossigen Haus und blockierte den Durchgang so weit, daß sich mit knapper Not noch eine Person durchschieben konnte. Ich zählte die Häuser bis zum Ende des Durchgangs ab und ging weiter bis zur Ecke.

Das Haus war früher ein Ladengeschäft mit zwei Schaufenstern gewesen. Jetzt waren die Scheiben mit weißer Farbe überstrichen, die Ladenschilder verwittert und unleserlich geworden. Vor dem Geschäft wartete ein Transitlieferwagen mit offenem Laderaum. Ich hatte das Geschäft fast erreicht, als die Tür aufging und ein junger Mann unsicher auf den Lieferwagen zugewackelt kam. Sehen konnte er mich nicht, weil er einen Stapel von vier Kartons balancierte. »Bißchen weiter nach links«, sagte ich.

Er grinste dankbar und machte einen Schritt zur Seite. Der oberste Karton kam ins Rutschen, ich griff zu und bekam ihn gerade noch zu fassen.

»Schönen Dank auch.« Keuchend schob er die Kartons auf den Transit. Dann trat er zurück und stand, die Hände auf die Hüften gestützt, mit hängendem Kopf da.

»Was haben Sie denn da drin? Backsteine?« ulkte ich und half ihm, den letzten Karton zu verstauen.

Er sah auf. »Designerklamotten. Topqualität. Nicht das Zeug, das sie auf den Märkten verhökern. Sie kriegen 'n Ansichtsexemplar. Als Dankeschön.« Er zwinkerte mir zu. Ich folgte ihm. Rechts von mir waren Kartons bis zur Decke gestapelt, dahinter standen an langen Tischen Frauen, die Trilobalanzüge zusammenlegten, in Plastikhüllen schoben und in Kartons packten.

Links ratterten zwei Maschinen. Die eine bedruckte T-Shirts, die andere bestickte Freizeitanzüge. Ich hätte mich gern noch näher umgesehen, aber da lenkte der Fahrer des Lieferwagens die Aufmerksamkeit aller Anwesenden auf mich, indem er röhrte: »Ej, Freddy!«

Aus einem kleinen Büro am hinteren Ende des Lagerraums kam mein Jaguarfahrer. »Was'n los, Dazza?« fragte er mit tiefer Stimme und deutlichem Cockney-Akzent.

»T-Shirt für die Dame.« Dazza deutete auf mich. »Hat meine Ware vor der Gosse gerettet.«

»Könnt' sie ja vielleicht bei dir auch mal versuchen«, grunzte Freddy. Er sah mich abschätzend an, dann nahm er von einem Klapptisch vor seinem Büro ein weißes T-Shirt, warf es Dazza hin, drehte sich auf dem Absatz um und machte die dünne Tür mit Nachdruck hinter sich zu.

»Der hat wohl Charme und Anmut in der Schule von Mark Tyson gelernt?« sagte ich zu Dazza.

»Das dürfen Sie Fat Freddy nicht krummnehmen«, sagte der. »So ist er immer bei Leuten, die er nicht kennt. Hier, für Sie.«

Ich schüttelte das zusammengelegte T-Shirt aus. Ernst und grüblerisch war sein Blick auf mich gerichtet. In grellem Blau prangte über der Brust das *Midnight-Stranger*-Logo aus seinem letzten Album und den Werbeposters für die Tour. Jett, der auf diesem T-Shirt mit seinem Konterfei für sich Reklame machte, wurde offenbar in Bradford kräftig abgezockt.

20

Ich saß im Wagen und betrachtete sehr nachdenklich das T-Shirt. Noch wußte ich nicht so recht, was das alles zu bedeuten hatte. Wenn Kevin für das sogenannte Merchandising – die Vermarktung von Werbeträgern, die Jetts Bild und Namen trugen – zuständig war, konnte im Grunde niemand etwas dagegen haben, daß er Fat Freddy einschaltete, auch wenn dessen Geschäfte ansonsten vielleicht nicht so ganz astrein waren. Ich mußte unbedingt herausfinden, ob das T-Shirt, das ich in der Hand hielt, echt oder eine Fälschung war.

Auch mußte ich Maggie anstandshalber sagen, daß ich auf ihre Hilfe nicht mehr angewiesen war. Ich überlegte, ob ich sie anrufen sollte, entschied mich aber dann für ein persönliches Gespräch. Vielleicht rückte sie doch noch mit der einen oder anderen interessanten Information heraus, und bis zu ihr waren es mit dem Wagen nur zwanzig Minuten.

Bei Maggie war alles unverändert – bis auf den Tuff weißer und roter Tulpen, die inzwischen vor der Haustür aufgeblüht waren. Bei diesem Anblick mußte ich unwillkürlich an Moira denken, was ich bisher geflissentlich vermieden hatte. Der Gedanke, daß ich sie vielleicht ihrem Mörder sogar frei Haus geliefert hatte, nagte an mir, aber wenn ich meine Gewissensbisse nicht verdrängte, würde ich diesen Auftrag nie durchziehen können. Noch immer hatte ich im Ohr, wie erschütternd sie *Private Dancer* gesungen hatte, und das machte es mir nicht leichter, jetzt ihrer Freundin gegenüberzutreten.

Ich drückte auf den Klingelknopf. Und wartete. Klopfte. Und wartete. Sah durch den Briefschlitz. Kein Licht, kein Lebenszeichen. Ehe ich einen Zettel schrieb, wollte ich es noch mal bei den Nachbarn versuchen. Im Nebenhaus lief Opernmusik. Ob über der grellen Sopranstimme, die mir durchs Hirn ging wie der Draht eines Käseschneiders, jemand die Haustürklingel hören würde, erschien mir mehr als fraglich.

Doch dann verstummte der Gesang wie abgeschnitten. Mir klangen immer noch die Ohren. Die Tür ging auf. Vor mir stand der Mann mit den netten blauen Augen. Ich lächelte ihm zu, aber er sah mich ablehnend an. Zu meiner eigenen Überraschung wußte ich sogar noch, wie er hieß.

»Hi, Gavin«, sagte ich.

Er nickte. Sein Gesicht verfinsterte sich noch mehr. »Schau an, die Supernase.« Eine Feststellung, keine Frage. Lieber gar nicht erst darauf eingehen...

»Ich wollte zu Maggie. Wissen Sie zufällig, wann sie zurückkommt?«

»Sie sind zu spät dran.«

»Wieso?«

»Vor zwei Stunden haben die Cops sie geholt. Sie hat mir noch schnell Bescheid sagen können, damit ich die Katze füttere. Sieht aus, als ob sie so bald nicht wiederkommt. Ihre Freunde, die Bullen, haben sich's offenbar leichtgemacht.«

Die Bullen sind nicht meine Freunde, hätte ich gern gesagt, und auch die Frage, ob sie einen guten Anwalt hatte, lag mir auf der Zunge. Aber zunächst fragte ich nur: »Wissen Sie, wohin man sie gebracht hat?«

Er nickte zögernd. »Vor einer halben Stunde habe ich Bescheid bekommen. Polizeiwache Macclesfield. Ich hab wegen eines Anwalts gefragt, aber da hat's geheißen, das würde man mit Maggie selber klären.«

»Danke. Ich werde mich ein bißchen um sie kümmern.«

»Sie haben schon grad genug für Maggie getan«, sagte er böse.

Ich schluckte kurz, dann drehte ich mich um und ging zurück zu meinem Wagen.

Der schnellste Weg war über die Autobahn. Ich rief von einer Raststätte aus in Macclesfield an. Das hätte ich vielleicht nicht tun sollen, denn ich wurde prompt mit Cliff Jackson verbunden.

»Freut mich, daß Sie anrufen«, blaffte er. Von Freude keine Spur. »Ich muß mit Ihnen reden.«

»Was kann ich für Sie tun, Inspector?« Aus vierzig Meilen Entfernung die Beflissene zu spielen ist kein Kunststück.

»Leute, die sich einbilden, sie könnten die Polizei erfolgreich bei der Arbeit behindern, kann ich nicht vertragen. Noch so ein Trick, Miss Brannigan, und Sie sitzen in der Zelle. Und wie Sie von Ihrem Jurastudium her vielleicht noch wissen, kann ich Sie sechsunddreißig Stunden festhalten, ehe ich Anklage wegen Behinderung polizeilicher Ermittlungen erhebe.« Hoffentlich hat ihm das Herumbullern wenigstens gutgetan, dachte ich, dann fühlt er sich bestimmt jetzt besser als ich.

»Wenn ich wüßte, Inspector, was Sie so genervt hat, könnte ich Ihnen möglicherweise gewisse Zusagen im Hinblick auf mein künftiges Verhalten geben«, sagte ich in schönstem Juristenjargon.

»Was mich so genervt hat, wollen Sie wissen? Daß Sie ganz zufällig vergessen haben zu erwähnen, daß sich Maggie Rossiter zu dem Zeitpunkt, als Moira Pollock ums Leben kam, in unmittelbarer Nähe von Colcutt Manor herumgedrückt hat.«

»Dazu ist zu sagen, daß ich damals die Todeszeit noch gar nicht kannte. Daß sie eine gute Stunde, nachdem Jett und ich die Tote gefunden hatten, dort in der Gegend unterwegs war, erschien mir nicht von Belang.«

»Keine Spiegelfechterei, Miss Brannigan. Wenn Sie mir noch einmal bei meinen Ermittlungen dazwischenfunken oder wenn ich feststellen muß, daß Sie Beweismaterial unterschlagen, werde ich Sie so hart anfassen, daß Ihnen das Wasser in den Augen steht. Das ist keine leere Drohung. Alles klar?«

»Wie Kloßbrühe, Inspector.«

»Gut. Im übrigen möchte ich mich auch noch mal mit Ihnen über Ihre Darstellung der Ereignisse in der Mordnacht unterhalten. Für eine Frau, die sich offenbar ansonsten sehr viel auf ihre Intelligenz einbildet, ist diese verschwommene Darstellung zumindest erstaunlich. Ich erwarte Sie morgen früh um neun in meinem Büro.«

Ehe ich protestieren konnte, hatte er aufgelegt. Von jetzt an konnte eigentlich alles nur noch besser werden.

»Nur hereinspaziert, Kate!« rief Neil, als ich in sein Büro kam. Ich hatte beim Betreten des Hauses gerade noch flüchtig seinen Rücken gesehen und war ihm nachgegangen.

Jetzt stand er am Schreibtisch und schenkte sich mit verschwiemeltem Blick aus einer Thermoskanne Kaffee ein. »Auch einen?« fragte er. »Milch kann ich Ihnen leider nicht bieten.«

»Macht nichts, ich trinke ihn auch schwarz.« Er holte aus dem Schreibtisch einen zweiten Becher und schenkte ein.

»Ein bißchen was zum Aufwärmen?« Ich winkte dankend ab und sah leicht angewidert zu, wie er eine Flasche Grouse Whisky aus dem Schreibtisch holte und einen kräftigen Schuß in seinen Becher gab. Er nahm einen tiefen Zug, und während das Zeug durch seine Gurgel rollte, wurde sein Blick langsam wieder klar. »Gut, so ein Schluck«, seufzte er zufrieden.

Er ließ sich schwer in einen Ledersessel fallen und brachte ein schiefes Lächeln zustande. »Und wie geht's unserer Supernase? Haben Sie den Täter schon im Visier?«

»Noch nicht.« Ich setzte mich auf den Schreibtischstuhl. Sollte ich ihm von Maggies Verhaftung erzählen? Einerseits wollte ich nicht, daß er sich an dieser Story bereicherte, andererseits hätte ich es Inspector Jackson durchaus gegönnt, sich damit in aller Öffentlichkeit lächerlich zu machen, denn daß er auf das falsche Pferd setzte, würde sich ja sehr bald herausstellen. Wenn ich mich zwischen Neil und Jackson entscheiden mußte, war es mir aber dann doch lieber, Neil hängenzulassen. Deshalb sagte ich nur:

»Ich habe ja mit den Ermittlungen gerade erst angefangen. Und wenn sich dabei alle so anstellen wie Gloria, kann ich gleich wieder einpacken.«

Neil verzog das Gesicht. »Die schöne Gloria ist weiß Gott ein harter Brocken. Aber falls Sie sich auch für Klatsch und Tratsch interessieren – da sind Sie bei mir an der richtigen Adresse. Mein enzyklopädisches Wissen über die Bewohner von Colcutt Manor steht uneingeschränkt zu Ihrer Verfügung.« Als er mein Gesicht sah, prustete er los. »Ganz schöner Schock, mal auf einen Mitmenschen zu stoßen, der freiwillig was rauslassen will, wie?«

»Ein wahres Wort! Aber ehe wir zum Klatsch und Tratsch kommen, muß ich die lästige Routine hinter mich bringen: Wo waren Sie in der Nacht, als... Den Rest kann ich mir wohl schenken.«

Er zündete sich eine Zigarette an und stieß lächelnd den Rauch aus. »Gern zu Diensten, Miss Marple. Erst habe ich ein bißchen mit Kevin geredet, dann war ich im Pub und hab mich bis zur Polizeistunde dort abgefüllt. Gegen halb zwölf war ich wieder hier, habe zwei Stunden Bänder abgeschrieben und den Text in Form gebracht. Gegen halb zwei habe ich mich hingelegt. Und um Ihnen eine Frage zu ersparen: Gesehen habe ich sonst niemanden.« Ob er die Wahrheit sagte oder nicht, war bei diesen verhangenen Augen schwer zu entscheiden. Wie die meisten Journalisten, die ich kenne, pflegt auch Neil sein Image als Mann von rückhaltloser Offenheit in der Hoffnung, daß die Leute dann eher bereit sind, den Unsinn zu schlucken, den er verzapft.

Nach einigen weiteren Fragen hatte ich heraus, daß er Moira im Pub nicht gesehen hatte. Wahrscheinlich war sie, als er dort eintraf, schon mit auf Maggies Zimmer gegangen. Ich versuchte es auf eine andere Tour. »Auf wen würden Sie tippen?«

Er kniff nachdenklich die Augen zusammen, dann kam es wie aus der Pistole geschossen: »Zwei zu eins auf Tamar, drei zu eins auf Gloria und Kevin, sieben zu zwei auf Jett, vier zu eins auf Micky, zehn zu eins auf die Geliebte.«

Ich mußte lachen, weil er mich so wörtlich genommen hatte. »Und wie steht's mit Ihnen?«

Neil befingerte seinen Schnurrbart. »Ich bin der typische Außenseiter. Hundert zu eins, würde ich sagen. Ich war schließlich der einzige, der durch Moiras Tod nichts zu gewinnen, aber alles zu verlieren hatte.«

Auf den ersten Blick klang das plausibel. Da ich aber Erfahrungen mit Mordfällen bislang nur bei Agatha Christie gesammelt hatte, machte ihn gerade das zum Hauptverdächtigen.

Neil wollte sich ausschütten vor Lachen, als ich ihm das sagte. Er stand auf, um seinen Becher – diesmal mit einem etwas kleineren

Schuß Whisky – nachzufüllen. »Da muß ich Sie enttäuschen, Kate. Für Jetts frühe Jahre war Moira meine beste Quelle. Wir wissen doch alle, daß die Biographen von Showbiz-Größen Skandale fürchten wie der Teufel das Weihwasser. Und Jetts Lebenslauf ist gut dokumentiert. Meine einzige Hoffnung war eigentlich herauszufinden, was sich damals zwischen Jett und Moira abgespielt hat. Keiner wollte rauslassen, warum die beiden sich damals getrennt hatten. Daß Moira plötzlich wieder auf der Bildfläche erschien, war für mich wie ein Sechser im Lotto. Sie war einverstanden, ganz offen über alles zu sprechen, wir hatten gerade erst angefangen. Für mich war es besonders wichtig, sie im Haus zu haben. Der unwahrscheinlichste Täter als der Hauptverdächtige? Bei mir nicht.«

»Okay, Sie hatten also kein Motiv, glauben aber offenbar, daß die anderen eins haben. Das möchte ich jetzt gern ein bißchen genauer wissen.« Ich machte meine Tasche auf, holte umständlich mein Notizbuch heraus und schaltete dabei mein kleines Tonbandgerät ein. Eigentlich hatte ich alle Gespräche auf Band nehmen wollen, aber über dem Ärger mit Gloria hatte ich das glatt vergessen.

Neil rückte sich behaglich in seinem Sessel zurecht und kreuzte die Fesseln, wobei über den abgelatschten Ledermokassins verschiedenfarbige Socken zum Vorschein kamen. »Also fangen wir mal mit Tamar an«, sagte er in einem Ton, der nichts Gutes ahnen ließ. Die Erfahrungen mit Richards Kollegen hatten mich gelehrt, daß Journalisten die größten Dreckschleudern auf Gottes schöner Erde sind, aber ich finde es immer wieder spannend zuzuhören, wie sie ihre Gemeinheiten rauslassen. »Die Beziehung war schon kaputt, als Sie mit Moira hier ankamen. Ein, zwei Wochen vor dem Gig, auf dem wir beide uns kennenlernten, ist sie mal abgehauen, aber als Jett sie nicht zurückgeholt hat, ist sie freiwillig wiedergekommen. Wenn er nicht so intensiv mit seinem Album beschäftigt wäre, hätte er längst mit ihr Schluß gemacht. Sie hatte sich die größte Mühe gegeben, ihm unentbehrlich zu werden, und als Moira dann wieder aufkreuzte, war ihr natürlich klar, daß sie sich für nichts und wieder nichts krummgelegt hatte.«

»Krummgelegt? Ich habe eigentlich den Eindruck, daß sich Tamar hier einen schönen Lenz macht.«

Neil grinste. »Ich meine so nach dem Motto: ›Ja, Jett, nein, Jett, ist es so recht, Jett?‹ Stundenlang hat sie abends am Herd gestanden, um für den hart arbeitenden Herzensfreund zu kochen. Moira hat sich ständig über sie lustig gemacht und hemmungslos mit Jett geflirtet, wenn Tamar dabei war. Ich sag's ja immer, Frauen sind das gefährlichere Geschlecht. Jetzt, wo Moira aus dem Weg ist, hat Tamar nichts Eiligeres zu tun, als ihre Position auszubauen, das haben Sie ja selber mitgekriegt.«

»Daß Tamar ein Tenorsaxophon als Mordwaffe schwingt, kann ich mir beim besten Willen nicht vorstellen«, widersprach ich.

Neil drückte seine Zigarette aus. »Der Gedanke ist grotesk, das gebe ich zu. Aber bekanntlich gibt es praktisch nichts, was es nicht gibt…«

Einen Moment hingen wir beide unseren Gedanken nach. Meine Phantasie streikte bei der Vorstellung. Neil hatte da offenbar weniger Schwierigkeiten.

»Kommen wir zu Gloria«, sagte ich. »Drei zu eins – so sagten Sie ja wohl.«

»Das Motiv liegt auf der Hand. Sie ist verrückt nach Jett, aber für ihn ist sie nur eine bessere Haushälterin, die praktischerweise auch noch was von Textverarbeitung versteht. Gloria empfand Moira als Störfaktor und als schlecht für Jett, weil sie die Vergangenheit wieder aufleben ließ. Und weil sie außerdem noch den Verdacht hatte, Moira könne ihr Idol Jett in der Öffentlichkeit wegen irgendwelcher alter Geschichten anschwärzen, hatte sie gleich zweifachen Grund, die Frau aus dem Weg zu räumen.«

»Und glauben Sie, daß Kevin ein ebenso überzeugendes Motiv hat?«

»Kommt drauf an, was man von seiner Integrität hält. Hier ist in der letzten Woche viel und laut über Geld und Verträge diskutiert worden. Jett war sauer, daß Kevin mich und nicht Ihren Freund gebeten hat, Jetts Lebensbeichte zu schreiben…«

»Ja, ich weiß«, sagte ich ablehnend. Seit dieser Entscheidung stand für mich fest, daß Kevin ein Armleuchter war, und ich mußte achtgeben, daß ich Privates und Berufliches nicht verquickte, wozu mich Neil offenbar provozieren wollte. »Allerdings glaube ich kaum, daß sich aus dieser Tatsache ein Mordmotiv ableiten läßt.«

»Mag sein, aber da lief noch mehr. Für Moira stand fest, daß

Kevin bei Jett Schmu gemacht hat. Sie lag ihm ständig in den Ohren, Jett solle doch endlich seine Finanzen in Ordnung bringen und sich von Kevin eine genaue Gewinn- und Verlustrechnung vorlegen lassen. Davon wollte Kevin absolut nichts wissen. Ob er wirklich etwas zu verbergen hatte oder ob er nur bockbeinig geworden ist, weil Moira ihn so genervt hat, weiß ich natürlich nicht. Ich weiß nur, daß sie Schwierigkeiten hatte, die ausstehenden Tantiemen von ihm zu bekommen.«

Das bestätigte, was Maggie mir erzählt hatte. Allmählich klärte sich das Bild.

»Es gab auch ständig Zoff wegen der Tourneen«, fuhr Neil fort. »Moira meinte, Jett habe es nicht nötig, so viel unterwegs zu sein, er solle sich auf kurze Touren und wichtige Städte beschränken. Damit brachte sie Kevin regelmäßig in Rage. Er warf ihr vor, sie habe überhaupt keine Ahnung mehr vom Geschäft und auch kein Recht, sich da reinzuhängen, nachdem sie schon so lange weg vom Fenster war. Sie hat ihm wirklich ganz schön zugesetzt. Ich an seiner Stelle hätte wahrscheinlich schon vor Wochen zum Hackebeil gegriffen.«

Neil war wirklich die ultimative Giftspritze. Das mußte ich ausnützen – so sehr mir seine Masche auch eigentlich gegen den Strich ging. »Und Micky?« Ich schenkte mir den Rest Kaffee aus der Thermoskanne ein.

»Micky hat die ersten vier Alben für Jett produziert. Das war für ihn das Sprungbrett in ein einträgliches Geschäft.« Neil zündete sich die nächste Zigarette an. Die reinsten Groschenblattklischees, dachte ich. »Aber in den letzten zwei Jahren hat ihn der Schnee schwer reingerissen.«

»Kokain?«

»Genau. Micky legte, genau wie Jett, einen Flop nach dem anderen hin. Schließlich haben sie noch mal mit vereinten Kräften versucht, ein Album zustandezubringen, und das schien auch ganz gut zu laufen, bis Moira aufkreuzte. Sie hat Jett zugeredet, sich nicht mehr von Micky gängeln zu lassen, sondern es wieder mit ihrer früheren Masche zu versuchen. Die ist schon seit fünf Jahren nicht mehr angesagt, hat Micky sie angebrüllt, aber schließlich, hat Moira zurückgeschossen, sind ja inzwischen auch Jetts Fans fünf Jahre älter geworden. Und ständig hat sie ihm Vorwürfe wegen seiner Kokserei gemacht. Hätte sie es Jett gesteckt, der ja bekanntlich was gegen Drogen hat, wäre Micky bei ihm total unten durch gewesen.«

Ich traute meinen Ohren nicht. »Wollen Sie mir etwa erzählen, Jett wüßte nicht, was mit Micky los ist?«

»Theoretisch weiß er vermutlich Bescheid. Aber Micky versucht es natürlich unter der Decke zu halten. Daß Sie jemanden hier im Haus beim Koksen erwischen, ist unwahrscheinlich. Das spielt sich strikt hinter verschlossenen Türen ab. Alle tun Jett zuliebe so, als ob hier alles total clean ist. Moira hat Kevin damit unter Druck gesetzt. Sie wollte mit Micky zusammen als Produzentin genannt werden. Da hat Micky natürlich die große Flatter gekriegt.«

»So sehr, daß er sie umgebracht hat?« Das konnte ich mir – trotz eines recht gut entwickelten Mißtrauens – einfach nicht vorstellen. Vielleicht bin ich eben doch zu naiv für dieses Geschäft.

Neil zuckte die Schultern. »Koks macht den Menschen zum Paranoiker, das ist wissenschaftlich nachgewiesen.«

»Und die Freundin?«

»Sie wissen natürlich, daß Moira lesbisch geworden war. Sie lebte mit dieser Maggie, einer Sozialarbeiterin, in Bradford zusammen. Daß die nicht in lauten Jubel ausgebrochen ist, als Moira ihre Koffer gepackt hat und hier eingezogen ist, läßt sich denken. Moira hat erzählt, daß Maggie ihr ständig Theater deswegen gemacht und ihr ein Ultimatum nach dem anderen gestellt hat. Und da hat Moira ihr dann wohl eines Tages klargemacht, daß es endgültig aus ist.«

»Und das soll ein Mordmotiv gewesen sein?« fragte ich zweifelnd.

»Daß sie die Freundin sitzenläßt, um zu Jett zurückzugehen? Würde ich schon sagen. Verdammt harter Schlag fürs liebe Ego. Und sie wäre die einzige, die Moira mitten in der Nacht ins Haus gelassen hätte.«

Ich dachte an Moiras Testament. Da ging es um Geld. Viel Geld. Mir war schon klar, warum Jackson sich so begeistert auf Maggie gestürzt hatte. »Ihrer Meinung nach hatte ja Jett auch ein Motiv. Aber er hat ein Alibi. Er war mit mir zusammen.«

»Und ich bin der Kaiser von China. Kommen Sie, Kate, den Schwindel hab ich doch längst durchschaut. Sie sind fest davon überzeugt, daß er es nicht war, ich weiß. Aber überlegen Sie mal: Moira hat sein Leben total durcheinandergebracht. Vielleicht hätte er das sogar hingenommen, wenn sexuell zwischen ihnen noch was gelaufen wäre. Sie haben ja sein New-Age-Gelaber gehört, das Gerede von der Seelenfreundschaft und und und. Er wollte mit ihr zusammenleben und ihr Kinder machen. Vielleicht hat sie einmal zu oft nein gesagt. Sein Jähzorn ist bekannt. Wenn ich sie nicht haben kann, hat er sich vielleicht gedacht, soll auch sonst niemand sie bekommen. Er strickt zwar immer an diesem Softie-Image, aber in Wirklichkeit ist er alles andere als ein Schmusetyp.«

»Eine glückliche Familie«, sagte ich ironisch. »Alle für einen, einer für alle.«

»Wenn Jett nicht mein Brötchengeber wäre, könnte ich an all dem, was ich in den letzten Wochen hier aufgeschnappt habe, ein Vermögen verdienen.«

Ich stand auf. Möglich, daß ich aus Neil noch mehr herausbekommen hätte, aber der Typ schlug mir allmählich auf den Magen. »Schönen Dank für die Tips«, sagte ich. »Sie haben mir jede Menge Stoff zum Nachdenken geliefert.« Das war nicht nur so dahingesagt. Was er über Jetts Jähzorn gesagt hatte, ließ mir – wie Krümel im Bett – keine Ruhe. Fast hätte ich darüber seine letzte Bemerkung nicht gehört.

»Ich habe den Eindruck, daß Sie ziemlich von den Socken sind, weil ich Ihnen aus dem Stand jede Menge Motive habe aufzählen können, was? Wissen Sie, Kate, bisher hab ich immer Journalisten für die schlimmsten Intriganten gehalten, aber die Typen aus der Rockszene kennen noch viel üblere Tricks. Denen dürfen Sie nicht von hier bis zur nächsten Ecke trauen.«

Neils Warnung klang mir noch in den Ohren, als ich in der Halle stand und mir überlegte, welchen von Moiras Feinden ich mir jetzt vornehmen sollte. Ich hatte mich noch nicht in Bewegung gesetzt, als mein Cityruf-Piepser sich meldete. In der hallenden Stille von Colcutt Manor hörte es sich an wie Fliegeralarm. Ich holte ihn aus der Tasche und brachte ihn per Knopfdruck zum Schweigen. Die Nachricht lautete: »Zurück zur Basis. Superdringend.«

Bei so einer Order darf man nicht lange fackeln. Nicht, wenn der Boß dreißig Zentimeter größer ist als man selber.

21

Ich schaffte es in Rekordzeit zurück ins Büro. Der Verkehrspolizist, an dessen Streifenwagen ich vorbeijagte, glaubte wohl an eine Halluzination, sonst hätte er sich bestimmt sofort mit jaulender Sirene an meine Stoßstange geheftet. Ich stellte den Wagen im Parkverbot vor der Apotheke ab, legte einen Zettel »Abholung dringend benötigter Medikamente« aufs Armaturenbrett und keuchte die Treppe hinauf.

Verschwitzt und rot wie eine Tomate erschien ich im Vorzimmer. Shelley musterte mich von oben bis unten und schüttelte mütterlich besorgt den Kopf. »Dreimal tief durchatmen«, empfahl sie mir. »Du wirst schon erwartet.« Sie deutete auf die geschlossene Tür zu Bills Reich.

»Was liegt denn an?« fragte ich im Flüsterton. Ich kannte unsere dünnen Wände.

»Die Polizei hat heute früh eine Razzia in Billy Smarts Lagerhaus gemacht, aber da war alles quietschsauber.« Ich mußte so nah an Shelley heranrücken, daß ich fast ihre Rastaperlen zwischen die Zähne bekam.

»Mist«, sagte ich. »Und jetzt?«

»Bill sitzt mit Clive Abercrombie von Garnett's und Inspector Redfern zusammen, sie machen Manöverkritik. Er hat sie hingehalten, bis du kommst.«

An manchen Tagen sehne ich mich nach einem richtig schönen, unkomplizierten Beruf. Irgendwas wie Gehirnchirurgie zum Beispiel. Ich schenkte Shelley ein schiefes Lächeln, vollführte eine ausdrucksvolle Geste des Gurgelabschneidens und machte die Tür auf, um mich der Inquisition zu stellen.

Tony Redfern saß auf dem breiten Fensterbrett und sah einem melancholischen Golden Retriever ähnlicher denn je. Welliges blondes Haar, seelenvolle braune Augen, nach unten gezogene Mundwinkel. Fehlte nur noch die feuchte Nase. Er nickte mir düster zu. Clive Abercrombie sprang federnd auf und deutete, jeder Zoll der Eton- und Cambridge-Absolvent, eine Verbeugung an. Daß er auf eine Gesamtschule in Blackpool gegangen ist und danach an eine Fachschule, sah man ihm nicht an.

»Tut mir leid, daß ich dich aus deiner Arbeit herausreißen mußte, Kate«, sagte Bill. »Aber wir brauchen deine Erfahrung.« Im Klartext: Einer wird bei der Geschichte ganz schön dumm dastehen. Sorg gefälligst dafür, daß es nicht uns trifft.

»Ich war ganz in der Nähe«, sagte ich. »Routineermittlungen.«

Tony feixte. »Cliff Jackson hat dich ja inzwischen sehr ins Herz geschlossen, wie man hört.«

»Beruht auf Gegenseitigkeit, Tony.« Ich kenne Tony noch aus seiner Anfängerzeit im Einbruchdezernat. Er ist einer der wenigen Polizisten, vor deren Leistungen ich Respekt habe. »Gibt's Probleme mit den Smarts?«

»Nun ja, gewissermaßen«, sagte Clive sehr förmlich. »Inspector Redfern und seine Kollegen vom Dezernat zur Bekämpfung unlauteren Wettbewerbs waren mit einem Durchsuchungsbefehl in Mr. Smarts Lagerhaus, mußten aber bedauerlicherweise unverrichteter Dinge wieder abrücken.« Wie gesagt – man hört nicht mehr, aus was für einem Stall er kommt.

Ich sah fragend zu Tony hinüber. Er nickte und machte dabei ein Gesicht, als hätte er seine fünf nächsten Angehörigen verloren. »Das kann ich leider nur bestätigen. Wir haben das Lagerhaus rund um die Uhr observieren lassen, und vorn wär nicht mal eine Fliege rausgekommen, ohne daß unsere Leute es gemerkt hätten. Einen Hinter- oder Seitenausgang gibt es nicht. Der Schuppen war total clean, Kate. Billy und Gary haben dagestanden und sich ins Fäustchen gelacht. Ich weiß ja nicht, wer dir den Tip gegeben hat, jedenfalls ist die Aktion voll in die Hose gegangen.«

»Wir hatten uns eigentlich von Ihnen eine Erklärung für diesen bedauerlichen Vorfall erhofft, Miss Brannigan«, sagte Clive mit erheblichen Minustemperaturen in der Stimme. »Soweit ich weiß, haben Sie die Zielpersonen zeitweise sogar persönlich observiert.«

»Und zwar vier Wochen lang«, betonte Bill. »Sie haben unsere detaillierten Berichte, Clive. Mit Fotos.« In seiner Stimme schwang eine leise Warnung. Ich konnte nur hoffen, daß Clive sie mitgekriegt hatte. Blutflecken gehen aus grauem Teppichboden so schwer raus.

»Ich verstehe das nicht«, erklärte ich und spielte die Harmlos-Verwunderte. »Es sei denn, sie hätten das Lagerhaus gewechselt, und dazu hatten sie eigentlich keinen Anlaß.« Ich runzelte die Stirn. »Wie lange läßt du die Smarts schon observieren, Tony? Ist es denkbar, daß sie den Braten gerochen und das Zeug rausgeschafft haben?«

Tony schüttelte den Kopf. »Der Gedanke liegt natürlich nah, Kate. Aber wir beobachten sie erst seit gestern früh.«

»Womöglich gibt es in Ihrem Unternehmen eine undichte Stelle«, vermutete Clive.

Daß Bill nicht hochging wie eine Rakete, war ein Wunder. Er beugte sich vor und legte die schweren Pranken flach auf die Schreibtischplatte. »Nichts zu machen, Clive. Wenn irgendwo eine undichte Stelle ist, dann nicht hier. Wer im Glashaus sitzt, soll nicht mit Steinen werfen. Ich überlege mir schon die ganze Zeit, woher die Einbrecher wußten, daß der Schrank nicht an die Alarmanlage angeschlossen war.«

Clive fuhr empört auf. »Das ist eine gemeine Unterstellung. Außerdem hat schließlich Ihre Firma die Alarmanlage konzipiert.«

»So kommen wir doch nicht weiter.« Wenn kleine Jungen sich streiten, muß ich einfach dazwischengehen. Das mit der undichten Stelle war allerdings nicht von der Hand zu weisen. Wie wäre es sonst möglich, daß Billy und Gary der Polizei durch die Lappen gegangen waren? Den Schwarzen Peter hatten jedenfalls jetzt erst mal Mortensen & Brannigan.

»Irgendwas ist hier faul, und ich werde mich darum kümmern«, versprach ich. »Geben Sie mir vierundzwanzig Stunden Zeit.«

Clive sah sehr zufrieden aus. »Darf ich das so verstehen, daß dafür Ihre Firma die Kosten trägt?«

Bills Miene verfinsterte sich. »Wie kämen wir denn dazu...«

Rasch legte ich mich wieder ins Mittel. »Wenn ich erreichen kann, daß die Smarts überführt werden und wir die Belohnung kassieren, ist mir das schon einen Tagessatz wert«, sagte ich friedlich. Tony grinste sich eins.

»Ganz abziehen kann ich meine Leute nicht«, sagte er, »aber ich bin bereit, mit weiteren Schritten noch vierundzwanzig Stunden zu warten.« Es war nur ein kleines Zugeständnis, aber besser als gar nichts. Zumindest würde ich jetzt nicht an jeder Straßenecke auf einen Polizisten treten.

Nachdem das Geschäft perfekt war, hatten unsere Besucher es plötzlich sehr eilig.

»Arsch mit Ohren«, knurrte Bill, als die Tür sich hinter ihnen geschlossen hatte. Daß er nicht Tony meinte, war mir klar. »Denkt offenbar, Billy Smart hat uns gekauft. Und wie geht's jetzt weiter?«

»Das weiß ich auch noch nicht, Bill. Am besten mach ich mich einfach mal auf die Socken und sehe mich ein bißchen um. Nach der Razzia sind die Smarts natürlich hellwach, allzu große Hoffnungen mache ich mir deshalb nicht, aber irgendwas mußte ich ja sagen, um Clive den Wind aus den Segeln zu nehmen.«

Bill nickte. »Genehmigt. Wie läuft die Mordermittlung? Brauchst du noch was von mir?«

»Cliff Jackson und seine Getreuen haben sich Maggie Rossiter geschnappt. Frag doch mal nach, ob sie einen vernünftigen Anwalt hat, sonst sollten wir Diana Russell Bescheid sagen. Morgen früh will Jackson mich sprechen, aber den krieg ich schon klein. Ansonsten fahren wir am besten Warteschleife. Wenn Jett anruft, kannst du ihm sagen, daß ich mich bei den Typen umhöre, mit denen sie verkehrt hat, ehe sie nach Colcutt Manor kam.«

»Geht in Ordnung, Kate. Tut mir leid, daß ich dazwischenfunken mußte, aber in so einem Fall muß man einfach Stärke demonstrieren. Und in deiner Abwesenheit hätte dieser Mistkerl Clive doch nur ständig über dich gemotzt.«

Ich lächelte ihm ermutigend zu. »Wie sagt meine Oma immer so schön? Wenn sie über dich klatschen, Kindchen, lassen sie eine andere arme Seele in Ruhe. Sobald ich was erfahre, sag ich dir Bescheid.«

»Schönen Dank, Kate«, sagte er erleichtert. »Und laß dir wegen Clive keine grauen Haare wachsen. Ich weiß, daß du deine Arbeit ordentlich gemacht hast. Den Mist haben andere gebaut.«

Das brauchte ich jetzt bloß noch zu beweisen.

Ich entdeckte Tony Redferns Leute beim ersten Anflug auf das Lagerhaus der Smarts. In dieser Gegend hätte jeder Dreijährige sie auf Anhieb erkannt. Ziemlich neuer Cavalier, Grundmodell, Peitschenantenne, zwei arme Würstchen in normalem Straßenanzug, die auf harte Burschen machten. Zum Heulen.

Ich fuhr einmal um den Block. Tony hatte recht – das Haus schien keine weiteren Zugänge zu haben. Es stand zwischen zwei anderen Lagerhäusern, und alle drei gingen hinten auf das Reifen- und Auspuffcenter Fastfit hinaus, in dem ein ständig wechselndes Team von Typen in knallgelben Overalls werkelte. Ich nahm Gas weg, aber auf den ersten Blick fiel mir an dem Fastfit-Schuppen nichts auf.

An der Ecke hielt ich und sah in den Rückspiegel. In diesem Moment fuhr ein Transitlieferwagen rückwärts an den Ladebereich von Fastfit heran. Der Fahrer machte die Tür auf, stieg aus und entpuppte sich, was mich nun schon nicht mehr allzu sehr wunderte, als Gary Smart.

Drei Minuten später stand mein Wagen in einer der Parkbuchten von Fastfit, und ich bombardierte den Monteur mit Fragen nach den Preisen von Reifen, Stoßdämpfern und Auspuffrohren für meinen Nova. Und den Käfer meines Freundes. Und den Montego meiner Oma. Dabei konnte ich bestens beobachten, was Gary trieb.

Aus dem Laderaum des Transit ließ er Kartons in der Größe einer Weinkiste herausholen und zwischen Reifenstapeln hindurch eine Holztreppe hoch zur Auspuffmontage tragen. Langsam, aber sicher ging mir ein Seifensieder auf.

Ich unterbrach den Monteur mitten im Satz, bedankte mich überschwenglich und klemmte mich wieder hinters Steuer. Billy Smart war wirklich der geborene Stratege. Ich kurvte eine halbe Meile durch das Gewirr der kleinen Gassen, ehe ich gefunden hatte, was ich suchte. Aus dem Kofferraum nahm ich meine Kamera, dann betrat ich den Sozialwohnungsblock und ging zu den Aufzügen. Ich hatte Glück: Nach drei Minuten kam tatsächlich ein Aufzug angegondelt. Ich stieg ein, versuchte, nur durch den Mund zu atmen, und fuhr bis zum obersten Stockwerk.

Ich blieb einen Augenblick stehen, um mich zu orientieren, dann hatte ich mich für eine Tür entschieden. Ich klopfte höflich und atmete erleichtert auf, als eine ältere Frau die Tür hinter vorgelegter Kette einen Spalt breit aufmachte und mich mißtrauisch beäugte. »Ja?« fragte sie.

Ich lächelte schüchtern. »Entschuldigen Sie bitte die Störung.

Ich studiere Fotografie hier an der Fachschule und arbeite an einem Projekt für meine Abschlußarbeit. Dazu brauche ich Fotos von unserer Skyline aus den verschiedensten Blickwinkeln, und dafür ist dieser Häuserblock ideal. Ich weiß, es ist ziemlich aufdringlich, aber würden Sie mich wohl fünf Minuten auf Ihren Balkon lassen, damit ich ein paar Fotos schießen kann?«

Sie machte einen langen Hals, um an mir vorbeisehen zu können, und ich trat bereitwillig zurück, damit sie sah, daß ich allein war. »Ich könnte Ihnen ein kleines Honorar zahlen«, sagte ich scheinbar zögernd.

»Wie klein?«

»Tja... zehn Pfund wäre mir die Sache schon wert.« Ich holte meine Brieftasche heraus.

Das Geld gab den Ausschlag. Kein Wunder bei dieser Wohnung. Es war eine armselige Bude – abgetretene Teppiche, verschlissene Vorhänge, verschrammte Möbel. In den Räumen roch es muffig und abgestanden, als wäre frische Luft genauso teuer wie alles andere, was das Leben lebenswert macht. Ich arbeite nicht gern mit solchen Tricks, tröstete mich aber damit, daß es im Dienst einer guten Sache war. Außerdem war sie jetzt zehn Pfund reicher als heute früh.

Sie bot mir eine Tasse Tee an, die ich dankend ablehnte. Geduldig wartete ich, bis sie die doppelt gesicherte Balkontür aufgemacht hatte. Ich sah durch den Sucher. Bestens. Jetzt war mir klar, wie sie es gemacht hatten. Ich fing an zu knipsen, und dann kam mir – Glück muß der Mensch haben – Gary Smart höchstpersönlich vor die Linse. Ich ließ den Motoraufzug schnurren.

Eine Stunde später betrachtete ich zufrieden mein Werk. Ich betrat Bills Büro und knallte ihm die Abzüge auf den Tisch.

»Elementar, mein lieber Watson«, verkündete ich.

Bill riß sich von seinem Monitor los, griff nach den Aufnahmen und blätterte sie stirnrunzelnd durch. Als er die von Gary sah, lachte er laut los.

»Das ist ein Hammer, Kate! Da werden in Tonys Abteilung heute noch Köpfe rollen.« Er griff zum Telefon. »Shelley, verbinde mich doch bitte gleich mal mit Tony Redfern.« Er legte die Hand über die Muschel. »Gute Arbeit, Kate. Sobald ich Tony informiert habe, fahre ich zu Clive. Ich freu mich schon auf sein Gesicht. Hallo, Tony! Bill Morton hier. Kate hat mir gerade die Lösung unseres kleinen Problems auf den Tisch gelegt.«

Das klang so aufgeräumt, daß Tony bestimmt schon Schlimmes schwante. »Es war eine verdammt schlaue Kiste. Das Lager der Smarts ist das mittlere von einer Dreiergruppe, stimmt's? Alle drei haben ein schräges Dach, stimmt's? Und alle drei gehen auf Fastfit raus. Fastfit hat ein Flachdach hinter einer Brüstung, so daß man es von der Straße aus nicht einsehen kann. Du kannst mir noch folgen? Das Zeug wird aus dem Giebelfenster des Lagerhauses auf das Dach von Fastfit geschafft, von da auf Fastfits Laderampe, und dann geht's ab in die weite Welt... Ja, Kate hat alles auf Film. Sie haben heute wieder Ware zurückgeschafft. Offenbar hatten sie deine Leute erkannt und vor der Razzia schnell alles geräumt. Und noch einmal hättest du natürlich nur zugeschlagen, wenn sich vor dem Eingang was getan hätte. Und da hättest du lange warten können...«

Es ist doch schön, wenn man seinen Mitmenschen unter die Arme greifen kann. Ich rollte in Richtung Colcutt Manor und überlegte, daß ich ein bißchen Rückenstärkung jetzt auch gut gebrauchen könnte.

22

Bis Colcutt Manor hatte sich mein Hochgefühl verflüchtigt, und mein Magen verlangte gebieterisch nach etwas Handfesterem als schwarzem Kaffee. Ich marschierte geradewegs in die Küche in der Absicht, einen Teil meines Honorars in Naturalien zu kassieren. Der Probenraum war noch polizeilich versiegelt. Wann würde Jett sich wohl dazu durchringen können, dort wieder zu arbeiten?

Ich inspizierte Kühl- und Gefrierschrank und die übrigen Vorräte. Schließlich machte ich eine Dose Heinz-Tomatensuppe auf – mein Trost in allen Lebenslagen – und gab sie in eine Suppenschale, die ich in die Mikrowelle stellte. Ich hatte erst ein paar Löffel gegessen, als Micky hereinkam und sich die Regentropfen vom Öltuch seiner Jacke schüttelte. Daß jemandem die Ärmel einer Barbourjacke zu kurz sein können, hatte ich bisher noch nie erlebt. Bei Micky reichten sie nur knapp bis zu den Handgelenken.

Er nickte mir kurz zu, ging zum Wasserkessel und nahm die Strickmütze ab. Sie hatte ihm einen Ring in die dünnen braunblond gesträhnten Haare gedrückt, was ganz schön abartig aussah. »Scheißwetter«, knurrte er. Die Zigarette in seinem Mundwinkel wippte. »Kann man wohl sagen. Wenn's nicht beruflich hätte sein müssen, hätten mich heute keine zehn Pferde aus dem Haus gebracht«, sagte ich. Er grunzte nur. Ich machte einen neuen Anlauf. »Haben Sie ein paar Minuten Zeit für mich? Ich muß Ihnen noch die eine oder andere Frage stellen.«

Mit einem tiefen Seufzer warf Micky die Zigarette in die Spüle. »Fix und alle macht mich diese Geschichte hier. Fragen, nichts als Fragen. Und wo man auch hinspuckt, steht ein Bulle. Dabei brauche ich die Zeit zum Arbeiten. Von Produktionsterminen haben die bei der Polizei offenbar noch nie was gehört.«

»Ja, es war wirklich recht rücksichtslos von Moira, sich ausgerechnet jetzt umbringen zu lassen«, sagte ich teilnahmsvoll. »Aber je schneller wir beide unsere Fragestunde hinter uns bringen, desto besser stehen die Chancen, daß der Fall rasch geklärt werden kann.« So ganz war ich davon noch nicht überzeugt, aber es klang gut, fand ich.

»Also meinetwegen«, sagte er muffig. Er tat einen Teebeutel in seinen Becher und rührte heftig um. Dann zog er die Jacke aus, warf sie über einen Stuhl und kam mit seinem Tee zum Tisch. Er setzte sich auf eine Stuhlkante, zündete sich die nächste Zigarette an und tippte sich damit nervös auf die Lippen. Ohne Glimmstengel hätte man ihn glatt für einen der netten Schimpansen aus der Fernsehwerbung halten können.

»Wie haben Sie den Abend verbracht, an dem Moira ermordet wurde?« legte ich los.

»Den Abend verbracht? Na, Sie sind gut«, gab er ziemlich aggressiv zurück und trommelte mit den Fingern gegen den Becher. Ich sah ihn fragend an. Sagen konnte ich nichts, weil ich den Mund voll Suppe hatte. Schließlich ließ er sich zu einem zweiten Satz herab: »Ich hab gearbeitet. Im Studio.«

»Können Sie mir ein bißchen ausführlicher erzählen, was Sie dort gemacht haben?«

»Was ich dort immer mache. Jett und Moira waren gegen acht dagewesen und hatten sich angehört, was wir am Nachmittag zusammen erarbeitet hatten. Moira kam mit allen möglichen genialen Ideen zum Abmischen und wollte noch ein paar Synthesizereffekte reinhaben. Ich experimentierte mit zwei Bändern und probierte alles mögliche aus, um ihnen am nächsten Tag verschiedene Versionen vorspielen zu können. Die Zeit vergeht schnell, wenn man mal so richtig drin ist.« Mick nahm einen Schluck Tee und schniefte, weil ihm der Dampf in die kalte Nase stieg.

Nicht mal die Rauchwolken, die er in der Küche verbreitete, konnten mir den Appetit an meiner Suppe verderben. Ich aß die Schüssel leer und kratzte sie genüßlich mit dem Löffel aus, was Micky schmerzlich zusammenzucken ließ. »Wie ich höre, hatte Moira sehr fest umrissene Vorstellungen, was das neue Album betraf«, sagte ich.

Er drückte die Zigarette aus, nahm einen Schluck Tee, schniefte wieder und schnaubte sich umständlich die Nase in ein großes Taschentuch mit Paisleymuster. »Sie konnte einem ganz schön auf den Zeiger gehen«, sagte er dann. »›Versuchen wir's doch mal so. Nein, vielleicht doch nicht, laß noch mal das von vorhin hören...‹« Er äffte ebenso boshaft wie treffend ihre Stimme nach. »Dabei war sie inzwischen so lange raus aus dem Geschäft, daß sie keine Ahnung mehr hatte.«

»Scheint Ihnen nicht gerade leid zu tun, daß sie tot ist«, stellte ich fest.

Zu meiner Überraschung sah er mich echt verständnislos an.

»Wieso? Natürlich tut's mir leid«, fuhr er auf. »Verdammt leid sogar. Die Frau hat echt starke Songs geschrieben. Schön, von meinem Job hatte sie null Ahnung, aber dafür von ihrem um so mehr, und so was imponiert mir. Die Arbeit mit ihr war wahnsinnig stressig, aber irgendwie hat's auch Spaß gemacht.« Doch dann war seine Wut auch schon wieder verraucht. Er rutschte tiefer in seinen Stuhl. »Fix und alle macht mich diese Geschichte«, wiederholte er.

»Entschuldigen Sie, so war's nicht gemeint«, sagte ich ehrlich. »Hat sich in dieser Zeit jemand bei Ihnen im Studio sehen lassen?«

Er rieb sich den Nasenrücken und kniff nachdenklich die Augen zusammen. »Ja, Kevin. Ich hab mir die ganze Zeit überlegt, ob's einmal oder zweimal war, aber genau kann ich's nicht sagen. Er wollte wissen, wie's läuft, aber ich hab nicht viel gesagt. Hatte keine Lust auf sein Gelaber.«

»Macht einem ganz schön die Erinnerung kaputt, nicht?« sagte ich teilnahmsvoll.

»Erinnerung kaputt? Was soll denn der Scheiß?«

»Charlie. Zerstört das Kurzzeitgedächtnis.«

»Keine Ahnung, was Sie meinen.« Die Antwort kam wie ein Reflex.

»Coke. Und ich meine nicht das braune Sprudelzeug aus der Flasche. Keine Aufregung, Micky, ich bin nicht vom Drogendezernat, und mir kann's egal sein, was Sie mit Ihrem Körper anstellen. Jeder soll nach seiner Fasson in die Hölle fahren, sag ich immer. Mir geht es nur um Moira. Wenn Sie zugedröhnt waren, sind Ihre Aussagen über Kevin wertlos.« Ich merkte selbst, wie salbungsvoll ich daherlaberte. Immerhin – meine übliche Antidrogenpredigt war ihm erspart geblieben.

»Na schön, ich snief ab und zu mal einen. Na und? Ich war nicht weggeknallt, ich weiß bloß nicht, ob er einmal oder zweimal im Studio war. Herrgott, so was kann doch jeder mal vergessen.«

»Nehmen Sie auch Heroin?«

»Kommt nicht in die Tüte. Ich hab zu viele talentierte Kids daran kaputtgehen sehen. Nein, ich kokse nur so ab und zu mal zum Zeitvertreib.«

»Aber Sie wissen, wie man welches kriegt?«

»Sagen wir mal so: Ich wüßte, wen man danach fragen könnte. In unserem Geschäft spricht sich das ja rum. Aber wenn Sie auf Heroindealer scharf sind – da sind Sie bei mir an der falschen Adresse.« Micky zündete sich die nächste Zigarette an. Ich kam mir allmählich vor wie in einer Räucherkammer. Wenn ich noch lange hier saß, konnten sie mich morgen früh als Bückling zum Frühstück servieren.

»Und wer wäre die richtige Adresse?«

Er zuckte die Schultern, und in seinen Augen blitzte es boshaft auf. »Eine gewisse Braut, die den ganzen Tag hier rumsitzt und die

Zeit totschlägt. Fragen Sie die doch mal, was sie eigentlich an Paki Paulie von der Hacienda findet.«

Offenbar meinte er Tamar. Auf Gloria paßte die Beschreibung jedenfalls nicht. Und Dealer trifft man wirklich am ehesten in der Hacienda, wo es ständig von Kids wimmelt, die auf einen Kick aus sind. Ich registrierte den Tip zu späterer Verwendung.

»Können Sie sich denken, wer Moira umgebracht hat?« fragte ich.

»Also ganz ehrlich – die hätten alle nicht den Mumm dazu gehabt«, sagte Micky wegwerfend. »Bis auf Neil. Für ein paar Pfund macht dieses Arschloch alles. Was der allein an Storys bei den Zeitungen losgeworden ist... Der muß sich an ihrem Tod schon 'ne goldene Nase verdient haben. Verdammter Aasgeier.«

»Sie scheinen ihn ja nicht gerade ins Herz geschlossen zu haben«, stellte ich überflüssigerweise fest.

»Meine Lebensgeschichte würd ich mir von dem jedenfalls nicht schreiben lassen.«

»Und warum nicht?«

»Weil er zu gern seinen Namen fett gedruckt in der Zeitung sieht. Er hat meinen Schwager auf dem Gewissen. Inzwischen ist das Jahre her, aber Des ist nie drüber weggekommen. Okay, der Junge war nicht ganz astrein, hat mal den einen oder anderen abgezockt, aber gegen die Haie aus der City, die ihre Opfer gleich um Millionen linken, war er nur ein ganz kleines Licht. Trotzdem hat er anderthalb Jahre gekriegt, und das hat er Neil Webster zu verdanken, diesem Schwein. Früher hatte er 'ne eigene Firma, jetzt muß er ganz kleine Brötchen backen. Und was das Schönste ist«, fuhr Micky fort, und jetzt schlug sein Cockney-Akzent voll durch, »dieses Arschloch hat die Sache total verdrängt. Ich wette, der weiß nicht mal mehr, warum ich ihn nicht verknusen kann.«

Das mochte ja alles ganz fesselnd sein, brachte aber meine Ermittlungen nicht weiter. Daß Neil kaltblütig einen Mord plante, nur um eine Story darüber schreiben zu können, konnte ich mir, auch wenn Micky ihm das offenbar durchaus zutraute, nicht vorstellen. Ehe ich das Gespräch in ergiebigere Bahnen lenken konnte, ging die Tür auf, und eine Welle von Giorgio überlagerte den Zigarettenrauch. Tamar im Seidenpyjama marschierte grußlos zum Kühlschrank, sah hinein und schmiß mißmutig die Tür wieder zu. Auf dem Weg zum Vorratsschrank auf der anderen Seite der Küche merkte sie, daß Micky sie anstarrte. »Hör auf zu sabbern, Stinksocke«, fuhr sie ihn an.

Micky rappelte sich schleunigst hoch, griff sich seine Jacke und verschwand. Besten Dank, Tamar, dachte ich, während sie zwei Portionen Weetabix in ihre Müslischüssel tat und dick mit Zucker bestreute. »Gut geschlafen?« erkundigte ich mich höflich, als sie wieder zum Kühlschrank ging.

»Geht Sie einen Dreck an«, maulte sie, während sie sich mit ihrem Weetabix auf einen Hocker an der Frühstückstheke schwang. Kein Wunder, daß Jett es vorzog, den jungen Tag allein zu begrüßen, wenn sie frühmorgens immer so liebenswürdig war.

»Da sieht man, was eine gute Erziehung wert ist«, sagte ich munter. »Plebs wie unsereiner könnte sich am frühen Morgen nie so formvollendet ausdrücken.«

Zu meiner Verblüffung lachte sie laut auf und spuckte Weetabix in die Gegend. »Tut mir leid, Kate, ehrlich!« Zum erstenmal konnte ich einigermaßen nachvollziehen, daß Jett es länger als fünf Minuten mit ihr ausgehalten hatte. »Bis ich was im Magen habe, ist mit mir nichts anzufangen. Kann sein, daß mein Blutzucker nachts absackt oder so. Seit dieser Geschichte mit Moira ist es ganz schlimm. Und ein Frühstück zusammen mit Bonzo dem Schimpansen – ich glaube, das überleb ich nicht.« Weil sie es so vornehm durch die Nase sagte, hörte es sich witziger an, als es war.

»Ich überlege schon die ganze Zeit, wieso es die Tochter eines Baronets zu den Neandertalern verschlagen hat«, hakte ich nach. Wieder einmal hatte ich Richards Hintergrundinformationen gut gebrauchen können.

Sie lächelte spöttisch. »Kommt drauf an, wem Sie glauben wollen. Laut Mama mach ich etwas verspätet auf Teenager-Revolte und lebe mich noch ein bißchen aus, ehe ich solide werde. Laut unserer lieben Gloria bin ich eine Goldgräberin, die es genießt, in den Klatschspalten zusammen mit Jett genannt zu werden. Laut Kevin war ich früher ein nützliches Mitglied des Hauswesens, weil ich Jett bei Laune gehalten habe, und bin ihnen jetzt ein Klotz am Bein, weil es ständig Zoff zwischen uns gibt.«

»Und laut Tamar?«

»Soll ich Ihnen mal verraten, warum ich noch hier bin? Weil ich mich echt in den Typ verknallt habe. Zuerst hab ich es mir nur ganz witzig gedacht, eine Weile mit ihm rumzumachen. Aber das sieht schon längst anders aus. Ich bin hier, weil ich ihn liebe und mir wünsche, daß es mit uns doch noch klappt. Trotz der Bemühungen seiner sogenannten Freunde.«

»Und gehörte auch Moira zu diesen sogenannten Freunden?« Ich stand auf, um mir Kaffee zu machen.

Sie nickte. »Und ob. Andauernd hat sie sich über mein Spatzenhirn lustig gemacht. Am liebsten hätte ich mein Diplom rahmen lassen und draußen an die Tür gehängt. Ich hab nämlich in Exeter moderne Sprachen studiert und meinen Abschluß mit einer Zwei gemacht.« Ich hielt Tamar fragend einen Becher hin, und sie nickte. »Schwarz, ein Stück Zucker. Moira dachte offenbar, ich hätte Jett nichts zu bieten, weil ich nicht schwarz, nicht aus der Arbeiterklasse und nicht aus der Szene bin. Es war im Grunde zum Lachen – oder zum Heulen, je nachdem. Sie wollte ihn nicht mehr, aber eine andere sollte ihn auch nicht kriegen.«

Tamar tat mir schon fast ein bißchen leid, aber dann dachte ich an die scheinheilige Schau, die sie gestern vormittag im Salon abgezogen hatte. »Moira kann Ihnen ja nun nicht mehr dazwischenfunken«, sagte ich trocken.

»Worüber ich, wenn ich ganz ehrlich sein soll, auch heilfroh bin. Wenn ich dieses sentimentale Gesülze über ›unsere Wurzeln‹ nur gehört habe, hätte ich schreien können. Aber umgebracht hab ich sie nicht. Die Musik, die sie zusammen gemacht haben, war Spitze. Und die Freude wollte ich Jett ja auch gar nicht nehmen. Ich weiß doch, wieviel seine Arbeit ihm bedeutet.« Tamar rührte geziert in ihrem Kaffee herum. Es klang recht überzeugend, aber dann mußte ich an Mickys Andeutungen denken. Es sah ganz so aus, als sei es Tamar gewesen, die Moira das Heroin zugespielt hatte. Aber um ihr das auf den Kopf zusagen zu können, brauchte ich handfeste Beweise. Schade eigentlich, ich hätte gern ihre aufgeschlossene Stimmung noch weiter genutzt. Aber vielleicht gab sie sich ja nur so redselig, um zu erreichen, daß ich Jett einen günstigen Bericht über sie lieferte.

»Ich will Sie nicht nerven, Tamar«, sagte ich, »aber ich muß von Ihnen wissen, was Sie an dem Abend gemacht haben, als Moira ermordet wurde. Daß Sie das alles schon bei der Polizei hergebetet haben, ist mir klar, aber ich tue schließlich auch nur meine Pflicht.« Ich lächelte gewinnend.

Tamar fuhr sich mit der Hand durch die blonde Mähne und verzog das Gesicht. »Diese ständige Fragerei ist wirklich stressig, aber schön, meinetwegen. Nachmittags war ich zum Shopping in der Stadt, danach hab ich mich mit meiner Schwester Candida auf einen Kaffee im *Wintergarten* getroffen, am St. Anne's Square. Gegen halb acht war ich zurück und lief in der Halle Jett und Moira in die Arme, die ins Studio wollten. Sie würden eine halbe Stunde brauchen, sagte Jett, und ich machte mich ans Abendessen, Steaks in Cognacsahnesauce mit neuen Kartoffeln und Zuckererbsen.

Jett und ich aßen im Fernsehraum. Ich hielt mich an den Burgunder, Jett trank seinen üblichen Smirnoff Blue Label mit Cola-Light. Wir haben uns ein Video von dem neuen Harrison-Ford-Film angesehen, dann bin ich nach oben gegangen und hab gebadet. Kurz nach zehn kam Jett, wir haben miteinander geschlafen, und kurz nach elf ist er wieder nach unten gegangen. Er wollte noch mit Moira arbeiten. Ich konnte nicht einschlafen, deshalb hab ich eine Weile gelesen und mir dann das Video angesehen. Und da sind Sie hereingekommen.«

Mir klang das alles ein bißchen zu geläufig. Ich hatte mal einen Freund, der sich noch Wochen später verblüffend genau an völlig nebensächliche Bemerkungen erinnern konnte. Wenn er mich anschwindelte, waren seine Geschichten deshalb immer so detailliert, daß es mir gar nicht in den Sinn kam, an ihrem Wahrheitsgehalt zu zweifeln. Richard dagegen weiß kaum, was er am Vorabend gegessen hat. Was man ihm erzählt, geht – sofern es nicht seine beruflichen Belange berührt – bei ihm zum einen Ohr rein und zum anderen raus. Tamar war ein bißchen zu sehr darauf bedacht, mich mit ihrer Offenheit und ihrem guten Gedächtnis zu beeindrucken, und das war mir nicht geheuer.

Ich stellte meine inzwischen reichlich strapazierte Standardfrage: »Und wer hat Ihrer Meinung nach Moira umgebracht?«

Tamar machte große unschuldige Kinderaugen. »Jett war es

nicht. Aber damit sage ich Ihnen ja wohl nichts Neues«, stellte sie ironisch fest.

Damit gab ich mich nicht zufrieden. »Lassen wir Jett mal beiseite. Sie müssen sich doch auch Gedanken über den Fall gemacht haben.«

Sie stand auf und stellte das schmutzige Geschirr in die Spülmaschine. Mit dem Rücken zu mir sagte sie: »Gloria ist eine sehr dumme Person. So dumm, daß sie sich einbildet, sie könnte bei einem Mord ungeschoren davonkommen. Sie verstehen?«

Im Küchenfenster gespiegelt sah ich Tamars Gesicht. Um ihre Lippen lag ein verkniffenes Lächeln.

Als sie sich umdrehte, waren ihre Züge ganz ausdruckslos. »Fragen Sie doch mal Gloria, warum sie kurz vor eins wie eine Verrückte die Treppe hochgerannt ist?«

Mir schlug plötzlich das Herz bis zum Hals. »Was soll das heißen?«

»Ich hab jemanden die Treppe hochlaufen hören. Ich war gerade aus meinem Bad gekommen und warf einen Blick auf den Gang, und da sah ich, wie Glorias Tür zuging. So, und jetzt sind Sie dran...«

23

Tamar verschwand, um sich landfein zu machen, und ich durfte mich auf ein weiteres Plauderstündchen mit Gloria freuen. Immerhin brauchte ich diesmal nicht die Supermärkte des Umlands nach ihr abzuklappern. Sie saß in ihrem Büro und hieb auf ihrem Keyboard herum, als hätte sie mein Gesicht unter den Fingern.

»Entschuldigen Sie die Störung«, sagte ich. »Können Sie mir sagen, wo Kevin steckt?«

»Er hat eine Suite im Westflügel«, sagte sie großspurig, ohne ihre Tipperei zu unterbrechen. »Schlafzimmer, Badezimmer, Salon und Büro. Die Treppe rauf links und dann wieder links. Die Doppeltür rechts führt in sein Büro. Allerdings werden Sie ihn um diese Zeit dort kaum antreffen, da ist er meist unterwegs.«

»Vielen Dank. Ach, noch eins. Als ich Sie fragte, was Sie in der

Mordnacht gemacht haben, war Ihnen wohl vorübergehend entfallen, daß Sie noch einmal unten waren.«

Jäh hörte sie auf zu tippen. »Das ist nicht wahr!« Sie schob das Kinn vor wie ein trotziges Kind. »Wer das behauptet, lügt.«

»Haben Sie sich das genau überlegt?« fragte ich milde.

Ihre Lippen wurden zu einem schmalen Strich. »Wollen Sie mir etwa eine Lüge unterstellen?«

»Nein. Aber so was kann man ja auch mal vergessen.«

»Was ich nicht gemacht habe, kann ich auch nicht vergessen haben.«

Ich zuckte die Schultern. »Na gut, dann bis später, Gloria.« Während ich langsam die Treppe hinaufstieg, ließ ich mir ihre Reaktion durch den Kopf gehen. Zwei zu eins – um mit Neil zu sprechen –, daß sie gelogen hatte. Und das konnte zweierlei bedeuten. Entweder hatte sie selbst den Mord begangen oder sie deckte den Mörder. Und dazu wäre sie nur für einen einzigen Menschen auf der Welt bereit gewesen – für ihren vergötterten Boß.

Auf mein Klopfen an der Doppeltür rührte sich nichts. Vergebens drückte ich nacheinander beide Klinken herunter. Versuchsweise probierte ich es an beiden gleichzeitig. Die Türen öffneten sich, der kleine vergoldete Feststellbolzen am unteren Rand der einen Tür streifte den Teppich, irgend jemand hatte ihn nicht ordentlich befestigt. Dem ließ sich abhelfen. Ich machte die Tür hinter mir zu und schob den Feststellbolzen herunter. Das Schloß schnappte mit sattem Klicken ein. Ordnung ist das halbe Leben.

Kevins Büro enthielt eine Ansammlung von Kitsch, der sich in den ausgewogenen Proportionen des Raums ausnahm wie ein Big Mac auf Sèvres-Porzellan. Die in unappetitlichem Beigebraun gestrichenen Wände waren mit Goldenen CDs und Fotos von Kevin dekoriert, die ihn neben Prominenten von Mick Jagger bis Margaret Thatcher zeigten. Die Stereoanlage war auf antik gemacht, und überall standen Schnickschnacktischchen und Schnörkelschränkchen herum. Zwischen zwei Telefonen stand eine Nintendo-Konsole. Ich hätte wetten mögen, daß er über die Ebene Zwei bei den Super Mario Brothers noch nicht hinausgekommen war. Der Schreibtischsessel war mit rotbraunem Leder gepolstert, und an der Wand standen tiefe Sofas von der Sorte, in die man ahnungslos hineinplumpst, um dann hilflos mit den Beinen zu strampeln wie ein kleines Kind.

Was ich suchte, wußte ich selber nicht genau. Ich fing mit dem Schreibtisch an, der aber keine Überraschungen bot. Oberstes Schubfach: Schreibgerät und Chefspielzeug, bis zum aerobasischen Taschenrechner (was das ist, weiß ich nur, weil er im Versandkatalog des Naturwissenschaftlichen Museums angeboten wird, und ich bin ein Katalogfreak). Zweites Schubfach: Schreibblocks, Selbstklebe-Merkzettel mit Logos von Plattenfirmen, Schreibtischkalender mit schwarzem Ledereinband und Telefonverzeichnis. Unterstes Schubfach: Laufende Nummern von Musikzeitschriften und Männermagazine – von *Esquire* mit seiner Bauch- und Nabelschau bis zur *Penthouse*-Tittenparade.

Ich wandte mich dem ersten Schnörkelschränkchen zu, das ein getarnter Aktenschrank war. Das erste Fach enthielt Korrespondenz mit Plattenfirmen, Promotern und Tour-Veranstaltern. Von Merchandising keine Rede. Das zweite Fach schien mir schon deshalb vielversprechender, weil es abgeschlossen war. Ich überlegte gerade, wie ich ihm zu Leibe rücken sollte, als mein schlimmster Alptraum Wahrheit wurde: Ich hörte Stimmen vor der Tür.

Es ist erstaunlich, wie rasch man einen total trockenen Mund bekommen kann. Irgend jemand fummelte geräuschvoll mit einem Schlüssel herum, und ich richtete mich auf. Allzu viele Verstecke gab es nicht. Unter dem Schreibtisch hätten sie mich im Nu entdeckt. Hinter den Sofas war kein Platz. Blieb nur die Tür an der hinteren Wand, die zu einem Schrank oder einem Schlafzimmer führen mochte. Ich sprintete, heilfroh über diesen Angeber, der sich hochflorigen Teppichboden hatte legen lassen, quer durch den Raum, betete, daß die bewußte Tür nicht abgeschlossen war – und stolperte über die Schwelle. Während ich die Tür hinter mir zumachte, sah ich noch, wie die Doppeltüren aufgingen.

»Nehmen Sie doch bitte Platz, Inspector«, hörte ich Gloria sagen. »Mr. Kleinman müßte in zehn Minuten wieder da sein. Und könnten Sie das bitte auch dieser Miss Brannigan ausrichten, falls sie sich sehen läßt. Sie hat ihn vorhin gesucht. Darf ich Ihnen eine Tasse Tee anbieten?«

»Nein, besten Dank. Meinen Leuten und mir kommt der Tee schon aus den Ohren raus. Aber wir werden uns nach Miss Brannigan umsehen.« Die Stimme war unverkennbar – sie kratzte an meinen Nerven wie ein Griffel über eine Schiefertafel. In dem Zimmer, das ich vor einer knappen Viertelstunde verbotenerweise betreten hatte, saß mein alter Freund Cliff Jackson.

Ich war ins Badezimmer geraten. Das wäre was für den alten Schurken Lord Elgin gewesen, der damals all diese Marmorbrocken aus Griechenland ins Britische Museum abgeschleppt hat! Wände, Fußboden, ja, sogar die Decke – alles aus Marmor. Nicht aus diesem kaltweißen, graugeäderten Zeug, nein, der hier war sanft rosafarben, und die Äderung dunkelrot wie auf einer Trinkernase. Das ganze Bad sah aus wie aus einem kompakten Marmorblock herausgehauen. Die Wasserhähne waren ziemlich scheußliche goldene Delphine. Ein angenehmes Betätigungsfeld für die Putzfrau: Man sah nie so recht, ob sie ordentlich gearbeitet hatte.

An der anderen Seite gab es noch eine Tür. Ich zog meine Stöckelschuhe aus und schlich hin. Aber das wäre denn doch zu viel des Glücks gewesen: Die Tür rückte und rührte sich nicht. Ich ging in die Hocke, legte ein Auge an den Spalt und ließ alle Hoffnung fahren: Die Tür war von außen abgeriegelt.

Jetzt hatte ich nur noch zwei Möglichkeiten. Entweder saß ich die Sache aus in der Hoffnung, daß niemand sonst aufs Klo mußte. Oder ich machte auf Unverfrorenheit, und zwar umgehend. Jetzt konnte ich mich vielleicht noch rausreden. Wenn Kevin sich erst mal dafür interessierte, was ich in seinem Büro zu suchen hatte, war das schon schwieriger.

Ich schlich zurück zum Klo und zog meine Schuhe wieder an. Dann spülte ich lange und gründlich, stöckelte zum Handwaschbecken, mühte mich mit dem verdammten Delphin und veranlaßte ihn, unanständig glucksend Wasser zu spucken, fummelte geräuschvoll an dem Riegel herum und kam heraus.

»Inspector Jackson!« stieß ich in gespielter Verblüffung hervor. Er fuhr herum. Seine getönten Brillengläser wirkten unheimlich im Gegenlicht.

»Darf ich fragen, was Sie hier treiben, Miss Brannigan?« fragte er matt.

»Ungefähr dasselbe wie Sie, würde ich sagen. Ich warte auf Kevin, er soll in Kürze zurückkommen.«

»Und wie ist es Ihnen gelungen, durch eine verschlossene Tür zu gelangen?« fragte er. Diese ölige Art zu reden hätte ich ihm gar nicht zugetraut. Ich kenne das von Cops, die – ob es sich nun um eine Geschwindigkeitsüberschreitung oder um einen Mord handelt – ihrer Sache ganz sicher zu sein glauben. Wahrscheinlich üben sie diesen fiesen Tonfall in der Ausbildung.

»Verschlossen? Sie müssen sich irren, Inspector, ich habe einfach die Klinke hinuntergedrückt. Sonst hätte ich mir wohl kaum auf der Toilette in aller Ruhe die Nase gepudert.«

Daß ich bei Cops nie den Mund halten kann! Jackson legte die Hände um den Knoten seiner makellosen Paisleykrawatte und zog ihn ein bißchen fester. Viel lieber hätte er wahrscheinlich die Hände um meinen Hals gelegt.

»Und erwartet Mr. Kleinman Sie?« knirschte er.

»Vielleicht nicht gerade jetzt, aber er weiß, daß ich irgendwann mit ihm sprechen möchte. Es hat keine Eile. Ich will nicht stören und komme gern ein andermal vorbei.« Ich marschierte zur Tür.

»Nein, bleiben Sie! Wir zwei dürften auch ohne Kevin genug Gesprächsstoff haben.«

»Auch recht. Dann brauche ich morgen nicht so früh aufzustehen.« Ich kann mir nicht helfen, aber wenn ich diese Kriminalbeamten sehe, die sich so halb und halb für den lieben Gott halten, kommt mir alles hoch. Ich blieb in aller Ruhe am Schreibtisch stehen. Jackson beugte sich auf dem Sofa vor und versuchte, sich in Positur zu werfen. Ich kenne diese Sitzmöbel. Er hätte sich die Mühe sparen können. »Schießen Sie los, Inspector«, sagte ich einladend.

»In Ihrer Aussage heißt es, Sie seien etwa eine Stunde im Haus gewesen, ehe Sie und Mr. Franklin sich auf die Suche nach Miss Pollock machten.«

»Ganz recht.«

»Genauer können Sie den Zeitpunkt nicht bestimmen? Ich muß Ihnen sagen, Miss Brannigan, daß das für mich nicht sehr glaubhaft klingt. Ihre Zunft ist doch sonst so stolz auf Präzisionsarbeit.« Diesen Tritt vors Schienbein hatte er sich denn doch nicht verkneifen können.

Ich zuckte die Achseln. »Aber in der Praxis hat man das leider oft genug, Inspector, das müßten Sie eigentlich wissen. Das Gedächtnis arbeitet nicht sehr zuverlässig. Ich staune immer, wie vage sich die Leute ausdrücken, die ich vernehme.«

»Vielleicht kommen wir zu einer genaueren Angabe, wenn wir die Sache von hinten aufzäumen. Wo kamen Sie her? Und wann sind Sie dort weggefahren?«

»Ich hatte geschäftlich in der Nähe von Warrington zu tun, dort war ich nachts um halb eins fertig, und weil es bis Colcutt nur zehn Autominuten sind, beschloß ich spontan, noch einen Schlaftrunk bei Jett einzunehmen.« Und da Angriff bekanntlich die beste Verteidigung ist und ich nicht riskieren konnte, daß Jackson meine Zeit- und Ortsangaben genauer analysierte, fuhr ich fort: »Was soll das überhaupt, Inspector? Versuchen Sie immer noch, Jett die Sache anzuhängen? Sehr sinnvoll erscheint mir das nicht, nachdem Sie bereits eine Verhaftung vorgenommen haben.«

Er schob die Brille hoch und rieb sich ungeduldig den Nasenrükken. »Das Nachdenken darüber dürfen Sie getrost uns überlassen, dafür werden wir nämlich bezahlt.«

»Sie werden doch aber nicht leugnen, daß Sie Maggie Rossiter verhaftet haben?«

»Warum schicken Sie nicht Ihren Freund zu unseren Pressekonferenzen, wenn Sie wissen wollen, was bei uns läuft?« giftete er. Schade, daß die Polizei beim Verbrecherfang lange nicht so schnell ist wie mit dem Mundwerk. »Zumindest bekämen Sie dann nicht so viel in die falsche Kehle. Sie haben meine Frage noch nicht beantwortet. Wann sind Sie hier eingetroffen?«

»Wie ich schon sagte, Inspector: Ich weiß es nicht genau. Wir haben uns etwa eine Stunde unterhalten, dann ist Jett in den Probenraum gegangen, um Moira zu holen.«

»Und warum erst dann? Warum hat er sie nicht gleich dazugeholt?«

Ich atmete tief durch. »Weil sie sich im Probenraum zum Arbeiten verabredet hatten und sie dort nicht vergeblich auf ihn warten sollte.«

»Wie lange war er weg?«

»Ein, zwei Minuten. Nicht lange genug, um sie zu ermorden, falls

Sie darauf hinaus wollen. Außerdem habe ich, als ich nach ihrem Puls tastete, ihre Haut angefaßt. In drei oder vier Minuten hätte sie nicht so sehr abkühlen können.«

»Sagen Sie nichts, lassen Sie mich raten«, sagte Jackson ironisch. »Und sie war nicht so kalt, als hätte sie schon eine Stunde tot dagelegen...«

»Ja, so würde ich das sehen.«

Jackson seufzte. »Unseren Pathologen würde diese fachkundige Einlassung zweifellos sehr interessieren. Jetzt zu Miss Pollocks Freundin. Ging Miss Rossiter, als Sie sie sahen, auf das Haus zu oder vom Haus weg?«

»Ich glaube, sie ging zurück Richtung Dorf.«

Jackson nickte. »Und wie sah sie aus? Erschrocken? Verängstigt?«

»Ein bißchen erschrocken, ja. Kein Wunder, wenn man mitten in der Nacht fast über den Haufen gefahren wird.«

»Und als Sie dann nichts Eiligeres zu tun hatten, als Miss Rossiter aufzusuchen – hat sie da gesagt, wie Moira Pollock zu Tode gekommen ist?«

»Nein«, sagte ich entschieden.

»Und haben Sie es erwähnt?« bohrte er. Warum war er eigentlich nicht auf der Polizeiwache und nahm sich Maggie selber vor?

»Nein, das hatten Sie mir ja untersagt.«

»Und Sie halten sich treu und brav an das, was Ihnen gesagt wird? Erzählen Sie mir doch keine Märchen, Miss Brannigan.«

Ich stieß mich von der Schreibtischkante ab. »Ich weiß nicht, was Sie sich von dieser Unterredung versprechen, Inspector, aber ich habe Besseres zu tun, als mich hier von Ihnen beleidigen zu lassen. Wenn Sie noch konkrete Fragen an mich haben, bin ich jederzeit bereit, Ihnen Rede und Antwort zu stehen. Wenn Sie aber ständig nur die alten Themen beackern und versuchen, mir das Wort im Munde zu verdrehen, damit ich meinen Klienten belaste, ist das reine Zeitverschwendung. Für Sie wie für mich.« Inzwischen war ich schon fast an der Tür. Aber Jackson war schneller und versperrte mir den Weg. »Einen Moment noch...«, setzte er an, dann stolperte er nach vorn und wäre mir fast in die Arme gefallen, weil jemand hinter ihm gegen die Tür drückte.

Stinkwütend stürmte Kevin ins Zimmer. »Darf ich fragen, warum Sie sich ausgerechnet mein Büro zum Räuber-und-Gendarm-Spielen ausgesucht haben?«

»Ich wollte gerade gehen«, sagte ich sehr von oben herab und stolzierte an den beiden vorbei. »Wir sprechen uns ein andermal, Kevin.« Dann machte ich die Tür sehr nachdrücklich von außen zu. Es wurde Zeit, mir meine Zeitpläne vorzunehmen.

24

Ich stöberte Jett in seinen Privaträumen im anderen Flügel des Hauses auf. Die Tür stand offen, und ich blieb auf der Schwelle stehen, bis er mich bemerkt hatte. Er saß auf einem Hocker am Fenster und zupfte auf einer zwölfsaitigen Yamaha herum. Nach ein paar Minuten drehte er den Kopf in meine Richtung und nickte mir zu. Er spielte eine Passage aus *Crying in the Sun* zu Ende, das war einer ihrer gemeinsamen Songs aus dem zweiten Album, dann stand er unvermittelt auf. »Kate«, sagte er leise. Er stand im Gegenlicht, so daß ich seinen Gesichtsausdruck nicht erkennen konnte.

Ich setzte mich auf eine Couch. »Wie geht's dir, Jett?«

Behutsam lehnte er die Gitarre an die Wand, dann ließ er sich ein, zwei Meter von mir entfernt im Lotussitz auf dem Boden nieder. »Es ist das Schwerste, womit ich je habe fertig werden müssen.« Die gewohnte Klangfülle in seiner Stimme fehlte. »Mir ist, als hätte ich eine Hälfte von mir verloren. Die bessere Hälfte. Ich habe es mit allem möglichen versucht – Meditation, Selbsthypnose, Alkohol. Sogar mit Sex. Aber nichts hilft. Ständig sehe ich sie wieder vor mir, wie sie dort gelegen hat...«

Ich blieb ihm eine Antwort schuldig. Mir fehlt die Erfahrung mit Trauernden. Eine Weile blieben wir still beieinander sitzen, dann fragte Jett: »Weißt du schon, wer sie umgebracht hat?«

Ich schüttelte den Kopf. »Nein, leider nicht. Ich habe jede Menge Fragen gestellt, aber im Grunde haben sie mich alle nicht weitergebracht. Jeder könnte es gewesen sein, genaugenommen haben auch alle so was wie ein Motiv. Immerhin habe ich ein paar Spuren, denen ich nachgehen werde.«

»Du mußt herausbekommen, wer es war, Kate. Die Atmosphäre hier im Haus ist schlecht. Jeder verdächtigt jeden, auch wenn keiner es zugibt. Und dieser Verdacht vergiftet alles.«

»Das weiß ich, Jett, und ich gebe mir ja auch die größte Mühe. Es würde mir helfen, wenn ich auch dir ein paar Fragen stellen könnte.« Ich ging sehr vorsichtig mit ihm um, denn ich wollte nicht daran schuld sein, wenn er plötzlich ausflippte. Und einen Klienten kann man sowieso nicht allzu rücksichtslos in die Zange nehmen.

Er seufzte und zwang sich zu einem Lächeln, das auf den ausgezehrten Zügen geradezu gespenstisch wirkte. »Ich habe mir die Suppe eingebrockt, da muß ich sie wohl auch auslöffeln. Paß auf, Kate: Ich muß zu Moiras Mutter. Wenn du Lust hast, mich hinzufahren, können wir unterwegs reden.«

»Und wie kommst du zurück?« Ich bin Spezialistin für irrelevante Fragen.

Er zuckte die Schultern. »Gloria kann mich abholen. Oder Tamar. Das ist kein Problem.«

Ich folgte ihm die Treppe hinunter. An der Haustür blieb er stehen. »Frag mich alles, was du willst, Kate, ich verlange keine Schonung.«

»Danke.« Ich schloß den Wagen auf und sah etwas besorgt zu, wie er sich auf den Beifahrersitz zwängte und brav anschnallte. Dabei ging die Andeutung eines Lächelns über sein Gesicht.

»Ganz schön schlimm, wenn man sich so an Luxuskarossen gewöhnt hat«, sagte er.

Ich ließ den Motor aufheulen und rollte die lange Auffahrt hinunter. Die Reifen zischten auf dem nassen Asphalt, die Scheibenwischer arbeiteten wie wild. »Das Wetter ist genau so, wie ich mich fühle«, sagte Jett. »Okay, Kate, du kannst loslegen.«

»Kannst du mir noch einmal schildern, was du an dem bewußten Abend so ab acht gemacht hast und mit wem du zusammen warst?«

Aus dem Augenwinkel sah ich, daß Jett sich mit einer Hand den Nacken massierte und dann ein paarmal den Kopf kreisen ließ. »Tamar kam von einer Shoppingtour zurück und sagte, sie würde uns was zum Abendessen machen.«

»War das üblich?«

Er zuckte die Schultern. »Für die Mahlzeiten gibt es hier keine feste Regelung, da muß jeder mehr oder weniger selbst sehen, wo er bleibt. Bis auf den Sonntag. Am Sonntag macht Gloria uns ein richtiges Essen, und wir setzen uns alle zusammen. Aber Tamar kocht oft für uns beide. In den ersten ein, zwei Wochen hat Moira auch mal das Essen gemacht, aber als wir dann so richtig in der Arbeit steckten, wurde ihr das wohl zuviel.«

»Gut, und wie ging es dann weiter?« Ich kurbelte mein Fenster herunter und betätigte den Toröffner. Ein stechender Regenschauer schlug mir ins Gesicht.

Jett hatte die eindringende Nässe gar nicht zur Kenntnis genommen. »Ich ging mit Moira ins Studio, um mit Micky ein paar Nummern zu besprechen, die uns nicht recht gefielen. Er hatte was ziemlich Kompliziertes mit den Drums vor, und wir waren davon nicht begeistert. Danach habe ich mich mit Tamar zum Essen gesetzt.«

»Bist du zusammen mit Moira nach oben gekommen?«

Jett überlegte einen Augenblick. »Nein. Als ich ging, war sie noch im Studio, aber ein paar Minuten später, als ich aus der Küche kam, hab ich sie dann zur Haustür gehen sehen. Ich hab mir gedacht, daß sie wohl zu Maggie will.«

»Du wußtest also, daß Maggie im Dorf war?« Ich deutete unbestimmt in Richtung Pub.

»Ja, natürlich«, erwiderte er etwas überrascht. »Moira hatte es nicht an die große Glocke gehängt, aber mir mußte sie es natürlich sagen. Ich hätte sie sonst vielleicht vergeblich im Haus gesucht und mir Sorgen gemacht. Ich hatte ihr vorgeschlagen, Maggie hierher einzuladen, aber davon wollte sie nichts wissen. Maggie hätte es nicht nötig, sich von anderen dumm anreden zu lassen, fand sie.«

»Und was war, nachdem Moira das Haus verlassen hatte?«

»Wir haben unsere Steaks gegessen und uns *Regarding Henry* als Video angesehen. Kurz vor zehn ist dann Tamar nach oben gegangen, weil sie baden wollte, und ich hab von hier aus ein paar Telefongespräche geführt. Ich brauchte für die nächste Woche Musiker und wollte das noch mal abchecken. Normalerweise kümmert sich Micky um all das, aber er stellt sich bei diesem

Album so komisch an, daß ich ihm glatt zugetraut hätte, mir zu erzählen, sie könnten die Sessions mit uns nicht machen. Danach habe ich mit Tamar geschlafen.« Seine Stimme war immer leiser geworden, und jetzt verstummte er ganz.

»Wie läuft das eigentlich so mit Tamar?« hakte ich nach.

»Ja, also ... Ich mag sie irgendwie, aber manchmal macht sie mich verrückt. Verglichen mit Moira ist sie so materialistisch, so seicht. Immer wieder nehme ich mir vor, Schluß zu machen, nur noch einmal mit ihr zu schlafen, ein letztesmal, und dann denke ich daran, daß wir es schließlich auch schön miteinander hatten, und bringe es einfach nicht fertig, sie wegzuschicken. Wenn es mit Moira und mir auch im Bett wieder geklappt hätte, wäre ich vielleicht stark genug dazu gewesen.«

Im Klartext: Tamar ist toll im Bett, und du läßt sie nicht sausen, bis du was Besseres hast, dachte ich zynisch. Laut sagte ich nur: »So ist das also. Und dann?«

»Ich habe bei mir geduscht, und dann bin ich zum Probenraum gegangen. Das muß zwischen halb zwölf und Mitternacht gewesen sein. Moira und ich wollten zwei Stunden an ein paar neuen Songs arbeiten, aber eigentlich hatten wir uns dort erst um halb zwei verabredet.«

Ich konnte zunächst nichts sagen, weil ich mich auf die vor uns liegende Kreuzung konzentrieren mußte. Der Verkehr donnert dort über die A 56 wie über eine deutsche Autobahn. Man muß die erstbeste Lücke nutzen, sonst kommt man nie drauf. Ein Segen, daß der Nova so gut beschleunigt. Jett wurde in seinen engen Sportsitz gedrückt und machte ein ziemlich unbehagliches Gesicht.

»War das nicht ziemlich spät, um noch zu arbeiten?« fragte ich.

Jett entkrampfte sich wieder etwas, als ich Gas wegnahm. Diesmal schien sein Lächeln echt zu sein, allerdings konnte ich seine Augen nicht sehen. Ich stellte den Rückspiegel so, daß ich sein Gesicht erkennen konnte. »Die besten Sachen haben wir immer in den frühen Morgenstunden gemacht«, sagte er. »Manchmal haben wir noch an Texten und Melodien gefeilt, wenn es schon hell wurde. Ganz früher sind wir dann morgens um fünf zu irgendeiner Imbißbude gefahren und haben unsere neuen Songs mit Tee und Rührei auf Speck gefeiert.«

»Und warum bist du dann so viel früher als verabredet in den Probenraum gegangen?«

»Mir ging seit ein paar Stunden eine starke Melodie im Kopf herum, an der ich ein bißchen arbeiten wollte, vielleicht, um Moira was Neues zu bieten. Ich hab eine Weile so vor mich hin geklimpert, dann bin ich in die Küche gegangen und hab mir ein Sandwich gemacht. Das muß kurz vor eins gewesen sein. Während ich aß, kamen die Nachrichten.« Jetzt, da er sich dem entscheidenden Moment näherte, klang seine Stimme gepreßt, und seine Schultern hatten sich verspannt.

Ich fuhr ziemlich gemäßigt an den Kreisverkehr heran, hatte aber an der Ausfahrt immer noch reichlich Dampf drauf. Diesmal hatte sich Jett rechtzeitig am Haltegriff festgeklammert.

»Hast du in dieser Zeit jemanden gesehen?«

»Nein. Aber wahrscheinlich hätte ich auch niemanden bemerkt, wenn man mich nicht angesprochen hätte. Ich hatte den Kopf voller Musik, alles andere war mehr oder weniger ausgeblendet. Ich weiß nicht, wie man das Nichtmusikern erklären soll. Ich erinnere mich auch nicht, was in den Nachrichten war. Vermutlich hätte ich nicht mal mitgekriegt, wenn sie den Dritten Weltkrieg angesagt hätten.«

Na wunderbar! Ein Klient, der fast zur richtigen Zeit am richtigen Platz gewesen war. Eine Zeugin, die das – auch wenn sie im Augenblick noch den Mund hielt – bestätigen konnte. Und sein Alibi verdankte Jett meinen Lügengeschichten bei der Polizei. Bill würde begeistert sein. Von Inspector Jackson ganz zu schweigen.

»Bist du gleich von der Küche aus in den Probenraum gegangen?«

Jett nickte. »Ja, und da habe ich sie dann gefunden. Ich war nur eine Tür weiter, aber gehört hab ich nichts.«

»Wegen der guten Schalldämmung?«

»Ja. Deshalb mußte die Polizei uns auch abnehmen, daß wir beide nichts gehört haben.«

Es war sinnlos, ihn noch einmal zu fragen, was er im Probenraum gesehen hatte. Ich hatte es ja auch gesehen und dazu nicht mehr sagen können, als daß Moira mit einem Tenorsaxophon erschlagen worden war. Außerdem spürte ich, daß er mehr und mehr auf Distanz zu mir ging. Wenn ich nicht schnell das Gespräch auf ein anderes Thema brachte, lief ich Gefahr, daß er mir entglitt. »Wer könnte es deiner Meinung nach gewesen sein, Jett?«

»Daß es einer von uns war, kann ich mir nicht vorstellen«, sagte er, aber das klang eine Spur unsicher. »Zoff gibt es natürlich in der Szene immer mal. Aber Mord und Totschlag?«

»Sie hatte Streit mit Kevin, nicht? Weißt du, worum es dabei ging?«

»Sie dachte, er wollte sie um ihre Tantiemen betrügen. Ich sollte ihn dazu bringen, ihr einen Vertrag nach ihren Vorstellungen zu geben – Gewinnbeteiligung für das neue Album, höhere Tantiemen, Nennung als Mitproduzentin. Ständig hat sie mir erzählt, daß ich auch nicht bekomme, was mir zusteht, daß Kevin zuviel absahnt. Und daß ich beim Merchandising betrogen werde. Überall schwirrt illegale Tour-Ware rum, hat sie gesagt, es wird höchste Zeit, daß Kevin sich darum kümmert.«

Ich horchte auf. Moira wußte also von den Fälschungen? Beinah wäre mir darüber Jetts nächste Bemerkung entgangen. »Sie hat sogar vorgeschlagen, wir sollten uns von Kevin trennen. Sobald sie das Managen einigermaßen drauf hätte, könnten wir ihn in die Wüste schicken. Eigentlich wollte ich nicht mitmachen, aber ich mußte ihr versprechen, mich von ihm zu trennen, wenn sie Beweise dafür hatte, daß er mich hintergeht.«

Ich holte tief Luft. Konnte jemand wirklich so naiv sein, wie Jett sich gab? Merkte er denn gar nicht, daß er mir damit ein überzeugendes Mordmotiv geliefert hatte?

»Wußtest du, daß jemand Moira Heroin zugespielt hat?« fragte ich. Die Autobahn ging in eine zweispurige Schnellstraße über, und ich nahm fast automatisch so viel Gas weg, daß ich nur noch zehn Meilen über der erlaubten Höchstgeschwindigkeit war.

Er sah mit einem Ruck hoch. »Was sagst du da?«

»Maggie hat erzählt, daß Moira immer wieder Spritzbesteck und Stoff auf ihrem Zimmer gefunden hat. Und von Gloria weiß ich, daß ihr mehrmals Einwegspritzen abhanden gekommen sind.«

»Herrgott noch mal!« explodierte Jett. »Was ist das für eine Schweinerei? Warum hat mir Gloria davon nie ein Wort gesagt?«

»Sie dachte, Moira hätte ihr die Spritzen gestohlen, und wollte sich da wohl nicht reinhängen.«

»Die dumme Kuh!« Er schlug mit der Faust aufs Armaturenbrett. »Sie ist schuld daran, daß Moira jetzt tot ist.«

Ich atmete tief durch, dann sagte ich: »Unter Umständen hat das eine mit dem anderen gar nichts zu tun. Ich kann mir denken, wer hinter dem Spielchen mit dem Heroin steckt, und ich glaube nicht, daß es Moiras Mörder war. Einem Menschen den todbringenden Stoff zuzuspielen und ihn mit eigenen Händen zu ermorden – das sind zwei Paar Schuhe.«

»Aber von wem kam denn dann das Heroin?«

»Ich habe noch keine Beweise, und ins Blaue hinein verdächtige ich niemanden.«

»Du mußt es mir sagen, Kate, ich bin dein Auftraggeber«, flehte er, und ich begriff, daß er krampfhaft nach einem Sündenbock suchte, daß es ihm um persönliche Rache an Moiras Killer ging. Ich mußte in Zukunft Jett gegenüber sehr viel vorsichtiger sein.

»Wenn ich Genaueres weiß, erfährst du es als erster«, versprach ich. Wir konnten nur noch wenige Minuten von dem Haus in der Moss-Side entfernt sein, in dem Moiras Mutter wohnte. Ich hatte beschlossen, Jett zunächst nicht nach den Motiven der anderen Hausbewohner zu fragen, sonst kam er noch auf dumme Ideen. »Wohin jetzt?« fragte ich sachlich.

Mit dumpfer Stimme nannte er mir Mrs. Pollocks Adresse und dirigierte mich hin. Ich hielt vor einem der kleinen Häuser aus dem sozialen Wohnungsbau, bei denen, obwohl sie noch nicht mal fünfzehn Jahre alt sind, schon die Fassade bröckelt. Noch ehe die Bürger von Manchester sie voll bezahlt hatten, würde man sie wieder einreißen müssen.

»Ich habe, wie gesagt, ein paar Spuren, denen ich nachgehen möchte, Jett.« Ich beugte mich vor und machte die Beifahrertür auf. »Versuch, wieder Musik zu machen. Du darfst nicht ständig an den Verlust denken, sondern solltest dich auf das Positive konzentrieren, das du Moira verdankst.« Hätte jemand mir so was erzählt, hätte ich ihm wahrscheinlich eins auf die Nuß gegeben. Aber für Jett mit seiner New-Age-Philosophie waren diese Sprüche offenbar goldrichtig.

»Du hast ja recht«, sagte er seufzend. Mit hängenden Schultern stieg er aus, winkte mir kurz und machte behutsam die Autotür zu.

Ich sah noch, wie in dem kleinen Haus die Tür aufging und eine hagere Frau ihn einließ. Dann legte ich den Gang ein und steuerte wieder Freundesland an.

Das mit den Spuren, denen ich nachgehen wollte, war nicht gelogen. Vielleicht hatte ich Quantität und Qualität übertrieben, aber das war schließlich meine Sache. Unter anderem stand Paki Paulie auf meiner Liste, aber der war noch nicht dran.

Zu Hause wartete ein Fax von Josh, dem Börsenmakler. Ich hatte ihn heute früh telefonisch um eine genaue Aufstellung von Moiras Finanzen gebeten. Vielleicht stieß ich da doch noch auf etwas Aufschlußreiches. Interessanter aber schien mir zunächst die Sache, die Jett gerade angesprochen hatte. Ich brauchte Antworten auf etliche Fragen und wußte auch schon, wo sie zu holen waren.

25

Schweißgeruch schlug mir entgegen, als ich den Klub betrat. Kein abgestandener Mief, sondern der Schweiß redlich schuftender Menschenleiber. Im Ring versuchten zwei junge Mädchen, sich nach allen Regeln der Boxkunst fertigzumachen. Ich war heute nicht zum Fighten gekommen, obgleich mein Körper die Bewegung dringend gebraucht hätte.

Der Mann, den ich suchte, hockte dicht am Ring und feuerte eine der Kämpfenden an. »Los, Christine, immer drauf! Gib's ihr!« Und wir bilden uns ein, daß wir seit Jahrmillionen aus dem Urschlamm raus sind, dachte ich und tippte meinem Freund Dennis auf die Schulter. Er fuhr herum, und ich trat vorsichtshalber einen Schritt zurück.

Als er mich erkannte, richtete er sich grinsend auf. »Hi, Kate. Augenblick noch. In ein paar Minuten ist unsere Christine im Halbfinale.« Er wandte sich wieder dem Ring zu. Die Familie geht Dennis über alles.

Die Glocke läutete das Ende der Runde ein, der Schiedsrichter beriet sich kurz mit den Sekundanten, dann riß er Christines Arm hoch. Bei dem Ruf, der Dennis vorauseilt, hätte wohl sowieso kein Kampfrichter gewagt, gegen Christine zu entscheiden, aber die hatte seine Protektion zum Glück gar nicht nötig.

Christine trat zu ihrem Vater, der sie so kräftig umarmte, daß sie trotz Körperschutz schmerzlich das Gesicht verzog. Mir grinste sie durchtrieben zu. »Bald bin ich gut genug, um dich zu schlagen, Kate.«

»So, wie du heute gekämpft hast, kannst du das jetzt schon«, sagte ich, und das war durchaus ernstgemeint. Dann wandte ich mich an Dennis. »Die Kleine ist echt gut.«

»Kannst du wohl laut sagen. Die wird's noch mal weit bringen. Und was kann ich für dich tun, Kate?«

»Diesmal brauche ich deinen Kopf und deinen Körper, Dennis.«

Er grinste vielsagend. »Was hab ich gesagt? Meiner Männlichkeit kann keine widerstehen! Hast du deinen Schlaffi endlich in die Wüste geschickt?«

Ich lachte. Den »Schlaffi« sagt er Richard auch ins Gesicht, aber das ist durchaus nett gemeint. Richard revanchiert sich, indem er ihn Neandertaler nennt, und Dennis tut, als wüßte er nicht, was das bedeutet. Männer sind und bleiben eben große Kinder. Und lassen sich, genau wie Kinder, vor allem von ihren Begierden leiten. Wie man bei Jett und Tamar sah.

»Fehlanzeige, Dennis. Mir geht's nur um deine Schlagkraft.«

Er mimte tiefe Enttäuschung und legte wie in stiller Verzweiflung die Hand an die Stirn. »Wie soll ich das bloß überleben, Kate?« Dann wurde er ernst. »Dauert's länger?«

»Ein, zwei Stunden. Höchstens.«

»Dann fahr ich mal eben Christine nach Hause und bin in einer halben Stunde bei dir.«

Auf Dennis war Verlaß. Eine halbe Stunde später klingelte es. Ich hatte schon den Kessel aufgesetzt. Dennis trinkt selten Alkohol, läßt die Finger von Drogen und läuft jeden Morgen sechs Meilen. Bei Wind und Wetter. Sein einziges Laster – vom Bruchmachen mal abgesehen – sind Zigaretten. Ich servierte ihm zur Begrüßung eine Tasse Milchkaffee mit Zucker, stellte einen Aschenbecher bereit und setzte mich mit meinem Wodka-Grapefruit zu ihm.

»Es geht wieder mal um Fälschungen«, fing ich an.

»Über die Smarts hab ich dir alles gesagt, was ich weiß«, wandte er ein. Tatsächlich verdanke ich ihm meinen ersten entscheidenden Durchbruch in den Ermittlungen. Dennis ist eine unschätzbare Informationsquelle – sofern man seine Freunde und Angehörigen in Ruhe läßt. Zumindest die, mit denen er gerade nicht verzankt ist. Manchmal, wenn er jemandem eins auswischen will, kommt er spontan mit einem besonders guten Tip. Seine Auffassung von Moral ist strikter als die eines Jesuitenpaters und leichter zu durchschauen.

»Im Augenblick geht's mir nicht um die Smarts. Glaube ich jedenfalls. Sondern um einen Typ aus Bradford, einen gewissen Fat Freddy. Sagt dir der Name was?«

Dennis runzelte nachdenklich die Stirn. »Gehört hab ich ihn schon mal, aber ich seh den Mann nicht vor mir. Er hat keine Kontakte nach hier.«

»Er macht in gefälschten Werbeträgern für Rockkonzerte. T-Shirt-Kopien, Raubkassetten. Es gibt da eine Querverbindung zu einem anderen Fall, den ich bearbeite. Ich versuche gerade rauszukriegen, wieso sich jemand, der ganz legitim im Merchandising-Geschäft ist, mit einem Typ einlassen könnte, der Fälschungen verhökert.«

Dennis zündete sich eine Zigarette an und klopfte ein bißchen Asche von seinem Trilobalanzug. »Ist doch sonnenklar, Kate. Mal angenommen, ich hab die Lizenz, das Zeug für eine Top-Band wie die Dead Babies zu produzieren, und bin selber nicht ganz astrein. Ich stelle fest, wer die Fälschungen macht, und biete ihm einen Deal: Wenn ich einen Anteil kriege, laß ich nichts raus. Vor ein paar Jahren war es weiter kein Unglück, verpfiffen zu werden, dann machte die Polizei allenfalls eine Razzia, und das Zeug wurde beschlagnahmt. Jetzt, wo die Gesetze geändert sind, kommen Warenzeichen-Prozesse ganz schön teuer, und deshalb zieht so eine Drohung immer. Wenn ich ein besonders raffinierter Gauner wär, würd ich dem Typ Vorab-Modelle von dem anbieten, was ich in Kürze rausbringen will, so daß er beim Fälschen einen Vorsprung vor der Konkurrenz hat.« Er lehnte sich zurück und blies zufrieden Rauchkringel zur Decke. Es hörte sich sehr einleuchtend an.

»Danke, Dennis, das war ein guter Tip. Und jetzt kommen deine

Muskeln ins Spiel. Kennst du einen gewissen Paki Paulie? Er soll Dealer sein.«

Dennis machte ein finsteres Gesicht. Dealer sind ihm noch verhaßter als Bullen. Es hat wohl etwas damit zu tun, daß er zwei halbwüchsige Kinder hat. Als sich ein Pusher vor der Schule seiner Kinder rumdrückte und die Polizei es nicht fertigbrachte, den Mann festzusetzen, hat er ihm beide Beine gebrochen. Zehn, zwölf Mütter haben mit angesehen, wie Dennis den Baseballschläger schwang, aber als die Polizei kam, hat nicht eine von ihnen Dennis identifiziert. In dieser Gegend geht es streng, aber gerecht zu. »Diesen Drecksack? Und ob ich den kenne.«

»Ich will wissen, ob er an eine der Personen, die in meinen Fall verwickelt ist, Heroin verkauft hat, und ich hab so das dumpfe Gefühl, daß er mir das nicht freiwillig erzählen würde. Deshalb brauche ich Rückenstärkung. Machst du mit?«

»Wann fangen wir an?« Dennis trank seinen Kaffee aus und beugte sich erwartungsvoll vor.

Eine Stunde später hatten wir Paki Paulie in einer zwielichtigen Bar auf Cheetham Hill aufgestöbert. Vorn sah sie aus wie ein x-beliebiges heruntergekommenes Pub, in dem einige wenige ältere, abgewrackte Gäste herumsaßen. Das Hinterzimmer war wie eine andere Welt. In der schummerigen Beleuchtung hielten, von ihren Leibwächtern flankiert, ein paar Macker in teuren Anzügen hof. Schmuddelige Kids kamen wie beiläufig herein und blieben an dem einen oder anderen Tisch stehen, um leise mit einem der Macker zu sprechen. Manchmal wechselten diskret Geld und Stoff den Besitzer, häufiger aber stand der Dealer auf und begleitete seinen Kunden durch die Hintertür zum Parkplatz.

Allein hätte man mich wahrscheinlich für eine Polizistin gehalten und entsprechend behandelt, aber in Begleitung von Dennis war das nicht zu befürchten. Wir bestellten unsere Drinks, und er deutete mit einer kurzen Kopfbewegung auf einen der Ecktische.

»Das ist er?« vergewisserte ich mich. Dennis nickte.

Paki Paulie trug einen glänzenden silbergrauen Doppelreiher über einem offenen kobaltblauen Hemd. Die Klamotten waren ersichtlich teuer, aber er selbst war allenfalls ein Bananendampfer unter

Billigflagge. Er hatte sich zurückgelehnt und sah nachdenklich zur Decke, als hätte er keine größeren Sorgen als die Frage, was er sich jetzt zu trinken bestellen sollte. Neben ihm saß ein junger weißer Schlägertyp und starrte düster in sein fast leeres Bierglas.

Dennis trat gemächlich an den Tisch heran. Ich blieb ihm dicht auf den Fersen. »Na, Paulie?«

»Tag, Dennis!« Pauli nickte herablassend.

»Wie läuft das Geschäft?«

»Mäßig. Kein Wunder bei den hohen Zinsen heutzutage.« Paulie grinste. Daß ein Dealer auch noch Sprüche klopft, kann ich nicht vertragen.

»Auf ein Wort, Paulie«, sagte Dennis leise.

»Tu dir keinen Zwang an, Dennis.« Paulie verströmte Liebenswürdigkeit in alle Himmelsrichtungen, aber seine Augen blieben wachsam.

»Hast du das von Jack the Smack gehört?« fragte Dennis unschuldig. Paulies Augenbrauen schnellten nach oben. Natürlich wußte er ganz genau, wann und wo Dennis zugeschlagen hatte. »In deinem Geschäft muß man heutzutage höllisch aufpassen, daß es nicht zu einem Unfall kommt«, fuhr Dennis im Plauderton fort. »So wie's heute im Gesundheitsdienst aussieht, kann man keinem wünschen, daß er im Krankenhaus landet.«

Jetzt war offenbar auch Paulies Gorilla aufgewacht. Er beugte sich vor. »Soll ich...«, setzte er an. »Schnauze!« blaffte Paulie. »Ich höre, Dennis.«

Dennis deutete mit seinem Glas auf mich. »Das ist eine Bekannte von mir. Sie braucht ein paar Informationen. Mit den Bullen hat sie nichts zu tun, und wenn du die Karten auf den Tisch legst, kommt nichts weiter nach.«

Paulie sah mich an. »Und woher weiß ich, daß ich Ihnen trauen kann?«

»Sie sehen doch, mit wem ich verkehre.«

Dennis setzte sein Glas ab und ließ die Gelenke knacken. Paulie sah von mir zu Dennis und wieder zu mir. Ich holte ein Foto von Tamar aus der Tasche. Es war aus der Zeitung von heute. Jett hatte ich weggeschnitten. »Hat diese Frau Ihnen mal was abgekauft?«

Er sah nur flüchtig hin. »Kann sein. Woher soll ich das wissen? Ich hab jede Menge Kunden.«

»Aber nicht solche, Paulie. Echte Blondine, keine Versandhausklamotten, spricht wie Lady Di. Los, spuck's schon aus.«

Paulie griff nach dem Foto und sah es sich genauer an. »Die hab ich mal in der Hacienda gesehen«, räumte er widerwillig ein.

»Und wieviel hast du ihr verkauft?« Dennis schob sich bedenklich nah an den Dealer heran.

»Wer sagt denn, daß ich ihr überhaupt was verkauft habe? Was soll denn das, Mann? Bist du neuerdings beim Drogendezernat?«

Dennis zog den Kopf zurück wie eine Kobra vor dem Biß. »Ej, warte mal«, rief der Dealer erschrocken. Dennis hielt inne. Der Geräuschpegel im Raum war merklich gesunken. Auf Paulies Oberlippe standen Schweißtropfen. Er beschwichtigte seinen Gorilla, der kaum mehr an sich halten konnte, mit einer matten Handbewegung. »Geht schon in Ordnung«, sagte er laut.

Allmählich setzte das Stimmengewirr wieder ein. Paulie wischte sich mit einem seidenen Paisleytaschentuch das Gesicht und seufzte. »Okay. Vor einem Monat spricht mich diese Braut da in der Hacienda an und sagt, daß sie Stoff braucht. Offenbar keine Ahnung, was oder wieviel. Angeblich als Willkommensgeschenk für 'nen Freund. So für zehn, zwölf Kicks. Da ist was faul, hab ich mir gedacht, aber was geht's mich an? Ist mir doch scheißegal, was die mit dem Zeug machen. Zehn Gramm hab ich ihr verkauft, und danach hab ich sie nie wiedergesehen. Ehrlich.«

Ich glaubte ihm. Dabei hatte er wohl noch nicht mal so viel Angst vor Handgreiflichkeiten an Ort und Stelle als davor, daß Dennis ihm hinterher das Leben schwermachen konnte. Auch Gorillas müssen gelegentlich mal schlafen.

Was mich bedenklich stimmte, war die Tatsache, daß Dennis' Methoden mein Gewissen nicht belasteten. Vielleicht hatte ich bisher die falschen Bücher gelesen. Ich erwog ernsthaft, mich an diesem Abend mit einem Agatha-Christie-Roman und ein paar Knäulen rosa Wolle still in einen Sessel zu setzen.

26

Nach dreißig Seiten von *Mord im Pfarrhaus* erschien Richard im Wintergarten. »Tut mir ja so leid, wenn ich dich bei der Arbeit störe«, lästerte er. Ich legte das Buch weg, und er setzte sich neben mich und nahm mich in die Arme. Es wurde ein langer Kuß. Wir hatten erheblichen Nachholbedarf.

»Ich glaube, heut gehen wir mal früh schlafen, was?« flüsterte Richard mir ins Ohr.

»Das ist das Netteste, was ich heute gehört habe.« Ich schmiegte mich an ihn. »Wie du deinen Job erträgst, ist mir ein Rätsel. Wenn ich ständig mit solchen Armleuchtern zusammen wäre, hätte ich mir schon längst die Pulsadern aufgeschnitten.«

»Das mußt du ausblenden. Ich tu dann einfach so, als ob ich *Denver* oder *Dallas* gucke – Glitzerwelt und Fassade, keine Realität. Manchmal komme ich mir vor wie David Attenborough, dieser Naturforscher, der in seinem Verschlag sitzt und die Gewohnheiten einer seltenen Tierart beobachtet. Faszinierend, sage ich dir. Und weil ich die Musik mag, sehe ich den Leuten, die sie machen, manches nach.«

»Auch Mord?«

»Mord nicht«, räumte er ein. »Aber findest du nicht auch, daß jemand wie Jett mehr für unsere Lebensqualität tut als jeder normale Polizist?«

»Na, für meine Lebensqualität tut er im Augenblick herzlich wenig. Dieser Job ist unmöglich, sage ich dir. Kein Mensch hat ein brauchbares Alibi, aber alle haben sie handfeste Motive. Bis auf Neil, der hatte ein persönliches Interesse daran, daß Moira am Leben blieb.«

»Der?« Richard schnaubte verächtlich. »Neil Webster traue ich zu, daß er sie nur gekillt hat, um Publicity für sein Buch zu schinden.«

»Komm, das geht denn doch zu weit. Sie war eine wichtige Zeugin für Jetts künstlerische Anfänge.«

»Dann hat er sie vielleicht erst angezapft und dann abgemurkst. Inzwischen hat er ja zu Gott und der Welt Kontakt aufgenommen.« Das klang richtig giftig und war ganz untypisch für Richard.

Ich versuchte ihm klarzumachen, daß Neil in Kevins Auftrag die Pressearbeit für Jett übernommen hatte. »Natürlich muß er da mit allen möglichen Leuten sprechen...«

»Es geht nicht nur um die Artikel, die er überall untergebracht hat«, sagte Richard noch immer vergrätzt. »Er hat bei dieser Gelegenheit auch mächtig die Werbetrommel für sein Buch gerührt. Angeblich stehen da Sachen drin, die keiner auch nur vermutet.«

Das überraschte mich nun doch. Mir hatte Neil erzählt, sein größtes Problem sei es, daß er keine neuen, aufregenden Fakten zu bieten hatte. »Vielleicht ist das nur heiße Luft«, meinte ich.

»Glaub ich nicht. Einen Serienvertrag geben sie ihm vielleicht auf Verdacht, aber bei den Features-Redaktionen sind solche Blindbuchungen nicht drin, die wollen vorher genau wissen, was Sache ist, das ist heute eine knallharte Kalkulation. Früher konntest du einem Blatt eine Story aufhängen und hast dein Geld auch dann noch gekriegt, wenn das, was du abgeliefert hast, nicht den Erwartungen entsprach, aber die Zeiten sind vorbei.« Richard stand auf. »Ich brauch ein Bier«, sagte er und ging in die Küche.

Während er seine Sammlung exotischer Biere inspizierte, ließ ich mir das, was er gesagt hatte, durch den Kopf gehen. Daß er ernsthaft glaubte, Neil könne Moira um einer fetten Schlagzeile willen umgebracht haben, konnte ich mir nach wie vor nicht vorstellen. Aber ich weiß von Richard auch, daß man mit einem vielversprechenden Exposé immer noch das große Geld machen kann. Was mochte Moira bei Neil rausgelassen haben? Ich würde Richard noch ein bißchen ausfragen müssen. Das Dumme war, daß ich nicht recht wußte, was ich fragen sollte. Bei Versicherungsbetrug oder Software-Raubkopien wußte ich genau, was Sache war. Hier stocherte ich mit einer Stange im Nebel herum.

Richard kam mit einer Dose Budweiser zurück und lehnte sich an den Türrahmen. »Soll ich das Bier auf der Couch trinken, oder bist du immer noch fürs frühe Schlafengehen?«

Eine Stunde später sah alles schon wieder anders aus. Richtig guter Sex mit einem Partner, den man liebt, rückt vieles wieder ins rechte Lot. Wenn ich nicht rausbekam, wer Moira umgebracht hatte, ging davon die Welt nicht unter. Ich hatte mir die größte Mühe gegeben, mehr konnte kein Mensch von mir verlangen. Für Richard war ich dadurch um keinen Deut schlechter geworden, und nur weil ich keine hellseherischen Fähigkeiten hatte, würde ich mich nicht gleich erschießen.

Mein Arm war eingeschlafen, und ich zog ihn vorsichtig unter Richards Schultern weg. Er drehte sich zur Seite, um mir einen sanften Kuß auf eine Brustwarze zu geben. Mir war angenehm faul zumute, und die arme Miss Marple tat mir irgendwie leid. »Wie läuft übrigens die Sache mit deinen gefälschten Uhren?« erkundigte sich Richard.

»Das fragst du ausgerechnet jetzt? Aber schön, wenn du's unbedingt wissen willst: Ich glaube, die Polizei und das Dezernat zur Bekämpfung unlauteren Wettbewerbs wollen in den nächsten Tagen noch mal eine Razzia machen, aber das werden wir, wenn überhaupt, erst erfahren, wenn alles vorbei ist. Es ist ihnen wohl ein bißchen peinlich, daß wir für sie die Arbeit gemacht haben.«

»Dafür müßten sie euch eigentlich dankbar sein.«

»Nein, du, so läuft das nicht. Bei der Polizei gibt es noch genug Leute, die meinen, daß die Verfolgung von Wettbewerbsverstößen keine Arbeit für einen richtigen Cop ist.«

»Mit dem Fangen von Einbrechern und Autodieben tun sie sich doch auch ziemlich schwer, da sollten sie froh sein, wenn ihnen jemand mal zu einem Erfolgserlebnis verhilft.«

Manchmal habe ich den Eindruck, Richard lebt schon so lange im Wolkenkuckucksheim der Rockszene, daß er den Kontakt zur wirklichen Welt verloren hat. Aber mit seiner Frage hatte er mir ein wichtiges Stichwort gegeben. »Ist in der Szene zur Zeit viel gefälschte Merchandising-Ware im Umlauf? Sweatshirts und dergleichen?«

»In Massen. Du würdest es nicht glauben...« Mein Lover irrte. Nach dem, was ich heute erlebt hatte, fand ich eigentlich überhaupt nichts mehr unglaublich. »Es ist die reinste Epidemie. Die Top-Bands verlieren ein Vermögen daran. Manchmal landet die gefälschte Ware sogar auf den offiziellen Verkaufstischen der Gigs.«

Ich horchte auf. »Demnach ist es ein Insider-Job?«

»Kommt drauf an. Es gibt da – so erzählt man sich jedenfalls hinter vorgehaltener Hand – zwei Möglichkeiten. Entweder stellen sie ein, zwei Kids vor Ort an die Verkaufstische, und die machen damit das schnelle Geld. Oder das Zeug wird gezielt hereingeschmuggelt und geht nicht durch die Bücher.«

»Weißt du zufällig, ob Jett damit auch Probleme hat?«

»Sollte mich nicht wundern. Frag ihn doch.«

Ich rollte mich herum, griff zum Telefon und wählte Jetts Privatnummer. Tamar nahm ab und rief Jett an den Apparat.

»Hi, Jett! Nur eine kurze Frage. Du hast mir doch erzählt, daß Moira glaubte, du hättest Probleme mit gefälschten T-Shirts und so Sachen. Hat sie darüber Genaueres gesagt?«

»Nein, aber auf der letzten Tour haben wir tatsächlich eine Ladung Fälschungen entdeckt. Auf meine Veranlassung hat Kevin die Polizei verständigt, die hat aber nichts rausgekriegt. Was hat das denn mit Moira zu tun?«

»Vielleicht gibt es da gar keinen Zusammenhang mit dem Mord, aber ich glaube, sie hatte Informationen, daß einer deiner Mitarbeiter etwas damit zu tun hatte«, sagte ich vorsichtig.

Am anderen Ende der Leitung blieb es so lange still, daß ich schon dachte, wir wären getrennt worden, aber dann hörte ich wieder Jetts Stimme: »Das hätte sie mir offen sagen sollen. Sie wußte genau, daß ich so was nicht durchgehen lasse. Weißt du, wer es war?«

»Noch nicht«, sagte ich hinhaltend.

»Gib mir bitte gleich Bescheid, wenn du was erfährst, ja?«

»Natürlich, Jett. Gute Nacht.«

Er legte auf, und ich hörte ein nachklappendes Klicken in der Leitung. Irgend jemand hatte mitgehört. Interessant.

Damit war das Puzzle so ziemlich komplett. Moira hatte Maggie erzählt, daß sie einen der Bewohner von Colcutt Manor im Gespräch mit Fat Freddy gesehen hatte. Fat Freddy kopierte Jetts Werbeträger. Kevin hatte Fat Freddy vor der Bank einen Umschlag in die Hand gedrückt. Und als Nutznießer dieser Verbindung kam aus Jetts Gefolge eigentlich nur Kevin in Frage.

Dann fiel mir noch etwas ein. Kevin war nach der Ankunft der Polizei vollständig angezogen oben auf der Treppe erschienen.

Nicht mal der Schlips hatte auf halbmast gestanden. Ich kenne zwar etliche Leute, die es fertigbringen, sich mit ihren Klamotten ins Bett zu legen, aber zu dieser Sorte schien mir Kevin nicht zu gehören.

»Woran denkst du, Brannigan?« fragte Richard zärtlich. Ich fuhr schuldbewußt zusammen. Fast hätte ich vergessen, daß er ja auch noch da war.

Ich überlegte, ob ich ihm sagen sollte, was mich beschäftigte. Vielleicht gar keine dumme Idee, dachte ich, aber bis ich mich zu dieser Entscheidung durchgerungen hatte, hörte ich neben mir tiefe, regelmäßige Atemzüge, die davon kündeten, daß Richard jetzt allenfalls noch mit unterschwelligen Botschaften zu erreichen war. Wenn er schläft, dann schläft er.

Das darf nicht wahr sein, dachte ich, als mich schon wieder das Telefon aus dem Schlaf riß. Benommen löste ich mich aus Richards Armen, tastete nach dem Hörer und sah auf die Uhr. Fünf nach sieben. So langsam fand ich das nicht mehr lustig.

»Kate Brannigan«, blaffte ich.

»Du, entschuldige bitte. Hab ich dich geweckt? Hier Alexis.«

Alexis Lees Stimme hätte ich überall erkannt. Die Mischung aus Scotch, Zigaretten und Liverpool-Tonfall ist unverwechselbar. Alexis ist Kriminalreporterin beim *Manchester Evening Chronicle* und leistet mir schon mal den einen oder anderen Freundschaftsdienst. Mit diesem Weckruf zu unchristlicher Zeit hatte sie mir allerdings keinen Gefallen getan.

»Was gibt's denn so Dringendes?« Ich rappelte mich mühsam auf. Richard, der Glückliche, murmelte etwas im Schlaf und drehte sich auf die andere Seite.

»Es geht um Jack, genannt Billy, und Gary Smart«, sagte Alexis. »Ein Vögelchen hat mir ins Ohr gesungen, daß du mir so allerlei über ihre Aktivitäten erzählen kannst.«

»Und deswegen reißt du mich aus dem Schlaf? Hör zu, Alexis, über die Smarts darf ich dir nichts mehr sagen, weil sich mit denen in aller Kürze die Gerichte befassen werden.«

»Als studierte Juristin solltest du wissen, daß man Tote nicht belangen kann.«

»Sag das bitte noch mal!«

»Die Polizei hat in den frühen Morgenstunden eine Razzia gemacht, und Billy und Gary sind in einem Leih-Porsche getürmt. Am Mancunian Way hat Gary die Kontrolle über den Wagen verloren, und sie sind über die Autobahnbrücke auf die Upper Brook Street gefallen. Platt wie ein Sandwich. Den Knall hätte man eigentlich noch bis zu dir hören können. Und…«

»Moment mal«, fuhr ich dazwischen. »Beide tot, sagst du?«

»Ich hab das Wrack mit eigenen Augen gesehen. Da hätte keine Maus überlebt. Und deshalb wollte ich dich ein bißchen ausholen. Ganz nette Reklame für Mortensen & Brannigan: Die Effizienz eines Privatunternehmens im Vergleich zu den Pannen der Polizei.«

»Ich würde ja gern was für dich tun, aber ich hab noch nicht mal einen Schluck Kaffee getrunken.«

»Kein Problem. Wir treffen uns in einer Viertelstunde in unserer Kantine, und ich spendier dir ein Frühstück.«

Wer Privatdetektive für hartnäckig hält, kennt keine Journalisten. Ich fügte mich seufzend ins Unvermeidliche. Immer noch besser, als wenn Alexis mich hier überfallen und mit Richard meinen neuesten Fall durchgehechelt hätte. »In einer halben Stunde bin ich da.«

Nachdem feststand, daß ich nie mehr auf den Spuren von Billy und Gary Smart durch schmuddelige Imbißbuden ziehen würde, hatten Eier mit Speck und Buttertoast sogar in der düsteren Kellerkantine des *Chronicle* einen irgendwie nostalgischen Reiz. Ich griff herzhaft zu, während Alexis mich mit Einzelheiten versorgte. Nicht zu fassen, wie hellwach sie um diese Zeit schon war. Dabei war sie, nachdem sie einen Tip von einem Bekannten in der Polizeifunkzentrale bekommen hatte, schon ein paar Stunden länger auf als ich.

Ich arbeitete gerade eine Woche für Bill, als ich Alexis kennenlernte. Einer ihrer Tipgeber hatte ihr gesteckt, daß es eine neue Privatdetektivin in Manchester gab, und sie wollte was über mich schreiben. Das hatte ich ihr abschlagen müssen, weil ich nicht riskieren wollte, bei meiner Arbeit erkannt zu werden. Aber wir konnten auf Anhieb gut miteinander, und inzwischen habe ich in ihr eine wirklich gute Freundin, die mir beim Shopping ganz offen sagt, ob mir ein Outfit steht. Und ihre Freundin Chris ist – wie mein Wintergarten beweist – die beste Architektin von ganz Manchester.

Heute früh allerdings war sie ganz cooler Profi. Während sie sich eifrig Notizen machte, fuhr sie sich mit der freien Hand immer wieder durch das widerspenstige schwarze Haar. Nach einer halben Stunde wußte sie über die Smarts fast so viel wie ich.

Nach dem ersten Schock taten mir Billy und Gary fast leid. Gewiß, sie hatten es mit den Gesetzen nicht so genaugenommen, aber sie waren keine Einbrecher, Schläger oder Killer gewesen und hatten es nicht verdient zu sterben, nur weil sie ein paar große Firmen abgezockt hatten, denen der wirtschaftliche Verlust nicht weiter weh tat. Das sagte ich – nicht fürs Protokoll – auch zu Alexis.

»Finde ich auch. Wir sind dabei zu recherchieren, wie oft bei polizeilichen Verfolgungsjagden Menschen zu Tode kommen, das ist nämlich nicht in Ordnung. Im übrigen muß ich wohl Richard warnen.« Alexis zwinkerte mir aus blauen Augen durchtrieben zu. Ich könnte schwören, daß sie dieses Zwinkern vor dem Spiegel übt, um Cops und Opfer gleichermaßen zu becircen.

»Warnen? Wieso?«

»Du hast neuerdings auffallend viel mit Mord und Totschlag zu tun.« Alexis zündete sich eine Silk Cut an und blies einen Rauchfaden über die Schulter.

»Wovon redest du eigentlich?« Ich hielt mich an meinen dünnen Kaffee und machte ein möglichst harmloses Gesicht.

»Komm, Supernase, wir sind doch unter uns. Daß du im Mordfall Moira Pollock ermittelst, hat sich inzwischen herumgesprochen. Zuerst habe ich mich, ehrlich gesagt, etwas darüber gewundert, weil ihr doch auf Wirtschaftskriminalität spezialisiert seid, aber angeblich hast du ja die Leiche gefunden. Falls du mir dazu noch was sagen möchtest...«

»Tut mir leid, Alexis, aber ich kann das, was du eben gesagt hast, nicht mal bestätigen – weder offiziell noch inoffiziell.«

Sie zuckte die Schultern. »Na schön, es war einen Versuch wert. Dann müssen wir uns eben an Neil Websters Material halten, und das ist auch nicht schlecht. Erstaunlich detailliert für eine ganz normale Presseerklärung. Er hat sie sich von uns sogar bezahlen lassen, stell dir das mal vor. Weil er schließlich als Freiberufler sehen muß, wo er bleibt, hat er zu unserem Nachrichtenredakteur gesagt.«

»Sieh mal an...« Ich hätte in diesem Fall zwar auf Alexis' journalistische Neugier verzichten können, aber das interessierte mich nun doch.

»Wenn du willst, kannst du mit zu mir kommen und dir die Sachen ansehen, während ich meinen Artikel schreibe. Wie ich dich kenne, willst du den doch bestimmt lesen, ehe ich ihn weitergebe, obwohl du inzwischen wissen müßtest, daß ich deinen Namen richtig schreibe.«

Das war ein unerwarteter Glücksfall. Vielleicht stieß ich in Neils Material noch auf den einen oder anderen Punkt, den ich übersehen hatte. Und eine interessante Lektüre war es allemal.

27

Alexis hatte nicht zuviel versprochen. Neils Berichterstattung war dramatisch, detailliert und hundertprozentig korrekt. Was mir sehr zu denken gab. »Alexis?« fragte ich in ihr Tastengeklapper hinein.

»Ja?« fragte sie, ohne aufzusehen.

»Sind die Artikel der Reihenfolge nach sortiert, wie sie bei euch eingegangen sind?«

»Möchte ich annehmen. Die Texte sind der Redaktion elektronisch übermittelt worden, und alles, was in mein Gebiet fällt, landet in meiner Mailbox.«

»Und wann ist die erste Folge gekommen?« fragte ich.

»Genau kann ich dir das nicht sagen. Für den Kollegen von der Nachrichtenredaktion ist um halb sieben Dienstbeginn, ich war an dem Tag seit halb acht da. Er sagt, daß der Artikel im Lauf der Nacht gekommen ist. Ich habe mir einen Ausdruck gemacht und bin gleich nach Colcutt Manor gefahren. Aber den Weg hätte ich mir sparen können. Ich habe versucht, meinem Boß klarzumachen, daß dort keiner was sagt, keiner auch nur ansprechbar ist – aber am liebsten hätte er es wohl gesehen, wenn ich übers Tor geflogen wär und all das rausgekriegt hätte, was nicht in Neils Artikel stand.«

»Du Ärmste«, sagte ich leicht zerstreut. »Kann man irgendwie feststellen, wann genau Neils Meldung bei euch eingegangen ist?«

Alexis fuhr sich wieder mal mit der Hand durchs Haar. Inzwischen sah sie aus wie ein Kinderschreck. »Glaub ich nicht. Ein Fax trägt keinen Zeitstempel.«

Ich nickte. Sie tippte weiter, und ich überlegte, wie ich an die Information herankommen sollte, die ich brauchte. Viele Einzelheiten aus Neils Artikel waren in Jetts Haus erst später bekanntgeworden. Ich mußte wissen, von wem er seine Weisheit hatte, denn Genaueres wußten ja nur ich, Jett und der Killer. Wenn Neil von Jett eingeweiht worden war – schön und gut. Wußte er es aber aus anderer Quelle, hatte ich, sobald ich diese Quelle kannte, auch meinen Mörder. Es sei denn, der Mörder hieß Jett. Herrgott, wie kompliziert das alles war! Ich sehnte mich geradezu nach einem netten einfachen Unterschlagungsfall mit frisierten Büchern.

Alexis hieb mit Schwung auf eine Taste und drehte sich auf ihrem Stuhl zu mir herum. »Fertig.«

Was sie geschrieben hatte, klang gut. Mortensen & Brannigan kamen in ihrem Artikel als behutsame und umsichtig taktierende Ermittler rüber, während die Polizei ziemlich alt aussah. Gewohnheitsmäßig beanstandete ich ein paar Kleinigkeiten, damit Alexis mir nicht hochmütig wurde. Sie murmelte etwas von Erbsenzählerei, machte aber brav die gewünschten Änderungen.

Als ich aufstand, sagte sie: »Wenn sich irgendwas Interessantes im Mordfall Moira Pollock ergibt, krieg ich einen Tip, ja? Und falls eine Verhaftung ansteht – um zehn ist bei mir Redaktionsschluß.«

Ich grinste noch immer, als ich zehn Minuten später vor unserem Büro hielt. Ich war die erste. Shelley war baff, als sie fünf Minuten darauf hereinkam und mich an meinem Schreibtisch sitzen sah. Ich zwinkerte ihr zu. »Wer länger schläft als sieben Stund', verschläft sein Leben wie ein Hund.«

»Ja, und zum nächsten Maskenball borg ich mir deine Augenringe«, gab sie etwas grantig zurück.

Am liebsten wäre ich gleich wieder losgebraust, aber da wäre ich bei den Nachteulen auf Colcutt Manor schlecht angekommen. Inzwischen rief ich schon mal bei Inspector Tony Redfern an und erkundigte mich, was sie im Lager der Smarts gefunden hatten.

Tony war offenbar so erleichtert, zur Abwechslung mal nicht auf die fatalen Folgen seiner Verfolgungsjagd angesprochen zu werden, daß er mir widerspruchslos alle gewünschten Angaben für meinen Bericht lieferte. Ich hatte gerade aufgelegt, als Shelley meldete: »Ich hab Inspector Jackson am Apparat. Er ist fuchsteufelswild.«

»Schönen Dank für die Vorwarnung. Stell ihn bitte durch.« Mir schlug das Gewissen. Über den Aufregungen dieses Vormittags hatte ich meine Verabredung mit Jackson total vergessen.

»Guten Morgen, Inspector«, sagte ich liebenswürdig.

»Warum muß ich hinter Ihnen hertelefonieren, Miss Brannigan?«

»Ich dachte, wir hätten gestern alles besprochen, was zu besprechen war, Inspector. Außerdem hatte ich heute vormittag, wie Inspector Redfern Ihnen bestätigen wird, schon in einem anderen Fall Kontakt mit der Polizei...«

»Ich bin ein vielbeschäftigter Mann, Miss Brannigan, und stecke mitten in einer Mordermittlung. Wenn ich einen Termin festsetze, erwarte ich, daß er eingehalten wird.«

Nach Kevins gestrigem Ausbruch war er offenbar in seiner Würde gekränkt. Zeit für ein paar Schmeicheleinheiten. »Sehr verständlich, Inspector. Aber das Gespräch läßt sich ja nachholen...«

»Wann können Sie hier sein?«

»Ich bedaure unendlich, aber heute bin ich den ganzen Tag nicht abkömmlich. Wie wäre es morgen?«

»Morgen vormittag. Gleiche Zeit«, blaffte er. Allzu viel Druck wollte er offenbar doch nicht machen. Ich mußte wohl noch dankbar sein, daß er mich nicht als Verdächtige behandelte.

»Sie können sich darauf verlassen«, versprach ich. »Haben Sie übrigens Maggie Rossiter schon unter Anklage gestellt?«

Pause. Dann, sehr gestelzt: »Miss Rossiter wurde heute vormittag um halb neun entlassen.« Und schon hatte er aufgelegt.

Da war also Maggie sechsunddreißig Stunden in Gewahrsam, dachte ich, aber sie haben es nicht geschafft, ihr etwas anzuhängen. Interessant... Ich schlug mein Adreßbuch auf und rief bei ihr an. Nach dem dritten Läuten nahm sie ab. »Maggie? Hier Kate Brannigan. Ich habe gerade erfahren, daß man Sie entlassen hat, und wollte Ihnen nur sagen, wie sehr mich das freut.«

»Danke«, sagte sie ziemlich steif. »Das habe ich Moira zu verdanken.«

»Moira?«

»Gavin, mein Nachbar, hat heute früh die Post hereingeholt und auf einem Umschlag Moiras Handschrift erkannt. Er war an dem Abend abgestempelt, an dem sie ermordet wurde. Sie hatte ihn offenbar auf der Fahrt ins *Wappen von Colcutt* eingesteckt. So war sie eben. Lieb und romantisch. Es war nicht der Brief einer Frau, die sich von ihrer Geliebten trennen will.«

»Und diesen Brief hat Gavin Ihrer Anwältin übergeben?«

»Ja. Er hat ihn aufgemacht, einen Freund gebeten, ihn meiner Anwältin zu faxen, und die ist damit gleich zur Polizei gegangen.«

Die nun natürlich keine Handhabe mehr hatte, Anklage gegen Maggie Rossiter zu erheben. Kein Wunder, daß ich Jackson als Sündenbock gerade recht gekommen war.

»Damit wäre ja für Sie alles überstanden«, sagte ich.

»Meinen Sie? Die haben die Hoffnung noch nicht aufgegeben, den Mord entweder der Lesbe oder dem Nigger anzuhängen. Sehen Sie zu, daß Sie Ihrem Klienten den Rücken freihalten!«

Sie hatte aufgelegt, ehe ich ihr von Fat Freddy hatte erzählen können. Ich nahm mir vor, es heute abend noch einmal zu versuchen, wenn sie sich ein bißchen daran gewöhnt hatte, wieder allein im Haus zu sein. Der Rest des Vormittags verging mit der Abfassung eines Berichts für Bill und für unsere Klienten über das traurige Ende der Gebrüder Smart.

Als ich meinen Vorrat an Minikassetten für die Handtasche auffüllte, stieß ich auf das Fax von Josh, das ich über dem ganzen Wirbel total vergessen hatte. Ich strich es glatt und fing an zu lesen.

Nur wenige Monate, nachdem Moira Jett verlassen hatte, hatte der Gerichtsvollzieher versucht, eine Schuld in Höhe von £ 175 bei ihr einzutreiben. Gläubiger war eine Firma Cullen Holdings in Bradford. Der Name kam mir bekannt vor. Ich holte mir das Telefonbuch von Bradford aus dem Vorzimmer. Cullen Holdings stand nicht drin, wohl aber The Cullen Clinic. Jetzt fiel bei mir der Groschen. Im Auftrag von Bill hatte ich für einen Klienten aus derselben Branche recherchiert, ob man der Cullen Clinic irgendwelche faulen Tricks oder sonstige unsauberen finanziellen Machenschaften nachweisen konnte.

Shelley suchte mir die Diskette mit den entsprechenden Daten heraus, und ich schob sie in mein Laufwerk. Besitzer der Cullen

Clinic war ein gewisser Dr. Theodore Donn. Der Titel war irreführend. Der Mann hatte an der Strathclyde University im Fachbereich Elektrotechnik promoviert und die Cullen Clinic nur deshalb gegründet, weil sich mit Abtreibungen trefflich Geld verdienen läßt. Seit zehn Jahren betrieb er das Unternehmen mit beträchtlichem Gewinn. Vor einiger Zeit hatte das Gesundheitsministerium Querverbindungen zwischen der Klinik und einer von Donns Schwester betriebenen Schwangerschaftsberatung durchleuchtet, aber man hatte den beiden nichts nachweisen können. Die Cullen Clinic also hatte Moira Pollock wegen einer nicht bezahlten Rechnung verklagt...

Ich machte die Augen zu und atmete tief durch. Davon konnte Jett unmöglich gewußt haben, als er mir den Auftrag gab, nach Moira zu suchen. Falls er nach ihrer Rückkehr von dem Abbruch erfahren hatte, gab das dem Verdacht gegen ihn neue Nahrung. Ich kannte ja seine negative Einstellung zu Abtreibungen, hatte seine Stimmungsschwankungen, seine Wutanfälle selbst erlebt. Und Moira konnte im Affekt erschlagen worden sein, aus Zorn und Angst.

Zur Bestätigung holte ich mir Moiras medizinische Daten aus dem Projekt Möwe auf den Schirm und las: Freiwilliger Abbruch in einer Klinik.

Ich lehnte mich zurück und dachte angestrengt nach. Wenn ich von Moiras Abtreibung erfahren hatte, war diese Information auch Neil zugänglich gewesen. Gute Journalisten und gute Ermittler nutzen die gleichen Quellen. Hatte er Jett von seiner Entdeckung erzählt? Ein saftiger Skandal war genau das, was er brauchte, um sein Buch zum Bestseller zu machen. Ob Kevin und Jett allerdings noch hinter ihm stehen würden, wenn er ihnen gesagt hätte, daß er diese Sensation in sein Buch einzuarbeiten gedachte, war eine andere Frage. Es war Zeit für einen weiteren Besuch bei Neil Webster.

Zu einer Zeit, da gewöhnliche Sterbliche sich zum Mittagessen setzen, wurde oben im Haus gerade gefrühstückt. Der Empfang, der mir in der Küche zuteil wurde, war alles andere als herzlich. Jett strich sich Butter auf seinen Toast, sah kurz hoch und sagte guten Tag, aber für die anderen war ich Luft. Kevin und Micky saßen Jett gegenüber und redeten eindringlich auf ihn ein, Tamar löffelte Müsli und erklärte mit vollem Mund, Jett solle auf Kevin und Micky hören, die beiden hätten recht.

»Womit?« erkundigte ich mich. Schließlich wurde ich von Jett dafür bezahlt, neugierige Fragen zu stellen.

Micky legte seine Stirn in Affenfalten, und Kevin schenkte mir ein schleimiges Lächeln. »Wir versuchen Jett davon zu überzeugen, daß es für ihn das beste ist, sich wieder seiner Musik zu widmen. Das lenkt ihn ab und hilft ihm, seinen Kummer zu verarbeiten.«

»Wie weit seid ihr denn mit dem Album?« wollte ich wissen.

»Das wird jetzt nie mehr fertig«, sagte Jett mutlos. »Ich mag gar nicht daran denken...«

»Das kann ich dir nachfühlen, Jett«, sagte Kevin in triefend-mitleidsvollem Ton. »Trotzdem solltest du weitermachen, das bist du Moira schuldig. Mit deiner Arbeit lebt ihre Seele weiter.« Eins muß man Kevin lassen: Er weiß, wie man Jett zu nehmen hat.

Jett sah skeptisch drein. »Ich finde es geschmacklos. Wo sie noch nicht mal unter der Erde ist.«

»Das ist doch nur ihre sterbliche Hülle, Jett. Ihre Seele ist jetzt frei von Angst, Haß, Schmerz und Sorgen. Moira ist zu dir zurückgekommen, weil sie wollte, daß ihr zusammen Musik macht. Du schuldest ihr die Vollendung eures Werkes.« Ich verdrehte die Augen. Was würde ich froh sein, wenn ich diesen Job hinter mir hatte!

Gloria kam herein. »Die Polizei hat den Probenraum freigegeben«, verkündete sie und griff nach dem Wasserkessel. »Wir können jederzeit wieder anfangen zu arbeiten.«

Jett schauderte. »Nein, Kevin, das kommt nicht in Frage. Laß die Instrumente in meine Privaträume bringen.«

»Den Flügel auch? Und die Synthesizer?«

»Alles. Wenn ich schon arbeite, dann nicht dort, wo nach Moiras Tod so viele negative Energien sind.«

Kevin nickte resigniert. »Zwei Mann von unserer Road Crew wohnen hier in der Nähe, die sollen sich darum kümmern.« Er zog ab, und Micky folgte ihm fast im Laufschritt. Gloria hatte sich inzwischen ihren Kräutertee aufgebrüht und musterte Tamar, die sich eine Scheibe von Jetts Toast nahm, mit giftigen Blicken. Wenn ich gezwungen wäre, in so einer Atmosphäre zu frühstücken, müßte ich den ganzen Tag Rennies lutschen.

Ich wurde dienstlich. »Ich würde Sie gern mal fragen, wann Sie erfahren haben, wie Moira zu Tode gekommen ist.«

Gloria sah Jett unsicher an. Tamar strich sich Erdbeermarmelade auf ihren Toast und sagte: »Am nächsten Morgen. Jett war der einzige, der Bescheid wußte, und aus dem war ja nichts rauszukriegen. Und als wir unter Polizeibewachung bis früh um vier im Blauen Salon zusammensaßen, hatte keiner so recht Lust, über Mordmethoden zu plaudern.«

»Und Sie, Gloria?«

»Ich wußte es schon, als ich mich schlafen legte«, räumte sie widerstrebend ein. »Als die Cops uns rausgeschickt hatten, bin ich noch mal in mein Büro gegangen, und da hab ich gehört, wie einer der Polizisten zu seinem Kollegen sagte, ein Mord mit einem Saxophon wär ihm in seiner Praxis noch nicht untergekommen.«

»Haben Sie mit anderen Hausbewohnern darüber gesprochen?«

»Was denken Sie denn von mir?« fragte sie empört. »Natürlich nicht.«

»Und war jemand dabei, als Sie ins Büro gingen?«

»Nein. Ich wollte mich nur vergewissern, ob auch alles abgeschlossen war.«

»Jett, hast du mit irgend jemandem darüber gesprochen, wie Moira ermordet wurde?«

Er schüttelte den Kopf. »Ich war ja total erledigt, Kate, ich hätte es gar nicht fertiggebracht, darüber zu reden. Außerdem hattest du mir gesagt, ich sollte den Mund halten, und dafür wirst du schon deine Gründe gehabt haben.«

Ich bedankte mich und ging zu Neil. Er saß an seinem Computer und hämmerte auf den Tasten herum wie auf einer mechanischen Schreibmaschine. Es konnte einem richtig weh tun. Ich setzte mich auf die Schreibtischkante. »Die neuesten technischen Errungenschaften sind offenbar nicht so recht Ihr Ding«, sagte ich spöttisch.

Er hielt inne und grinste sich eins. »Ich kenne mich gerade so weit aus, wie ich es für meine Arbeit brauche.«

»Und wenn's mal klemmt, muß das Handbuch her...«

»Genau.«

»Eigentlich schade«, sagte ich, »wenn jemand nicht konsequent alle Möglichkeiten seines Geräts nutzt.«

Er horchte auf. »Wieso?«

»Nehmen wir nur mal die Datenübertragung, die Sie doch sicher für Ihre Artikel einsetzen...«

»Sie meinen das Modem und meine Mailbox-Firma Hermes Link?«

Jetzt wußte ich zumindest, welchen elektronischen Mail Service er benützte. »Ja. Aber haben Sie schon mal mit Bulletin Boards und Public-Domain-Software gearbeitet?«

Er sah mich an, als hätte ich die Frage auf mandarinchinesisch gestellt. »Tut mir leid, Kate, aber da muß ich passen.«

Ich erklärte ihm ausführlich, wie man es anstellt, über Bulletin Boards mit anderen Usern zu kommunizieren, über die Telefonleitungen freie Softwareprogramme anzuzapfen und mit Hilfe von Modems Computerspiele zu machen. Zum Schluß war er total verunsichert und aus dem Takt, und damit hatte ich ihn da, wo ich ihn haben wollte. »Es gibt so viele Dinge, mit denen man sich das Leben leichter machen kann, Neil. Ich schätze, Sie benützen nicht mal einen Zeitstempel.«

Er sah mich verständnislos an.

»Mit dem Zeitstempel haben Sie eine Kontrolle darüber, wann Sie Ihr Material an welche Mailbox geschickt haben«, erklärte ich. »Sehr praktisch, wenn jemand nicht zahlen will und behauptet, er hätte Ihre Nachricht gar nicht bekommen.«

»Ach so«, sagte er lahm.

»Soll ich es Ihnen mal zeigen?«

Brav stellte er die Verbindung mit Hermes her. Aus seinem Programm ging nur seine Mailbox-Nummer hervor, weder seine ID-Kennung noch die Paßworte, aber wahrscheinlich reichte das für mein Vorhaben schon aus. Ich prägte mir die achtstellige Zahl ein, machte rasch einen Durchlauf für ihn und klinkte mich dann wieder aus. »Sobald diese Geschichte hier ausgestanden ist, komme ich gern mal vorbei und zeige es Ihnen genauer.«

Er feixte. »Jederzeit, Kate. Ich revanchiere mich gern. Vielleicht kann ich Ihnen auch noch das eine oder andere beibringen.«

Die Kunst, lautlos unter einem Stein zu verschwinden beispielsweise, dachte ich. Zeit für ein klares Wort. »Sagen Sie, Neil, wie haben Sie eigentlich rausgekriegt, auf welche Art und Weise Moira ermordet worden ist?«

Er rutschte etwas verlegen auf seinem Stuhl herum. »Wozu wollen Sie denn das wissen?«

»Reine Routine. Die anderen hab ich auch schon gefragt. In Mordermittlungen bin ich nicht sehr firm, deshalb hab ich bei meinem letzten Besuch das eine oder andere vergessen.«

»Ich war natürlich interessiert daran zu erfahren, was sich wirklich abgespielt hatte, aber solange die Cops uns im Blauen Salon schmoren ließen, waren Gespräche ja unmöglich. Als die Bullen uns dann endlich sagten, wir sollten schlafen gehen, hab ich mir Kevin geschnappt und ihm vorgeschlagen, die Kontakte zur Presse mir zu überlassen, so könnten wir uns am besten unerwünschte Publicity vom Hals halten. Ich habe dann noch ein bißchen nachgebohrt, weil ich möglichst viele Einzelheiten von ihm erfahren wollte, und da hat er mir gesagt, daß sie im Probenraum mit einem Saxophon erschlagen worden ist.« Er lächelte entwaffnend. Ob er wohl wußte, daß er mir gerade den Schlüssel zur Lösung des Falles geliefert hatte?

28

Es ist ein unvergleichliches Gefühl, wenn man einen Fall gelöst hat – ein Mischmasch aus Erleichterung, Stolz und unerklärlicher Ernüchterung. All das und mehr empfand ich bei Neils Worten und mußte mich sehr zusammennehmen, um mir nichts davon anmerken zu lassen. Niemand durfte wissen, was ich gegen Kevin in der Hand hatte, bis ich endgültig zuschlagen konnte. Krampfhaft überlegte ich mir weitere Fragen, damit sich bei ihm nicht der Eindruck festsetzte, er hätte mir mit seinen letzten Worten einen entscheidenden Hinweis gegeben, dem ich nun gleich nachgehen wollte. Ich wagte einen Schuß ins Blaue: »Haben Sie Jett von der Abtreibung schon erzählt?«

Es gab ihm einen regelrechten Ruck, eine fleckige Röte kroch ihm über den Hals bis ins Gesicht. »Von… von der Abtreibung?«

Damit hatte ich ihn. Ich entschied mich für einen schamlosen Bluff. »Ich weiß Bescheid, Neil. Und ich weiß, daß Sie es wissen. Und nun interessiert mich eben, ob Sie es Jett schon gesagt haben.«

Er schüttelte den Kopf. »Sie sprechen in Rätseln, Kate.«

»Mir können Sie nichts vormachen, Neil. Entweder Sie spielen jetzt mit, oder ich gehe auf der Stelle zu Jett und sage ihm, daß Sie diesen Knüller an die Öffentlichkeit geben wollen, um sich eine goldene Nase zu verdienen.«

»Sie sind ein gemeines Luder, Kate«, jammerte er.

»Mag sein. Hauptsache, es hilft. Und jetzt raus mit der Sprache. Wann haben Sie von der Abtreibung erfahren?«

Widerstrebend rückte er mit der Antwort heraus. »Ein paar Tage vor Moiras Tod.«

»Und nur mal interessehalber: Wie haben Sie es rausgekriegt?«

»Durch eine Überprüfung ihrer Finanzen. Dann habe ich die Klinik angerufen, mich als Moiras Steuerberater ausgegeben und unter Angabe einer falschen Adresse noch mal um eine detaillierte Abrechnung gebeten. Sie könne jetzt ihre Außenstände regeln, habe ich gesagt«, erklärte er mit sattem Behagen. Der Typ wurde mir immer widerlicher.

»Und was hatten Sie weiter mit dieser Information vor?« bohrte ich.

Er zuckte die Schultern. »Zuerst wollte ich damit gleich zu Jett, aber dann habe ich es gelassen, weil Moira und er inzwischen wieder ein Herz und eine Seele waren. Was Abtreibung und die Berufstätigkeit von Frauen angeht, ist er bekanntlich alles andere als emanzipiert. Ich hätte damit wahrscheinlich einen Riesenzoff provoziert. Deshalb wollte ich zumindest so lange den Mund halten, bis das Album fertig ist.«

»Sie wollten erst Ihr Buch rausbringen und dann mit diesem Knüller noch mal extra absahnen, ohne Rücksicht auf Verluste, stimmt's?«

Sein zorniger Blick sagte mir, daß ich den Nagel auf den Kopf getroffen hatte, obgleich er das natürlich nie zugegeben hätte. »Wofür halten Sie mich eigentlich?« ereiferte er sich.

Als Amerikanerin hätte ich mich auf den Fünften Verfassungszusatz berufen und die Aussage verweigern können. So aber warf ich ihm nur einen verächtlichen Blick zu und ging aus dem Zimmer.

Zwei Türen weiter war der Speisesaal. Er sah so unbenutzt aus wie Richards Staubsauger. Ich setzte mich in einen der antiken Sessel, legte eine neue Kassette ein, diktierte einen Bericht über den derzeitigen Stand des Falles und legte dar, warum meiner Meinung nach nur Kevin als Täter in Frage kam. Das Dumme war, daß ich noch immer keine hieb- und stichfesten Beweise hatte. Wenn er erst mal verhaftet war, würden sich die schon finden, durch eine gründliche Durchleuchtung seiner Finanzen zum Beispiel. Aber erst mal mußte ich die Polizei so weit bringen, daß man sich entschloß, Kevin festzusetzen.

Dafür gab es zwei Möglichkeiten. Entweder »überredete« ich Fat Freddy, mir Hilfestellung zu geben. Oder ich versuchte Kevin aus seiner Deckung zu locken, was riskant, aber eigentlich noch vielversprechender war. Seine eigene Aussage war in jedem Fall belastender als alles, was ein kleiner Gauner aus Bradford zu Protokoll geben mochte.

Jett saß in seinem Wohnzimmer und fachsimpelte mit Kevin und Micky, die beide sichtlich nicht begeistert waren, daß ich schon wieder hier im Haus aufkreuzte. »Ich störe wirklich nicht gern«, beteuerte ich, »aber ich habe etwas Wichtiges zu sagen.«

Jett sprang auf, lief auf mich zu und packte meine Oberarme so fest, daß ich ärmellose Kleider für ein paar Tage vergessen konnte. »Du weißt, wer Moira umgebracht hat? Ich fühle es, Kate. Du weißt es!« sagte er eindringlich.

»Ich bin zumindest sehr nah dran.«

»Sag es mir!« Er schüttelte mich.

Ich versuchte mich loszumachen, aber sein Griff war wie aus Eisen. »Du tust mir weh, Jett. Laß mich los.«

Er gehorchte zerknirscht und ließ sich erschöpft in einen Sessel sinken. »Entschuldige, Kate, das wollte ich nicht. Aber du mußt es mir sagen.«

Micky zündete sich eine Zigarette an und sog den Rauch tief in die Lungen. »Find ich auch. Er hat ein Recht drauf, es zu erfahren.«

»Ich habe noch nicht genug Beweise, um einen Verdacht auszusprechen«, wandte ich ein. »Aber ich weiß, wo ich sie bekommen kann. Bis morgen um diese Zeit müßte eigentlich alles klar sein. Ich möchte dich bitten, alle Beteiligten für morgen um fünf hier im Haus zusammenzurufen. Im Blauen Salon. Dann erzähle ich alles, was ich weiß.«

»Das ist doch lächerlich«, plusterte Kevin sich auf. »Absolut albern! Wo sind wir hier eigentlich? In einem Krimi von anno Tobak? Showdown im Blauen Salon – das ist ja wohl das Letzte... Verdammt noch mal, tun Sie endlich das, wofür Sie bezahlt werden.«

»Sei still, Kevin«, befahl Jett energisch. »Ich habe Kate freie Hand gelassen. Sie wird tun, was sie für nötig hält.«

»Danke, Jett«, sagte ich. »Ich habe einiges zu sagen, was alle Beteiligten angeht. Es gibt in diesem Haus gewisse Leute, die mehr wissen, als sie mir bisher verraten haben. Wenn ihnen klar ist, daß sie nicht mehr unter Verdacht stehen, sind sie vielleicht eher bereit, die volle Wahrheit zu sagen.«

»Können Sie uns nicht inzwischen wenigstens einen Hinweis geben?« fragte Kevin. »Es ist kein sehr angenehmes Gefühl, noch eine weitere Nacht mit einem Killer unter einem Dach zu verbringen.«

Mumm hatte er, das mußte man ihm lassen. Oder aber die Überheblichkeit des Verbrechers, der sich für schlauer als seine Verfolger hält. »Nein. Ich kann nur soviel sagen: Moira wurde ermordet, weil sie zuviel wußte. Es gibt hier im Haus jemanden, der schnell das große Geld machen wollte, und diesem Jemand ist Moira zufällig auf die Schliche gekommen. Morgen mache ich noch eine Spritztour über die Pennines, um mit einem gewissen Geschäftsmann zu sprechen, danach werde ich wissen, was Moira wußte. Und mehr. Wenn Sie mich jetzt entschuldigen würden? Die Pflicht ruft...«

Ich wartete die Antwort nicht ab. Fünf Minuten später war ich wieder auf dem Weg in die Innenstadt. Ich hatte mich nach Kräften bemüht, Kevin aus seiner Deckung zu locken. Jetzt mußte ich aufpassen, daß mich niemand auf dem falschen Fuß erwischte.

Ich machte die vielbefahrene Strecke zwischen Essen und Utrecht zweigleisig und überprüfte die Schaltungen. Railroad Tycoon, das ultimative Computer-Strategieprogramm, half mir wieder mal über die lästige Wartezeit hinweg. Nicht nur kleine Jungen spielen gern Eisenbahn.

Seit etwa einer Stunde baute ich an meinem Trans-Europ-Express, als es an der Haustür klingelte. Ich ließ das Bild stehen und ging in die Diele. Im grellen Licht der Bewegungsmelder stand Kevin, dem sichtlich nicht recht wohl in seiner Haut war. Sieh mal an, dachte ich zufrieden. Obgleich ich seinen Frontalangriff nicht erwartet hatte, war es ihm dank meiner Sicherheitsmaßnahmen nicht gelungen, mich zu überrumpeln. Ich muß unseren Klienten unbedingt mal sagen, daß Bewegungsmelder auf potentielle Mörder entschieden abschreckend wirken.

»Ich muß mit Ihnen reden, Kate«, sagte er, kaum daß ich aufgemacht hatte.

»Eigentlich wollte ich mir heute mal einen gemütlichen Abend machen, Kevin. Hat es nicht Zeit bis morgen vormittag?«

»Wir müssen dringend gewisse Dinge klären...«

»Also meinetwegen, kommen Sie herein.« Ich ging voran ins Wohnzimmer und deutete auf ein Sofa, und er ließ sich auf der äußersten Kante nieder.

Ich setzte mich mit einem Drink ihm gegenüber. »Worüber wollten Sie denn mit mir reden?« fragte ich.

»Sie wollen mir was anhängen«, fuhr er los und verkrampfte die Hände ineinander. »Ich habe Moira nicht umgebracht, aber Sie tun, als wäre ich der Mörder.«

»Wie kommen Sie denn darauf?« fragte ich kühl.

Er räusperte sich und schluckte. »Ich habe gestern mitgehört, als Sie mit Jett sprachen. Ich hatte abgenommen, weil ich ein Gespräch erwartete.«

»Auf Jetts Privatleitung? Da müssen Sie sich schon was Besseres einfallen lassen, Kevin.«

Er seufzte. »Also schön. Ich habe abgenommen, weil ich neugierig war. Gefällt Ihnen das besser?«

»Viel besser. Ich habe es nämlich lieber, wenn man mir die Wahrheit sagt. Sie haben also unser Gespräch mitgehört. Und?«

Kevin löste die verkrampften Finger und rieb sich mit einer Hand den Nacken. »Gut, ich will die Karten auf den Tisch legen. Ich gestehe, daß ich nebenbei das eine oder andere Geschäft gemacht habe, das vielleicht nicht ganz astrein war.«

»Im Klartext, Kevin: Sie haben Jett mit gefälschter Ware um eine Menge Geld gebracht.«

Er zuckte zusammen. »Okay, aber das bedeutet doch noch lange nicht, daß ich Moira ermordet habe. Ich glaube nicht einmal, daß sie überhaupt etwas davon wußte.«

»Sie hat Ihnen also nichts davon erzählt, daß sie beobachtet hat, wie Sie mit Fat Freddy sprachen?« Er verhielt sich nicht ungeschickt. Was er da behauptete, konnte man nicht von vornherein ausschließen. Moira wußte ja zu der Zeit noch nicht, in welcher Branche Fat Freddy gerade tätig war.

»Nein, hat sie nicht. Glauben Sie wirklich, sie hätte so lange den Mund gehalten, wenn sie mir auf die Schliche gekommen wäre? Wenn ich nur denke, wie sie mich bei Jett und allen anderen, die es hören oder auch nicht hören wollten, wegen dieser dämlichen Tantiemen schlechtgemacht hat...«

Psychologisch klang das glaubhaft, aber ich hatte ja noch andere Verdachtsmomente. Ich war hin- und hergerissen. Sollte ich ihn bis morgen abend schmoren lassen? Oder sollte ich ihm die Tat auf den Kopf zusagen in der Hoffnung, ihn endgültig festnageln zu können? Mein Selbstvertrauen siegte. »Es muß Ihnen sehr viel daran gelegen haben, sie aus dem Weg zu räumen«, sagte ich.

Kevins Lächeln war ebenso falsch wie die Zähne, die er dabei zeigte. »Das zieht nicht, Kate. Hätte sie gesagt, daß sie weg wollte, hätte ich ihr mit Wonne die Koffer zum Bahnhof getragen. Aber Mord? Das ist nicht mein Stil.«

»Aber Sie hatten ein starkes Motiv.«

»Ich?« Kevin reckte wie flehend die Arme gen Himmel. »Wenn ich jeden Musiker abgemurkst hätte, der mir irgendwann mal das Leben schwergemacht hat, säße ich schon längst hinter Gittern.«

»Nach Moiras Meinung gehörten Sie da wohl auch hin.«

Kevins Lider flatterten, sein ganzer Körper verspannte sich. »Ich würde Ihnen dringend empfehlen, solche Anspielungen außerhalb dieser vier Wände nicht zu wiederholen.«

»Ich rede von Geld, Kevin. Nicht nur von Ihren Geschäftchen mit Fat Freddy oder Moiras ausstehenden Tantiemen. Moira war überzeugt davon, daß Sie mit Jetts Geld in die eigene Tasche wirtschafteten. Haben Sie eine andere Erklärung für die vielen anstrengenden Tourneen und neuen Alben? Wer so lange und so erfolgreich im Geschäft ist wie Jett, könnte es doch wohl allmählich etwas langsamer angehen lassen. Ein paar Auftritte in großen Stadien, alle anderthalb Jahre ein Album – damit müßte er eigentlich über die Runden kommen. Aber Moira war offenbar der Meinung, daß Jett nach wie vor schuften muß, damit die Kasse stimmt. Was ist denn aus dem vielen Geld geworden, das er verdient hat?«

Ich registrierte interessiert, daß er mit den Händen die Knie umkrampfte.

»Hätte sie Beweise dafür gehabt, wäre ich längst nicht mehr hier«, schoß er zurück. »Die Frau war eine Giftspritze. Die geborene Unruhestifterin. Immer wieder habe ich ihr gesagt, daß sie keine Angst um ihr Geld zu haben braucht. Ich hatte es auf einem Hochzinskonto angelegt, an das ich erst in einem Vierteljahr herankonnte. Das sind die Tatsachen. Alles andere sind bösartige Gerüchte, die Moira in die Welt gesetzt hat.«

»Eigentlich hätten Sie ihr doch alle mit Freudentränen um den Hals fallen müssen. Schließlich stand Jetts Karriere gefährlich auf der Kippe.«

Kevin zog den Kopf ein wie eine Schildkröte. »Ich habe von Anfang an prophezeit, daß wir uns mit der Suche nach Moira nur Ärger einhandeln würden. Sie war schon immer ein intrigantes Luder. Es machte ihr einfach Spaß, uns gegeneinander auszuspielen. Daß Jett gerade eine weniger kreative Phase hatte, ist unbestritten, aber aus diesem Tief wäre er auch ohne Moira wieder rausgekommen. Daß er sie brauchte, war eine fixe Idee von ihm, aber dadurch hatten wir sie dann eben am Hals. Sie war kaum fünf Minuten im Haus, da gingen wir uns gegenseitig an die Gurgel. Wir sind keine Mörder, Kate. Wir arbeiten an einem neuen Album, das steht für uns an erster Stelle. Niemand würde dieses Ziel durch unerwünschte Schlagzeilen gefährden.«

»Um Ihnen die Presse vom Hals zu halten, hatten Sie doch Neil...«

Kevin schnaubte verächtlich. »Es darf gelacht werden! Ebensogut kann man sich einen Wirbelsturm vom Hals halten. Neil hat getan, was er konnte, aber zaubern konnte er auch nicht. Weiß der Himmel, wo die ihr Material herkriegen. In einem dieser Groschenblätter stand sogar eine lange Story über den Zoff, den Moira und Tamar angeblich miteinander hatten. Alles frei erfunden. Am liebsten würde ich diesen Burschen einen Prozeß an den Hals hängen, aber so was bringt ja nur noch mehr Publicity.«

Ich konnte der Versuchung nicht widerstehen. »Da hätten Sie was zu tun.«

»Wieso?« fragte er empört zurück.

»Ich würde sagen, daß Sie haushoch verlieren würden. Aber lassen wir das mal beiseite. Ich möchte noch einmal auf den Abend zurückkommen, an dem Moira ermordet wurde.«

»Wahrscheinlich wollen Sie von mir wissen, was ich in der fraglichen Zeit gemacht habe«, sagte er beflissen.

Ich nickte. Er nickte. Wie Wackelkopf-Hunde auf der hinteren Autoablage. »Kein Problem«, sagte er. »Ich kam gegen neun von einem geschäftlichen Termin in Liverpool zurück, sagte Jett und Tamar guten Tag, die im Fernsehraum saßen, und ging in mein Büro, um einige Telefongespräche zu führen. Gegen zehn ging ich nach unten und machte mir ein Sandwich, danach war ich bei Micky im Studio, da muß es so gegen elf gewesen sein. Er steckte mitten in der Arbeit, und ich ging wieder ins Fernsehzimmer. Dort sah sich Gloria die *Late Show* an, und ich setzte mich eine Weile zu ihr. Viertel vor zwölf ging ich wieder ins Studio und hörte mit Micky ein paar Bänder ab, dann habe ich mich hingelegt. Und dann war plötzlich im Haus die Hölle los.«

Es war detailliert genug, um einigermaßen glaubhaft zu klingen, wenn auch etwas zu geläufig. »Im Gegensatz zu Micky haben Sie offenbar keine Probleme mit Ihrem Gedächtnis...«

Kevin schnitt ein Gesicht. »Ich weiß, worauf Sie anspielen. Besten Dank, dafür ist mir meine Nase zu schade, Kate. Alles, was nicht unmittelbar seine Musik betrifft, geht bei Micky zum einen Ohr rein und zum anderen raus. Außerdem hab ich das alles den Herren von der Kriminalpolizei schon vorgebetet. Ich war zweimal im Studio, das kann er nicht bestreiten.«

»Haben Sie irgend jemanden in der Nähe des Probenraums gesehen?« wollte ich wissen.

»Nein, die ganze Sache ist mir ein Rätsel. Ich kann einfach nicht akzeptieren, daß es einer von uns war. Der Täter muß von außerhalb gekommen sein.«

Der Versuch, mich auf eine falsche Fährte zu locken, war so kläglich, daß ich darauf gar nicht einging. »Nachdem Sie mit Micky gesprochen hatten, sind Sie also nach oben gegangen und haben sich hingelegt.«

»Sie haben mich doch später selber nach unten kommen sehen«, sagte er grollend.

»Ja, richtig. Legen Sie sich immer mit Schlips und Kragen ins Bett?«

Er riß die Augen auf und trommelte nervös mit den Fingern auf einem Knie herum. »Na schön, ich hatte mich noch nicht hingelegt, aber was bedeutet das schon?«

»Sie waren seit fast zwei Stunden oben, Kevin, und hatten noch nicht mal den Kragen gelockert. So benimmt sich kein normaler Mensch. Und bei einer Mordermittlung ist alles, was nicht normal ist, automatisch verdächtig. Also los, raus mit der Sprache.«

Kevin holte tief Luft, stützte die Ellbogen auf die Knie und fuhr sich mit den Händen übers Gesicht. »Also wenn Sie es unbedingt wissen müssen«, kam es erstickt, »ich wollte noch mal weg. Ich war nicht immer Jetts Kostgänger, ich hatte selber ein Haus in Prestbury, Queen-Anne-Stil, fünf Schlafzimmer, Fitneßraum, Whirlpool, Swimmingpool... Jetzt hat es meine Frau. Nach unserer Trennung bin ich erst mal auf Colcutt Manor untergekommen, dort wollte ich in Ruhe alles klären. Aber meine Frau versucht, mich nach allen Regeln der Kunst auszunehmen. Und weil sie jetzt mit ihrem neuen Freund in den Skiurlaub gedüst ist, wollte ich mal vorbeigehen und einen kleinen Bruch machen. In meinem eigenen Haus wohlgemerkt.« Er sah mich herausfordernd an.

»In Schlips und Kragen?«

»Ich dachte, in diesem Aufzug wäre ich am unverdächtigsten, wenn mich jemand sieht oder die Polizei mich anhält«, erklärte er lahm. »Hört sich blöd an, ich weiß, aber sie hatte mich so fertiggemacht, daß ich mich einfach rächen wollte.«

»Und gleichzeitig ein bißchen abstauben, wie? Eine faule Ausrede, Kevin. Sie lügen miserabel.«

»Mag sein. Aber ich bin kein Mörder.«

Die Sache lief nicht so, wie ich mir das vorgestellt hatte. Nach meinem Szenario mußte er jetzt versuchen rauszukriegen, was ich wußte, und sich, sobald ihm klar war, daß ich ihn durchschaut hatte, auf mich stürzen. Im Augenblick allerdings wirkte er noch völlig ungefährlich.

Ich nahm einen großen Schluck von meinem Drink und holte zum entscheidenden Schlag aus. »Da wäre nur noch ein Punkt zu klären, Kevin. Wenn Sie Moira nicht umgebracht haben, verstehe ich nicht, woher Sie so genau wußten, auf welche Art und Weise sie umgebracht worden ist, ehe die Polizei die Information freigegeben hatte.«

Er sah mich verblüfft an. Jetzt hab ich dich, dachte ich, aber mein Triumph war verfrüht. »Ich weiß nicht, was Sie meinen«, sagte er ratlos. »Ich habe es erfahren wie alle anderen auch. Beim Verhör durch die Polizei.«

Ich schüttelte den Kopf. »Das habe ich aber anders gehört. Nach dem, was mein Zeuge sagt, wußten Sie bereits zu dem Zeitpunkt, als die Polizei Sie aus dem Blauen Salon entließ, also wenige Stunden nach dem Mord, wie Moira zu Tode gekommen ist.«

»Das ist nicht wahr«, stieß er hervor. Sein Blick ging unruhig, wie auf der Suche nach einem Fluchtweg, nach rechts und nach links. »Wer hat Ihnen das erzählt? Es ist gelogen. Alle lügen sie, alle versuchen, mich in Mißkredit zu bringen.« Endlich hatte die glatte Fassade Risse bekommen. Das hatte er offenbar nicht erwartet.

»Der Lügner sind Sie, Kevin. Sie hatten die Mittel, das Motiv und die Gelegenheit. Sie haben Moira umgebracht, geben Sie's doch zu!«

»Nein!« Er sprang auf. »Ich war es nicht. Sie Luder, Sie versuchen, mir den Mord anzuhängen. Alle wollen mich fertigmachen. Erst war's Moira – und wer ist es jetzt? Ich will sofort wissen, wer Ihnen diese Lügengeschichten erzählt hat.«

Er stürzte sich auf mich. Ich warf mich aufs Sofa. Er knallte auf die Lehne, ließ einen Schmerzensschrei los, gab aber nicht auf. »Heraus damit«, schrie er mich an. »Los, sagen Sie's schon...«

Für meine Boxkünste war nicht genug Platz. Er streckte die Hände aus und packte mich an der Kehle. Die Verzweiflung verlieh ihm ungeahnte Kräfte. Ich hatte mich verkalkuliert. Allein war ich ihm nicht gewachsen. Rote Flecken tanzten vor meinen Augen, ich würgte, und dann wurde alles schwarz um mich.

29

Als ich die Augen aufschlug, schwebte ein großes unscharfes Gesicht über mir wie eine gruselige Halloween-Maske. Ich klapperte mit den Augendeckeln, bewegte versuchsweise den Kopf hin und her und begriff dann, daß es Richard war, der mich etwas bänglich betrachtete. »Alles in Ordnung, Brannigan?«

»Ich glaube schon«, krächzte ich und betastete vorsichtig meinen wunden Hals. Richard setzte sich neben mich und nahm mich in die Arme. Als ich ihm über die Schulter sah, erkannte ich Bill, der rittlings auf dem am Boden liegenden Kevin saß und ein sehr zufriedenes Gesicht machte.

»Könnte mir jemand mal das Telefon rüberreichen?« sagte er seelenruhig. »Ich will die Müllabfuhr anrufen.« Das Häuflein Elend unter ihm stöhnte jämmerlich, und er verlagerte sein Gewicht ein bißchen.

»Auf dem Tisch, Richard«, sagte ich, und er holte den Apparat. Bill tippte eine Nummer ein und verlangte Cliff Jackson.

»Hier Bill Mortensen, Firma Mortensen & Brannigan. Ich möchte einen Mordversuch melden«, sagte er, als er endlich verbunden worden war. »Ja, ganz recht, einen Mordversuch. Kevin Kleinman hat soeben versucht, meine Teilhaberin, Miss Brannigan, zu erdrosseln.«

Liebend gern hätte ich in diesem Augenblick in Jacksons Zimmer Mäuschen gespielt. Daß jemand das in die Tat umgesetzt hatte, was er sich seit Beginn des Falles sehnlichst wünschte, muß ihn in ernsthafte Gewissenskonflikte gestürzt haben. »Natürlich gibt es da einen Zusammenhang«, hörte ich Bill protestieren. »Als die Attacke stattfand, sprachen sie über den Mord... Woher ich das weiß? Weil ich am Schlüsselloch gelauscht habe, Mann. Aber was sollen wir lange reden: Kommen Sie so schnell wie möglich her, dann klären wir alles an Ort und Stelle.«

Richard hörte gar nicht recht hin. »Gott sei Lob und Dank, daß wir da waren«, sagte er. Er sagte es so oft, bis mir der Geduldsfaden riß. »Für alles brauchst du den lieben Gott auch nicht zu bemühen. Schließlich hatte ich euch hergebeten.« Die beiden waren meine Rückversicherung gewesen, Richard im Wintergarten, Bill in der Diele. Selbstvertrauen ist gut, Vorsorge ist besser.

Richard feixte. »Sag doch gleich, daß du am liebsten selber den lieben Gott spielst!«

»Sie sind unterwegs«, meldete Bill. »Inspector Jackson scheint nicht recht glücklich über den Gang der Dinge zu sein.« Ein ersticktér Laut unter ihm ließ ahnen, daß der Inspector mit dieser Ansicht nicht allein stand.

Es dauerte dann doch zwei Stunden, bis alles einigermaßen geklärt war. Bill hatte widerstrebend von seinem Opfer abgelassen, und Kevin hatte sich so laut und anhaltend beschwert, daß Jackson ihn kurzerhand mit einem Streifenwagen in den Bootle-Street-Knast geschickt hatte. Dann nahm er unsere Aussagen auf und gab widerstrebend zu, daß er dank des Überfalls auf mich jetzt genug in der Hand hatte, um Kevin festzuhalten, bis er seine Finanzen geprüft hatte. Ich war ihm durch diese Episode offenbar nicht gerade sympathischer geworden.

Als er weg war, holte Richard zwei schön abgelagerte Flaschen Rolling Rock, sein amerikanisches Lieblingsbier. Meine beiden Retter prosteten sich zu und gaben mächtig an. Kleine Jungen sind eben in der ganzen Welt gleich. Ich goß mir einen steifen Wodka ein und sagte ganz friedlich: »Von Rechts wegen dürften wir ja erst feiern, wenn der Mörder gefaßt ist.«

Sie hielten die Flaschen an die Lippen, ohne zu trinken. »Ich denke, den haben wir schon?« staunte Richard. »Du hast doch gesagt, daß es Kevin war.«

»Stimmt, das habe ich gesagt. Aber jetzt bin ich meiner Sache nicht mehr so sicher.«

Richard stieß einen abgrundtiefen Seufzer aus. »Na, du bist gut! Vor zwei Stunden hast du dem Typ noch einen Mord angehängt. Und jetzt bist du deiner Sache nicht mehr sicher?«

Bill lächelte leidgeprüft in seinen Bart. »Okay, Kate, spuck's schon aus.«

Ich erläuterte ihm meine Theorie. »Keine Ruh bei Tag und Nacht«, sagte er ergeben und stand auf. »Also gut, Kate, ich will sehen, was sich tun läßt.«

»Darf ich mitkommen?« fragte Richard.

»Für dich ist das schnarchlangweilig«, sagte Bill. »Aber wenn du willst.«

»Du kannst uns ja inzwischen Kaffee kochen«, sagte ich, weil ich weiß, wie abschreckend diese Vorstellung auf ihn wirkt. Und so gern ich Richard habe – bei der Arbeit stört er nur. Wer würde schon auf die Idee kommen, einen Vierjährigen mit ins Büro zu nehmen?

Es war die richtige Taktik. Richard zuckte die Achseln. »Nein, dann bleib ich lieber zu Hause. Vielleicht verdien ich mir ein bißchen was dazu, indem ich die Story von Kevins Verhaftung unter die Leute bringe. Immerhin sitzt er jetzt im Knast. Auch wenn er deiner Meinung nach nicht der Mörder war.«

»Eben! Warum soll Neil Webster an dem Mordfall Moira Pollock allein gutes Geld verdienen«, lästerte ich.

Er steckte mir die Zunge raus und drückte mich noch einmal an sich, dann zog er ab.

»Glaubst du, daß du es schaffst?« fragte ich Bill.

Er zuckte die Schultern. »Kommt auf einen Versuch an. Ein Spaziergang wird's bestimmt nicht.«

»Worauf warten wir dann noch?«

Um Mitternacht – Bill war mit seinen Hackerversuchen noch nicht ans Ziel gekommen – läutete das Telefon. Ich nahm ab und meldete mich aus lieber, alter Gewohnheit mit »Mortensen & Brannigan«.

»Ist dort Kate Brannigan?« Eine unbekannte Stimme.

»Ganz recht. Und mit wem spreche ich?«

»David Berman. Ich bin Kevin Kleinmans Anwalt. Entschuldigen Sie die späte Störung, aber mein Klient hat mich dringend gebeten,

Kontakt zu Ihnen aufzunehmen. Wäre es möglich, daß ich zu Ihnen ins Büro komme? Ich bin ganz in der Nähe.« Seine Stimme klang sanft und überredend.

»Einen Moment bitte.« Ich wandte mich an Bill: »Kevins Anwalt will vorbeikommen. Ich glaube nicht, daß er nur auf eine anständige Tasse Kaffee aus ist.«

Bills Augenbrauen ringelten sich wie zwei blonde Raupen. »Na, dann wollen wir mal hören, was der Mann zu sagen hat.« Ich würde sonstwas dafür geben, wenn ich das alles so locker sehen könnte wie er.

»Einverstanden, Mr. Berman. Ich erwarte Sie in fünf Minuten unten.« Ich legte auf. »Es geschehen noch Zeichen und Wunder...«

»Die Zeit ist reif, sagte das Walroß«, murmelte Bill rätselhaft und probierte es mit dem nächsten Paßwort. Ich setzte frischen Kaffee auf und ging nach unten, um David Berman in Empfang zu nehmen.

Vor der Tür stand ein sichtlich gut betuchter Yuppietyp. Anthrazitfarbener, Ton in Ton gestreifter Anzug, hellblaues Hemd, Seidenkrawatte in diskretem Paisleymuster. Nirgends ein Bruch oder Knick – bis auf die Bügelfalte in der Hose, und mit der hätte man Salami schneiden können. Das dunkle Haar war modisch mit Gel gebändigt, auf der Nase saß eine Hornbrille. Er lächelte selbstbewußt, während ich mich mit dem Vierfachschloß an der Spiegelglastür mühte.

Ich hatte kaum die Tür aufgemacht, als er mir auch schon die Hand hinstreckte. Sie war kühl und vermittelte mit ihrem sorgsam abgewogenen Druck die Botschaft: Ich könnte Ihnen die Pfote zerquetschen, wenn ich wollte, aber unter Freunden hab ich es nicht nötig, auf Macho zu machen.

»Miss Brannigan? Sehr erfreut. Mein Name ist David Berman. Ich bin Ihnen wirklich sehr dankbar, daß Sie bereit sind, mitten in der Nacht mit mir zu sprechen.«

Er ging hinter mir her die Treppe hinauf, ohne sich auf das übliche unverbindliche Geplauder einzulassen, was mich ein bißchen verunsicherte. Vermutlich lag das in seiner Absicht. Ich führte ihn ins Vorzimmer und bot ihm Kaffee an. Bill ließ sich nicht stören, obwohl Berman neugierig zu ihm hineinsah.

Ich setzte mich an Shelleys Schreibtisch. »Was können wir für Sie tun, Mr. Berman?«

»Die Sache ist etwas heikel«, gab er zu. »Ich weiß von dem sogenannten Überfall auf Sie und könnte durchaus verstehen, wenn Sie gar nicht bereit wären, sich auf irgendwelche Verhandlungen einzulassen.«

»Ihr Klient hat heute abend versucht, mich zu erwürgen, und daraufhin habe ich ihn erst mal von meiner Weihnachtskartenliste gestrichen. Aber Zuhören kostet nichts. Manchmal erfährt man dabei die erstaunlichsten Dinge.«

Er lächelte höflich. »So weit, so gut, Miss Brannigan. Wie ich hörte, hat ein von meinem Klient betreuter Künstler Sie beauftragt, nach Moira Pollocks Mörder zu suchen. Trifft das zu?«

Warum Anwälte hauptsächlich Fragen stellen, deren Antworten sie schon kennen, ist mir ein Rätsel. Auch deshalb bin ich heilfroh, daß ich Privatdetektivin geworden bin. Da fehlt einem zwar die Aura der Allwissenheit, dafür erlebt man hin und wieder eine echte Überraschung. »Ja, das trifft zu«, bestätigte ich.

Er nickte knapp. »Ich hörte weiterhin, daß Sie in dieser Angelegenheit gewisse Anschuldigungen gegen meinen Klienten erhoben haben?«

»Auch das ist richtig.« Irgendwie hatte ich das Gefühl, daß es sich nicht recht gelohnt hatte, die Treppe hinunterzugehen.

»Mein Klient hat mich beauftragt, gewisse Informationen an Sie weiterzugeben. Ohne Präjudiz natürlich«, sagte er feierlich, als übergebe er mir ein Geschenk von unschätzbarem Wert, von dem er erwartete, daß ich es entsprechend pfleglich behandelte.

Seine Brille war ihm auf die Nasenspitze gerutscht, und er beäugte mich wie ein greiser Richter.

»Soso«, sagte ich matt. Sein Juristenjargon hatte mir vorübergehend die Sprache verschlagen.

»Sie haben meinem Klienten vorgehalten, er habe bereits zu einer Zeit, da dies eigentlich nur dem Mörder bekannt gewesen sein konnte, um die Art des Verbrechens gewußt. Mein Klient bestreitet das mit allem Nachdruck und hat mich gebeten, in Erfahrung zu bringen, aus welcher Quelle diese Falschinformation stammt, damit er rechtliche Konsequenzen ziehen kann.«

Die krummen Touren der Anwälte hätten mich eigentlich inzwischen nicht mehr überraschen dürfen. »Demnach sind Sie hauptsächlich hier, um mir Informationen aus der Nase zu ziehen«, sagte ich. »Falls Ihr Klient ein Mörder ist, wäre es doch unverantwortlich von mir, ihm den Namen eines Belastungszeugen preiszugeben.« Bermans gewundene Ausdrucksweise schien ansteckend zu sein.

»Meinem Klienten droht eine Anklage wegen versuchten Mordes«, gab Berman zurück und schob die Brille wieder auf den Nasenrücken. »Ich glaube kaum, daß er in dieser Situation irgend jemandem gefährlich werden könnte. Es geht schlicht und einfach darum, daß mein Klient energisch bestreitet, zu der von Ihnen behaupteten Zeit über die bewußte Information verfügt, geschweige denn sie weitergegeben zu haben. Er kann für alle Gespräche, die er an diesem Abend geführt hat, Zeugen beibringen.«

Das klang schon interessanter. Vielleicht ließ sich so mein neuer Verdacht bestätigen. Ehe ich antworten konnte, brüllte Bill wie ein Verrückter: »Ich hab's! Kate, ich hab's geschafft!«

»Einen Moment bitte!« Ich sprang auf und lief in sein Zimmer. »Bist du drin?« fragte ich aufgeregt.

»Es ist nur noch eine Frage der Zeit Den Zugang zur Buchhaltung hab ich schon, jetzt geht's nur noch darum, wie die Daten geordnet sind und um die eigentliche Durchsicht«, sagte Bill triumphierend.

Ich fiel ihm um den Hals. Das hatte er verdient. Als ich merkte, daß David Berman interessiert zu uns herübersah, ging ich rasch wieder ins Vorzimmer und machte die Tür von Bills Büro hinter mir zu. »Entschuldigen Sie die Unterbrechung. Bill hat gerade eine harte Nuß geknackt, an der wir uns schon geraume Zeit die Zähne ausbeißen. Zurück zu unserem Problem. Hat Kevin Ihnen verraten, was er zu wem gesagt hat?«

Berman machte schmale Lippen. »Ich bin nicht befugt, darüber mit Ihnen zu sprechen.«

»Dann stecken wir in einer Sackgasse Sie können mir nicht verraten, was er gesagt hat, und ich kann Ihnen nicht verraten, wer die bewußte Behauptung aufgestellt hat, über die er sich jetzt so aufregt.«

»Früher oder später kommt es ja doch heraus«, sagte er überredend. »Falls Anklage gegen meinen Klienten erhoben wird, haben wir ein Recht darauf, die Namen der Belastungszeugen zu erfahren. Sicher ist es doch im Interesse aller Beteiligten, einen Unschuldigen zu entlasten, damit die Suche nach dem Schuldigen weitergehen kann. Sollte Anklage gegen meinen Klienten erhoben werden, dürfte sich der Fall über Monate hinziehen, und über einem so langen Zeitraum geraten manche Dinge in Vergessenheit. Stellt sich am Ende seine Unschuld heraus, ist es vielleicht zu spät, den wahren Mörder zu fassen.«

Es war ein gutes Argument. Ich griff nach meiner Tasche und sagte Bill, daß ich Berman in die Bootle Street begleiten würde. Wenn ich Kevin fälschlich verdächtigt hatte, war ich es ihm schuldig, die Sache in Ordnung zu bringen, auch wenn er ansonsten genug Dreck am Stecken hatte. Insgeheim wußte ich natürlich, daß das nur ein Vorwand war. Ich hatte eine Theorie, und die wollte ich mir beweisen.

Es war fast drei, als ich in unser Büro zurückkam. Nach einem längeren verbalen Pingpongspiel hatte ich hochinteressantes Material aus David Berman herausgeholt. Daraufhin hatte ich eine halbe Stunde darauf verwandt, Cliff Jackson zu überzeugen, daß es für ihn der Mühe wert war, mich anzuhören. Nachdem er mir ausführlich klargemacht hatte, was für eine minderwertige, oberflächliche Kreatur ich war, gewährte er mir gnädig eine Audienz. Und Wunder über Wunder – er setzte sich nicht aufs hohe Roß, sondern hörte aufmerksam zu und versprach, es mit meinem Vorschlag zu versuchen. »Ich gebe Ihnen nur diese eine Chance«, sagte er warnend. »Wenn Sie Mist bauen, landen Sie auch in der Zelle.« Ich war meiner Sache so sicher, daß ich dieses Risiko bereitwillig auf mich nahm.

Bill hatte es sich, eine stinkende Sherlock-Holmes-Pfeife zwischen den Zähnen, in seinem Sessel bequemgemacht und sah sehr zufrieden aus. »Was Neues?« fragte er.

Ich erstattete ihm Bericht, und er grinste wie der Wolf, der gerade die Großmutter gefressen hat. Dann zeigte er mir, was er ausgegraben hatte.

Bis früh um vier schmiedeten wir Pläne. Diesmal mußte alles laufen wie geschmiert, und ich würde mir keine blauen Flecken am Hals einhandeln. Vorher aber gab es noch einige Punkte abzuhaken. Schlaf war auf unserer Liste leider nicht vorgesehen.

30

Jett erwartete mich mit gebeugten Schultern und eingefallenem Gesicht auf der Freitreppe, als ich um halb fünf auf Colcutt Manor eintraf. »Du bist nach wie vor zu dem Showdown entschlossen?« begrüßte er mich.

»Es muß sein, Jett.« Wir betraten die leere Halle.

»Warum eigentlich? Kevin ist in Haft. Es heißt, daß er versucht hat, dich umzubringen, weil du rausgekriegt hast, daß er Moiras Mörder ist.«

»Tut mir leid, Jett. Er hat mich wirklich angegriffen.«

»Du brauchst dich nicht zu entschuldigen. Schließlich hast du nur deine Pflicht getan. Der Leidtragende bin im Grunde ich. Diesem Mann hätte ich mein Leben anvertraut, und jetzt stellt sich heraus, daß er die Frau umgebracht hat, die mir das Liebste auf der Welt war. Mußt du uns wirklich noch mehr quälen?«

Jett ging rasch auf den Blauen Salon zu. Ich folgte ihm langsamer. Wie konnte ich ihn beschwichtigen, ohne die Katze aus dem Sack zu lassen? Er schenkte sich einen steifen Drink ein. »Bedien dich«, sagte er und ließ sich mit finsterem Gesicht auf eins der zierlichen Sesselchen fallen. Hoffentlich war es versichert.

In Ermangelung von Grapefruitsaft und weil man mir hier und heute bestimmt keine Sonderwünsche erfüllen würde, mixte ich mir einen harmlosen Wodka-Orange. Dann stellte ich mich vor das Kamingitter, hinter dem matt ein paar Holzscheite glommen.

Jett nahm einen Schluck und wollte etwas sagen, aber da klopfte es, und ohne eine Antwort abzuwarten, stürmte Cliff Jackson herein. Er sah aus wie einer, der bös von Hämorrhoiden geplagt wird. Gloria war ihm dicht auf den Fersen. »Entschuldige vielmals, Jett, aber er wollte nicht warten, bis du mit Kate fertig bist.«

»Was denken Sie sich eigentlich dabei, Brannigan?« knurrte Jackson. »Gestern abend eröffnen Sie mir, daß Kleinman der Mörder ist, provozieren ihn zu einem Angriff, damit wir eine Handhabe gegen ihn haben – und heute lassen Sie mir bestellen, ich solle mich schleunigst hierherbemühen, wenn ich die Wahrheit über Moira Pollocks Mörder erfahren will. Darf ich fragen, was hier gespielt wird?«

Jett stand auf und warf mir einen ärgerlichen Blick zu. »Du hast mir nicht gesagt, daß er auch kommt. Das sollte doch unter uns bleiben.« Aus dem Augenwinkel sah ich, daß Gloria leise vor sich hin lächelte.

Jackson fuhr zu Jett herum. »Unter uns bleiben? Was denn?«

»Kümmern Sie sich um Ihren eigenen Dreck, Scheißbulle!« brüllte Jett. Jackson wurde puterrot und setzte zu einer scharfen Antwort an, aber ich ging energisch dazwischen.

»Wenn ihr mal einen Augenblick aufhören könntet, euch anzuschreien, will ich gern alles erklären.«

»Na, dann mal los«, blaffte Jackson. »Die Zeit von Polizeibeamten zu vergeuden ist nämlich auch eine strafbare Handlung.« Die Schau, die er abzog, imponierte mir, und ich überlegte, wie weit seine übliche Widerwärtigkeit auch nur gespielt war.

»Ich weiß, daß Sie nach dem gestrigen Zwischenfall Kevin wegen versuchten Mordes unter Anklage gestellt haben, aber ein paar Fragen sind noch offen. Ich habe Sie hergebeten, weil ich nicht möchte, daß es heißt, wir arbeiten hinter Ihrem Rücken. Daß du ihn nicht hier haben willst, Jett, ist mir klar, aber diese Dinge lassen sich jetzt nicht mehr unter der Decke halten. Du willst doch sicher nicht, daß Moiras Mörder davonkommt, nur weil ich meine Schulaufgaben nicht gemacht habe.«

Jackson schüttelte fassungslos den Kopf. »Das darf ja nicht wahr sein, Brannigan! Von Rechts wegen gehörten Sie wegen dieser Tiraden umgehend in die Zelle.«

»Geben Sie mir eine halbe Stunde, Inspector. Wenn Sie dann noch dieser Meinung sind, können Sie tun, was Sie für richtighalten.«

Jackson brabbelte etwas Unverständliches und postierte sich vor einem ziemlich scheußlichen Ölbild an der hinteren Wand.

Jett leerte sein Glas und reichte es Gloria, die damit diensteifrig zur Bar eilte. Sie sah Jett prüfend an, wie um sein Fassungsvermögen zu checken, und traf fast millimetergenau das Quantum, das sich Jett vorhin selbst genehmigt hatte. Vielleicht hatte ich sie doch unterschätzt.

In bedrücktem Schweigen warteten wir, bis zehn vor fünf Tamar und Micky hereinkamen. Tamar ging, ohne mir einen Blick zu gönnen, auf Jett zu, der ihr nach einem flüchtigen Kuß einen Platz auf dem Sofa zuwies.

Micky tippte mich an. Durch den wabernden Zigarettenrauch sah ich, daß er sehr unglücklich dreinsah. »Wann, meinen Sie, kommt Kevin auf Kaution wieder frei?« fragte er leise.

»Vielleicht überhaupt nicht, Micky. Die gegen ihn erhobene Beschuldigung ist schwerwiegend, und es ist nicht ausgeschlossen, daß er morgen früh unter Mordanklage gestellt wird.«

»Ausgerechnet jetzt! Wir stecken mit dem Album in einer kritischen Phase. Was sollen wir nur machen?«

Eine Antwort blieb mir erspart, weil in diesem Moment Neil hereinkam, jovial in die Runde lächelte und mich mit einem Kuß auf die Wange begrüßte. Ich war so überrumpelt, daß ich nicht schnell genug aus der Schußlinie gekommen war. Micky verzog sich angewidert.

»Eigentlich dürfte man so was gar nicht laut sagen«, flüsterte Neil mir ins Ohr, »aber nach Kevins Verhaftung wird mein Buch garantiert ein Knüller. Ich hab heute nachmittag mit dem Verlag gesprochen. Sie bringen es raus, sobald der Prozeß gelaufen ist.«

»Da drüben stehen die Getränke«, sagte ich kurz angebunden. Der Mann war wirklich ein Mistkäfer erster Ordnung.

Er zwinkerte mir noch einmal zu und ging zur Bar. Als wieder der Summer ertönte, horchten alle auf, und Gloria machte automatisch ein paar Schritte zur Tür.

»Lassen Sie nur, Gloria, ich erledige das.« Rasch ging ich in die Halle, machte die Tür hinter mir zu und öffnete unserem letzten Gast das Tor.

Unter der Haustür blieb ich stehen und sah dem Wagen entgegen, der langsam über die Einfahrt rollte und herausfordernd nah an der Freitreppe hielt. Maggie Rossiter stieg aus und kam die Stufen hoch.

Ich räusperte mich. »Wenn ich einen Augenblick um Ihre Aufmerksamkeit bitten dürfte?« Das Stimmengewirr, das sich nach Maggies Ankunft erhoben hatte, verstummte so abrupt, als hätte ich am Fernseher den Ton ausgeblendet. Jackson hatte sich an einen Pfeilertisch mit Marmorplatte gelehnt und sah mich an.

»Sie wissen alle, daß Kevin verhaftet worden ist, und denken wahrscheinlich, es sei nur noch eine Frage der Zeit, bis gegen ihn Anklage wegen des Mords an Moira erhoben wird. Das haben Sie allerdings bei Maggies Verhaftung auch schon gedacht. Ich hatte den Auftrag, nach einem Mörder zu suchen, und allgemein ist man wohl in diesem Raum der Ansicht, ich hätte ihn gefunden. Aber es gibt noch ein paar offene Fragen, und bis die geklärt sind, ist der Fall für mich noch nicht abgeschlossen. Deshalb habe ich Sie alle hergebeten. In den Aussagen, die mir vorliegen, gibt es gewisse Widersprüche, und die klären wir am besten gemeinsam. Daß Kevin nicht dabeisein kann, ist bedauerlich, aber wir werden versuchen, auch ohne ihn auszukommen.« Einige meiner Zuhörer betrachteten mich feindselig, andere sahen mich wie gebannt an.

Ich atmete tief durch und fuhr fort: »Sehr bald, nachdem ich den Fall übernommen hatte, erfuhr ich, daß in diesem Haus bereits einmal versucht worden war, Moira zu beseitigen.

Gloria, die zuckerkrank ist, wurden Einwegspritzen aus ihrem Zimmer gestohlen. Offensichtlich rechnete der Dieb damit, daß sie früher oder später Jett davon erzählen würde, der vermutlich Moira zur Rede gestellt und ihr Vorwürfe gemacht hätte, weil sie es nicht geschafft hatte, von ihrer Abhängigkeit loszukommen. Doch damit nicht genug: Der Dieb – oder die Diebin – hatte sich auch Heroin beschafft und schmuggelte es in Moiras Zimmer, wo es in ihrer Situation eine große Versuchung darstellte.

Doch sie blieb standhaft. Ich mußte mich nun zunächst fragen, ob der Mord gewissermaßen nur eine Fortsetzung dieses Versuches war, Moira zu beseitigen. Aber Sie, Tamar, haben Moira nicht umgebracht, stimmt's?«

Tamar war aufgesprungen. »Sie widerliches Luder«, kreischte sie. »Verlogene Schlampe…« Jetts Gesicht war wie versteinert. »Sie lügt, Jett, ich schwöre es.«

»Ich habe Beweise«, sagte ich ungerührt. »Der Pusher, bei dem

Sie den Stoff gekauft haben, hat Sie auf einem Foto erkannt. Sie haben also versucht, Moira zu beseitigen, aber für mich steht fest, daß Sie für den Mord nicht verantwortlich sind. Es ist ein großer Unterschied, ob man einem Menschen die Möglichkeit verschafft, sich langsam, aber sicher selbst umzubringen, oder ob man ihm eigenhändig den Schädel einschlägt.«

Tamar umklammerte Jetts Arm und fiel in theatralisch flehender Pose vor ihm auf die Knie. Ungeduldig schüttelte er sie ab. »Laß mich in Ruhe. Du ekelst mich an.«

Laut schluchzend blieb sie liegen, bis Micky sie unsanft hochzog und in einen Sessel stieß. »Reiß dich zusammen«, fuhr er sie an.

»Weiter, Kate«, sagte Jett tonlos.

»Auch Gloria hat mir nicht die ganze Wahrheit gesagt«, fuhr ich fort. Sie schreckte zusammen und sah mich in angstvoller Spannung an.

»W-wieso? Ich hab Sie nicht angelogen.«

»Sie sind in der Mordnacht noch einmal nach unten gegangen und haben gesehen, wie jemand den Probenraum verließ. Das haben Sie abgestritten, aber es gibt nur einen Menschen, für den Sie lügen würden, und das ist Jett. Sie haben Jett aus dem Probenraum kommen sehen.«

»Hab ich nicht, hab ich nicht«, heulte sie wie ein kleines Kind, das beteuert, die teure Vase nicht kaputtgemacht zu haben.

»Eins haben Sie dabei allerdings nicht bedacht: Jett hat zugegeben, daß er an dem Abend schon einmal im Probenraum gewesen war. Ohne Moira. Es war also eine völlig sinnlose Lüge.«

Gloria ließ sich in einen Sessel fallen und schlug die Hände vors Gesicht. »Möchten Sie an Ihrer Aussage sonst noch etwas korrigieren?« fragte ich nicht unfreundlich.

Sie sah mit tränenüberströmtem Gesicht zu mir auf und schüttelte stumm den Kopf.

Ich ließ sie in Ruhe und wandte mich an Micky. »Von Ihnen möchte ich wissen, was sich an dem Abend von Moiras Tod in diesem Raum abgespielt hat.«

»Aber das hab ich Ihnen doch alles schon mal erzählt«, sagte er rebellisch.

»Ein paar zusätzliche Einzelheiten wären mir schon lieb…«

»Los, rede!« knurrte Jett, und Micky hielt es offenbar doch für besser, seinen Arbeitgeber nicht zu vergrätzen. »Na schön. Was wollen Sie denn noch wissen?«

»Zeigen Sie mir bitte, wo Sie gesessen und mit wem Sie gesprochen haben.«

»Da drüben.« Er deutete auf den Sessel mit der empfindlichen Seidenbespannung, in den Tamar gerade hineinheulte. »Kevin stand neben mir, an der Bar. Er hat mir einen Drink gemacht, und wir haben über den Mord gesprochen. Daß es ein mächtiger Schock ist und so. Daß er sich Sorgen wegen Jett macht und wegen des Presserummels und ob er das Album zu Ende bringen würde… sein übliches Gelaber eben.«

»Hat er etwas davon gesagt, wie sie ermordet worden ist?«

»Nein. Daß man von keinem was Genaues erfährt, hat er gesagt. Und daß es wohl ein Einbrecher gewesen sein muß oder jemand aus dem Dorf.«

Ich konnte nur hoffen, daß Jackson die ganze Gesellschaft scharf beobachtete, denn ich mußte mich auf meine Gesprächspartner konzentrieren, so daß mir leider die Reaktionen der anderen entgingen. »Hat Kevin noch mit anderen hier im Blauen Salon gesprochen?«

Micky runzelte nachdenklich die Stirn. »Ja. Neil hat gefragt, wie wir es mit der Presse halten sollen, und da hat Kevin zu ihm gesagt, er soll das übernehmen. Eine sachliche Pressemitteilung, nur die Fakten, keine Interviews.«

Ich spürte Schmetterlinge im Bauch – ein sicheres Zeichen, daß die Lösung greifbar nahe war. »Mehr hat er nicht gesagt?«

»Nein. Neil hat sich dann einen Drink gemacht und sich mit seinem Notizbuch in eine Ecke gesetzt, da hat er wohl schon an seiner Story gearbeitet.«

»Wann haben Sie sich von Kevin getrennt?« Die entscheidende Frage.

»Was Sie auch alles wissen wollen«, sagte Micky ungeduldig, gab sich aber sichtlich Mühe, sein Gedächtnis zu aktivieren. »Da muß ich überlegen. Als die Cops gesagt haben, daß wir gehen können, sind wir zusammen raufgegangen. Vor seinem Zimmer hab ich mich von ihm verabschiedet. Wie der Tod auf Latschen hat er ausgesehen. Kein Wunder, wenn er gerade die Moira kaltgemacht hatte...«

Ich sah mich nach Neil um, der mich unerschrocken, fast herausfordernd anschaute.

31

Die Versuchung, ein hochdramatisches Finale hinzulegen, war groß, aber ein Blick auf Jett hielt mich dann doch davon ab. Er war am Ende seiner Kraft.

Ich verzichtete also darauf, mit großer Geste die Hand auszustrecken und zu sagen: Inspector, da haben Sie Ihren Mörder!, sondern nahm nur einen Schluck Wodka-Orange und fragte beiläufig: »Warum haben Sie mich eigentlich angelogen, Neil, als ich Sie fragte, was Kevin zu Ihnen gesagt hat?«

Er lächelte entwaffnend und breitete in gespielter Harmlosigkeit die Hände aus. »Angelogen, Kate? Wollen Sie denn wirklich Micky mehr Glauben schenken als mir? Einem Kokser, der ohne Kevin auf der Straße läge? Daß so einer bedenkenlos lügen würde, um Kevin zu decken, liegt ja auf der Hand. Aber weshalb hätte ich Sie anlügen sollen?«

»Das kann ich Ihnen sagen, Neil: Weil Sie Moira umgebracht haben.« Es wurde totenstill. Alle starrten mich an.

Wenn ich gedacht hatte, Neil würde jetzt das Handtuch werfen, hatte ich mich geirrt. Er lächelte. »Hoffentlich haben Mortensen & Brannigan in diesem Jahr einen anständigen Gewinn erwirtschaftet. Wenn ich die Firma wegen übler Nachrede verklage, soll es sich auch lohnen.«

Ich lächelte zurück. »Soweit ich aus meinem zugegebenermaßen nicht abgeschlossenen Jurastudium weiß, ist bei Nachweis der Wahrheit eine Verleumdungsklage hinfällig.«

»Bei Nachweis der Wahrheit, sehr richtig«, konterte Neil. »Und ich bin gespannt, wie Sie es anstellen wollen, Beweise für etwas beizubringen, was ich nicht getan habe.« Das klang so siegesgewiß, daß sogar mich leise Zweifel beschlichen.

»Der Beweis befindet sich hier im Haus.«

Er schüttelte ungläubig den Kopf. »Typischer Fall von Bewußtseinstrübung«, sagte er zu den anderen.

Jackson trat einen Schritt vor. »Also mich würde dieser Beweis schon interessieren...«

Ich wußte, welche Überwindung ihn dieser Satz gekostet hatte, und konnte ihm meinen Respekt nicht versagen.

»Dazu müssen wir kurz in Mr. Websters Büro gehen. Wenn Sie mir bitte folgen würden, Inspector...«

»Moment mal.« Auf Neils Gesicht zeigte sich jetzt doch eine Spur von Besorgnis. »Was soll denn da sein?«

»Mein Beweis.« Ich setzte mich in Marsch und wußte, ohne mich umzudrehen, daß die anderen mir folgten wie dem Rattenfänger von Hameln.

Auf der Schwelle holte Neil mich ein und sagte so laut, daß Jackson und alle anderen es hören konnten: »Kein feiner Zug von Ihnen, Kate, mir was anzuhängen, nur weil Ihr reizender Freund nicht das Zeug dazu hatte, Jetts Biographie zu schreiben.«

»Mit Richard hat das überhaupt nichts zu tun.« Die Anspannung machte sich auch bei mir allmählich bemerkbar, und ich überlegte, wie lange ich es hier noch auf die coole Tour schaffen würde.

»Wer's glaubt, wird selig«, höhnte er.

In Neils Büro setzte ich mich vor den Computer und schaltete ihn ein. Jackson sah mir über die Schulter, die anderen drängten nach. Neil hielt etwas Abstand, starrte aber wie gebannt auf den Bildschirm. Ich rief rasch die Dateien auf, in denen Neils Artikel gespeichert waren, und wählte dann die Datenübertragung an. »Allen, die nicht wissen, was ein Modem ist«, sagte ich, »muß ich wohl erklären, daß man mit diesem Gerät Nachrichten über Telefonleitungen an andere Computer schicken kann. Die meisten Journalisten übermitteln ihre Texte jetzt den Redaktionen auf diesem Wege.«

Mit dem Befehl *text edit* holte ich mir Neils ersten Artikel über den Mord an Moira auf den Schirm. Langsam ließ ich den Text durchrollen. »Wie Sie sehen, kann man hier alle Einzelheiten über den Tod an Moira nachlesen. Das ist durchaus in Ordnung, falls die

Story übermittelt wurde, nachdem Sie von der Polizei über die Details informiert worden waren. Details, die von den im Blauen Salon Festgehaltenen nur Jett kannte.«

»Natürlich ist die Story hinterher rausgegangen«, beteuerte Neil zornig. »Wer wollte mir das Gegenteil beweisen?«

Schweigend deutete ich auf das Textende mit dem Zeitstempel: 2.35 Uhr.

»Das ist ein Trick«, brüllte Neil los. »Sie will mir was anhängen. Sie ist die einzige, die sich so gut mit Computern auskennt. Es ist ein abgekartetes Spiel.« Sein Gesicht war schweißüberströmt, unruhig sah er sich im Zimmer um.

»Eine Rückfrage bei der Electronic Mail-Firma dürfte das Problem klären, Inspector«, sagte ich kühl.

Jackson drängte sich nach vorn durch und setzte zu der üblichen Verwarnung an: »Neil Webster, ich mache Sie darauf aufmerksam, daß...«

Der Rest ging im Splittern der Scheibe unter, die durch Neils entschlossenen Sprung aus dem Fenster in tausend Stücke ging.

Ich wachte von einem sanften Kuß auf, der mich am Rücken kitzelte. »Ihr habt ihn also geschnappt«, sagte mir Richard ins Ohr. »Gut gemacht, Brannigan.«

Wohlig stöhnend rollte ich mich auf den Rücken. Ich spürte die Wärme seines nackten Körpers. »Sag mal, müssen wir darüber ausgerechnet jetzt sprechen?«

»Ich hab's gerade erst erfahren. Als ich im *Mirror* meinen Text abliefern wollte, haben sie mir erzählt, daß Neil verhaftet ist. Dank der geschickten Zuarbeit von Mortensen & Brannigan«, fügte er mit unüberhörbarem Stolz hinzu. »Und jetzt erzähl mal.«

Er rückte von mir ab, und ich hörte das satte Ploppen eines Champagnerkorkens. An ein Nachholen meines Schlafdefizits war jetzt nicht mehr zu denken. Ich setzte mich auf und knipste die Nachttischlampe an.

Richard blinzelte in die plötzliche Lichtfülle, dann lächelte er so aufregend wie schon lange nicht mehr und reichte mir den rosa Schampus. »Ich will alles wissen, haarklein.«

Ich erzählte ihm von dem Showdown und daß Neil fünf Minuten

nach seinem Fluchtversuch von den Polizeiposten geschnappt worden war, die Jackson in weiser Voraussicht vor dem Haus bereitgestellt hatte. Während im Krankenhaus seine Schnittwunden versorgt wurden, war dann die formelle Anklage gegen ihn erhoben worden.

»Super«, sagte Richard so zufrieden, als wäre er die treibende Kraft hinter der Ermittlung gewesen. »Aber warum er sie eigentlich umgebracht hat, hab ich immer noch nicht begriffen. Doch sicher nicht nur, um sein Buch zum Bestseller zu machen?«

»Nein, das nicht. Ich glaube, er hatte gar nicht die Absicht, Moira zu töten. Sein Glück war zunächst, daß außer ihm niemand ein Alibi und alle anderen ein überzeugenderes Motiv hatten.«

»Ja, aber dann...«

Ich trank genüßlich meinen Champagner. »Mehr kann ich dir beim besten Willen nicht verraten. Es handelt sich schließlich um ein laufendes Verfahren, und daß ihr Presseleute den Mund nicht halten könnt, ist ja bekannt.«

»Kate«, jammerte er und warf mir einen flehenden Blick zu.

Da konnte ich natürlich nicht hart bleiben. »Als Moira damals Jett verließ, war sie schwanger. Weil sie kein Dach über dem Kopf und auch kaum mehr Geld hatte, ließ sie das Kind abtreiben. Jett hat es nie erfahren, sonst hätte er sie nicht zurückgenommen, darauf möchte ich wetten. Er ist strikt gegen Abtreibung, und daß sie sein Kind umgebracht hat, hätte er ihr nie verziehen. Neil bekam das mit dem Abbruch heraus und hat Moira darauf angesprochen, hat es vielleicht sogar mit einer kleinen Erpressung probiert. Damit war er für Moira zu einer wandelnden Zeitbombe geworden. Ich habe gestern abend mit Kevin darüber gesprochen. Offenbar hat sie ihm einen Deal angeboten: Er sollte Neil vor die Tür setzen, dafür würde sie Jett nichts von Kevins Nebeneinkünften verraten. Wenn Neil erst mal aus dem Haus war, würde ihm keiner mehr seine Geschichte abnehmen, es würde heißen, daß er sie nur aus Rache in die Welt gesetzt hatte.

Sie muß Neil an jenem Abend im Probenraum voller Genugtuung angedeutet haben, was gegen ihn lief. Daß sie ihm die letzte Einnahmequelle nehmen wollte, die ihm geblieben war – das war einfach zuviel für ihn. Er verlor die Nerven und schlug sie mit dem nächstbesten Gegenstand nieder, den er in die Hand bekam. Der Mord war, wie gesagt, nicht geplant, aber nun war er einmal geschehen, und er mußte alles tun, um ungeschoren zu bleiben.«

»Und das wäre ihm auch gelungen, wenn du nicht auf die Sache mit dem Zeitstempel gekommen wärst«, sagte Richard.

»Aber allein damit hätten wir ihn kaum festnageln können, wenn Bill nicht die Daten der Electronic Mail-Firma angezapft und rausgekriegt hätte, wann das Material übermittelt worden ist.« Ich setzte mein Glas vorsichtig auf dem Nachttisch ab und ließ mich in Richards Arme rollen. Nach dem, was ich in den letzten Tagen durchgemacht hatte, war wohl zur Abwechslung mal ein bißchen Spaß angesagt.

Während meine Haut unter Richards zärtlich-vertrauter Berührung zu prickeln begann, nahm ich mir vor, die Kassette zu vernichten, auf der ich jenes frühere Gespräch mit Neil aufgenommen hatte. Inspector Jackson brauchte nicht zu wissen, daß Neils Computerkenntnisse gerade mal dazu reichten, seine Artikel per Electronic Mail an die Redaktionen zu schicken, daß er dabei aber keinen Zeitstempel verwendete. Weil er keine Ahnung hatte, wie man so etwas überhaupt macht.

Kriminalromane

Eine Auswahl

Harriet Ayres (Hg.)
Schönen Tod noch, Sammy Luke
Zehn mörderische Geschichten
Band 10619

P. Biermann (Hg.)
Mit Zorn, Charme & Methode
oder: Die Aufklärung ist weiblich!
Erzählungen
Band 10839
Wilde Weiber GmbH
Band 11586

Elisabeth Bowers
Ladies' Night
Band 8383

Fiorella Cagnoni
Eine Frage der Zeit
Band 10769

Martine Carton
Hera und Die Monetenkratzer
Band 8141
Martina oder Jan-Kees verliert seinen Kopf
Band 11440
Nofretete und Die Reisenden einer Kreuzfahrt
Band 10211
Victoria und Die Ölscheiche
Band 11672

Anthea Cohen
Engel tötet man nicht
Band 8209

Sabine Deitmer
Kalte Küsse
Band 11449

Sabine Deitmer
Auch brave Mädchen tun's
Mordgeschichten
Band 10507
Bye-bye, Bruno
Wie Frauen morden
Band 4714

Sarah Dunant
Der Baby-Pakt
Band 11574

Ellen Godfrey
Tödlicher Absturz
Band 11559

Sue Grafton
Detektivin, Anfang 30, sucht Aufträge
Band 10208
G wie Galgenfrist
Band 10136

Fischer Taschenbuch Verlag

fi 507 / 7 a

Kriminalromane

Eine Auswahl

Viola Schatten
Schweinereien passieren montags
Band 10282
Dienstag war die Nacht zu kurz
Band 10681
Mittwochs war der Spaß vorbei
Band 11297
Donnerstag war's beinah aus
Band 11592
Kluge Kinder sterben freitags
Band 11620

Katrin & Erik Skafte
Lauter ganz normale Männer
Ein Krimi - nur für Frauen
Band 4732

Julie Smith
Blues in New Orleans
Band 10853
Ein Solo für den Sensenmann
Band 11615
Huckleberry kehrt zurück
Band 10264
Ich bin doch keine Superfrau
Band 10210
Die Sauerteigmafia
Band 10475
Stumm wie ein Fisch
Band 11720
Touristenfalle
Band 10212

Marie Smith (Hg.)
Die Lady ist ein Detektiv
Band 10500

Marie Smith (Hg.)
Der Detektiv ist eine Lady
Band 10501

Jean Warmbold
Der arabische Freund
Band 12024

Barbara Wilson
Mord im Kollektiv
Band 8229

Mary Wings
Himmlische Rache
Band 12153

Gabriele Wolff
Armer Ritter
Band 12069
Himmel und Erde
Band 11394
Kölscher Kaviar
Band 11393

Fischer Taschenbuch Verlag

fi 507 / 6 c

Unterhaltsame Literatur

Eine Auswahl

Märchen und Geschichten aus der Welt der Mütter
Sigrid Früh (Hg.)
Band 2882

Märchen und Geschichten zur Weihnachtszeit
E. Ackermann (Hg.)
Band 2874

Antonine Maillet
Bären leben gefährlich
Roman. Band 11185

Michael Mamitza
Fatum
Roman. Band 11264
Feran
Roman. Band 11553

Michael Mamitza
Kismet
Roman
Eine türkisch-deutsche Liebesgeschichte
Band 11053

Andreu Martín
Barcelona Connection
Kriminalroman
Band 11436
Don Jesús in der Hölle
Kriminalroman
Band 11435
Hammerschläge
Roman
Band 11434

Valerie Martin
Im Haus des Dr. Jekyll
Roman. Band 12018

Manfred Maurer
Furor
Roman. Band 11290

Jon Michelet
Hotel Coconut
Roman. Band 10034

Rory Nugent
Auf der Suche nach der rosaköpfigen Ente am Ende der Welt
Band 11388

Leonie Ossowski
Die große Flatter
Roman
Band 2474

Fischer Taschenbuch Verlag

fi 1220 / 11 f